U0527430

用文字照亮每个人的精神夜空

微信 | 微博 | 豆瓣　领读文化

漫说文化丛书·续编

世间滋味

陈平原 杨早 编

湖南人民出版社·长沙·

声音演绎文字之美·声音构筑文学世界·声音记录文化传承

● 如何收听《世间滋味》全本有声书？

① 微信扫描左边的二维码关注"领读文化"公众号。
② 后台回复【世间滋味】，即可获取兑换券。
③ 扫描兑换券二维码，免费兑换全本有声书。

● 去哪里查看已购买的有声书？

方法 ①
兑换成功后，收藏已购有声书专栏，
即可在微信收藏列表中找到已购有声书。

方法 ②
在"领读文化"公众号菜单栏点击"我的课程"，
即可找到已购有声书。

用文字照亮每个人的精神夜空

总序

陈平原

三十年前钱理群、黄子平和我合编的"漫说文化"丛书前五种由人民文学出版社推出；两年后，后五种刊行时，我撰写了《漫说"漫说文化"》，提及作为分专题编散文集的先行者，我们最初只是希望有一套文章好读、装帧好看的小书，可以送朋友，也可搁在书架上。没想到书出版后反应很好，真可谓"无心插柳柳成荫"。十三年后，复旦大学出版社（2005）予以重印。又过了十三年，北京时代华文书局（2018）重新制作发行。

一套小书，能一而再再而三地刊行，可见其生命力的旺盛。多年后回想，这生命力固然主要得益于那四百多篇精彩选文，也与吹响集结号的八十年代文化热、寻根文学思潮以及"二十世纪中国文学"的视野密切相关。时过境迁，这种小里有大、软中带硬、兼及思考与休闲的阅读趣味，依旧有某种特殊魅力。有感于此，出版社希望我续编"漫说文化"丛书。考虑到钱、黄二位的实际情况，我改变工作方式，带领十二位在京工作的老学生组成读书会，用两年半的时间，编选并导读改革开放以来四十多年的散文随笔。

当初发给合作者的编选原则很简单：第一，文化底蕴（不收纯抒情文字）；第二，阅读感受（文章好读最重要）；第三，篇幅短小（原则上不收六千字以上的长文）；第四，作者声誉（在文坛或学界）。依旧不是梁山泊英雄排座次的文学史，而是以文学为经、以文化为纬的专题散文集。也就是《漫说"漫说文化"》说的："选择一批有文化意味而又妙趣横生的散文分专题汇编成册，一方面是让读者体会到'文化'不仅凝聚在高文典册上，而且渗透在日常生活中，落实为你所熟悉的一种情感，一种心态，一种习俗，一种生活方式；另一方面则是希望借此改变世人对散文的偏见。让读者自己品味这些很少'写景'也不怎么'抒情'的'闲话'，远比给出一个我们自认为准确的'散文'定义更有价值。"

考虑到初编从1900年选起，一直选到20世纪80年代中期，续编从改革开放起，一直选到2020年，中间几年重叠略为规避即可。两个甲子的风起云涌，鸟语花香，借助千篇左右的短文得以呈现，说起来也是颇有气势与韵味的。参与其事的都是专业研究者，圈定范围后，选哪些作者，用什么本子，如何排列组合等，此类技术问题好解决，难处在入口处——哪些是你想要凸显的"文化"？根据以往的阅读经验，先大致确定话题、视野及方向，再根据选出来的文章，不断调整与琢磨，最终成了现在这个样子。

初编十册分别题为《男男女女》《父父子子》《读书读书》《闲情乐事》《世故人情》《乡风市声》《说东道西》《生生死死》《佛佛道道》《神神鬼鬼》，而续编十二册则是《城乡变奏》《国学浮沉》《域外杂记》《边地寻踪》《家庭内外》《学堂往事》《世间滋味》《俗世俗民》《爱书者说》《君子博物》《旧戏新文》《闻乐观风》，略为比勘不难发现二者的联系与差异。

既然是续编，自然必须与初编对话。明显看得出承继关系的，有《城乡变奏》之于《乡风市声》，《爱书者说》之于《读书读书》，不过前者第二辑"城市之美"从不同层面呈现了当代中国城市的多彩风姿，以及后者第三辑"书叶之美"谈封面、装帧、插图、毛边书、藏书票等，与初编的文风与趣味还是拉开了距离。《家庭内外》的第一、第三辑类似《父父子子》，而第二、第四辑则接近《男男女女》。《域外杂记》与《国学浮沉》隐约可见《说东道西》的影子，但又都属于说开去了。至于《世间滋味》仅从饮食入手，不再像《闲情乐事》那样衣食住行并举，也算别有幽怀。所有这些调整，不管是拓展还是收缩，都源于我们对四十年来中国文化思潮及文章趣味的体验与品味。不再延续《世故人情》《生生死死》《佛佛道道》《神神鬼鬼》的思路，并非缺乏此类好文章，而是觉得难以于法度之中出新意。

另起炉灶的六册包括《边地寻踪》《学堂往事》《俗世俗民》

《君子博物》《旧戏新文》《闻乐观风》，其实更能体现续编的立场与趣味。没有依傍初编，不必考虑增减，自我作古的好处是，操作起来更为自由，也更为酣畅。《边地寻踪》和《俗世俗民》两册，有些话题不太好把握与论述，最后腾挪趋避，处理得不错。最为别出心裁的，当数《旧戏新文》与《君子博物》——实际上，这两册的确定方向与编选过程最为曲折，编者下的功夫也最多。最终审稿时我居然有惊艳的感觉。

比较前后两编，最大的感叹是：前编多小品，后编多长文；前编多随意挥洒，后编多刻意经营；前编多单纯议论，后编多夹叙夹议；前编多社会人生，后编多学术文化；前编多悲愤忧伤，后编多平和恬淡——当然，所有这一切，与社会生活及文坛风气的变迁有直接关系。至于不选动辄万言的"大散文"，以及遗落异彩纷呈的台港澳文章，既是为了跟前编体例统一，也有版权等不得已的因素。

十二册小书，范围有宽有窄，题目有难有易，好在各位编者精诚合作，选文时互通有无，最后皆大欢喜——做不到出奇制胜的，也都能不负众望。作为一个集体项目，能走到这一步，已经很不容易了。

身为主编，除了丛书的整体设计，也参与了各册题目及选文的讨论。至于每册前面的"导读"文字，则全靠十二位合作者。选家大都喜欢标榜公平与公正，可只要认真阅读各册的"导读"，你就会明白，所有选本其实都带个人性情与偏见。十二篇随笔性质的"导读",或醇厚,或幽深,或俏皮,或淡定,风格迥异,并非学位论文,不妨信马由缰,能引起阅读兴趣,就算完成任务——毕竟,珠玉在后。

2021年2月19日于京西圆明园花园

导读：从"无我"到"有我"

杨 早

·一

正如陈平原在《闲情乐事·序》（"漫说文化丛书"）中所言："在二十世纪中国散文小品中，谈论衣、住、行的佳作寥寥无几，而谈论吃的好文章却比比皆是。"他并引夏丏尊1930年的话"中国民族的文化，可以说是口的文化"，说明中国人是怎样地崇尚、爱好并乐于书写世间滋味。

然而，具体到过去四十年间的饮食文字，却不敢轻易说文人学士"饮食谭"的传统"自民国以来"如何如何。盖因所谓"前三十年"间，"文人饮食谭"处于一种心照不宣的绝迹状态。考其缘由，则"文人饮食谭"需要的三大要素：物资丰富、舆论宽松与闲情雅趣，彼时均不可得。曾因"抗战无关论"被批判的梁实秋，固然于战时重庆有《雅舍谈吃》面世，也幸亏那还不是"一体化"的时代。前三十年,提笔讲饮讲食,实有禁忌,而无心情。

1980年《中国烹饪》的创刊,是饮食界的重大事件。《中国烹饪》后来成为中国烹饪协会的会刊,设置栏目有"烹调史话""名店介绍""名师高徒""佳肴美馔""地方风味""食疗营养"等。这本杂志属于商业部,时任商业部副部长高修为《中国烹饪》创刊号写的贺词里,强调的是"办这样一个刊物对于宣传政策、交流经验、传播知识都是必要的。"

虽然《中国烹饪》一开始就走名家路线,为它题词的文化名人有茅盾、赵朴初、启功等,为其撰写"烹调史话"的知名学者更是包括吴恩裕、王利器、卞孝萱、秦牧、常任侠、周绍良、周雷、端木蕻良等,但他们往往要拉上一些"高大上"的题目如鉴真东渡、曹雪芹、《吕氏春秋》等,定位仍在于茅盾题词中所称"宝贵的文化遗产"。这与民国时代文人饮食谭——哪怕周作人那种爱抄书的——颇相径庭,后者往往不衫不履,亲切有味,而前者则学究气浓郁,也不无小心翼翼地规避着"享乐""闲适"的联想。1980年第3期《中国烹饪》有一篇作者署名"鲁迅研究室 鲁文"的文章,题为《从鲁迅先生做清炖火腿说起》,材料采自鲁迅书信与川岛回忆录,结尾不得不大费篇幅来说明写此题目的意义:

> 一个革命者当然应该把做好革命工作放在首位,不应

该一味追求饮食的舒适，更不应把它强调到不适当的地位，但是在条件许可的情况下，像鲁迅先生那样，学习和掌握一定的烹调知识和烹调技术，从而改善我们的生活，增强体质，促进我国四个现代化的建设，不仅是允许的，也是应当提倡的。

如此警惕，与时代风气自有关联。这一点清心寡欲的"革命传统"与重理轻欲的儒家传统颇有共识。1992年哲学家张岱年有《饮食之道——关于"美食""疏食"的感想》一文，推崇"中国古来重视民食"，但对"美食""美食家"颇为厌恶："我们中国擅长烹调，驰誉海外，提高烹调艺术，无可厚非。但是，不知国内能享受美食者究竟有多少人？那些美食究竟供谁享用呢？……如果一个人只是擅于品尝美食，这于国于民究有何益？"提高到"于国于民究有何益"的高度，文人饮食谭未免显得太不正经了。

1983年《收获》第1期发表了陆文夫中篇小说《美食家》。很多读者从这篇小说的反面人物朱自冶身上，似乎领略到何为"美食家"：有钱，有闲，好吃。主人公高小庭尽管反思自己身上的"左"倾错误，但仍然认为厨师追求提高烹调技术是正业，而"美食家"们实在像是社会的蛀虫。这篇小说虽以"美食家"为名，对美食的描写也开了新时期文学先河，但总体基调与时代风气并无大异。

单从《中国烹饪》的发展来看，从"烹调史话"转向"文人饮食谭"，大致可以1988年分界。此时《中国烹饪》已经从季刊变为月刊。1988年的刊物，虽然仍旧向名家邀稿，但所撰内容，已经从考究学问的"无我之境"转向"有我之境"，如周绍良《豁蒙楼就斋记》、费孝通《访日记吃》等，而且从第9期开始，《中国烹饪》开始连载从"无我"到"有我"——《世间滋味》导读梁实秋《雅舍谈吃》。"编者按"指出："文人谈吃，是中国文学史上一个值得注意的现象；打开现代作家们的文集，几乎每个人都有一篇、数篇谈饮食的散文。他们的见解如何？敬请读者诸君自己来读，自己来判断。"语尚含糊，但已经将"文人饮食谭"的传统推到了读者面前。

也正是从1988年开始，汪曾祺这个名字出现在《中国烹饪》上。他可能是当时大陆地区最有名的美食文作家了。

二

汪曾祺不仅是"当代作家"，同样也是一名"现代作家"。

从年轻时，他就想"打破小说、散文与诗的界限"，20世纪40年代汪曾祺创作的小说与散文中，描写饮食所在多有，小说如《职业》《落魄》《老鲁》《鸡鸭名家》《异秉》，散文如《风景》《昆明的叫卖缘起》。但从1948年起，到1979年重写《异秉》，汪曾祺的笔触也不曾碰过饮食。

从《异秉》《大淖记事》开始，汪曾祺小说里的饮食描写不可胜计，《黄油烙饼》《七里茶坊》《八千岁》尤其以食物作为小说的主线之一。《八千岁》甚至让远在海外的张爱玲也回忆起了久违的"炒炉饼"。但这些描写，还可以说是为小说故事、人物服务，真正将"自己"放入散文之中，从"无我之境"转入"有我之境"，1986年是很重要的节点。

这一年，汪曾祺写出了示范性的《故乡的食物》(《雨花》1986年第5期)，《吃食与文学（三题）》则似乎针对"文化热""文化遗产"一类的主张发出了自己的声音：

> 寻找古文化，是考古学家的事，不是作家的事。从食品角度来说，与其考察太子丹请荆轲吃的是什么，不如追寻一下"春不老"；与其查究《楚辞》里的"蕙肴蒸"，不如品味品味湖南豆豉；与其追溯断发文身的越人怎样吃蛤蜊，不如蒸一碗霉干菜，喝两杯黄酒。我们在小说里要表现的文化，首先是现在的，活着的；其次是昨天的，消逝不久的。理由很简单，因为我们可以看得见，摸得着，尝得出，想得透。(《作品》1987年第1期）

在此之前，汪曾祺在1983年小说《卖蚯蚓的人》中也曾谈到"吃什么"的"审美意义"：

我只是想了解了解他。我对所有的人都有兴趣，包括站在时代的前列的人和这个汉俑一样的卖蚯蚓的人……我对他们都有兴趣，都想了解。我要了解他们吃什么和想什么。用你们的话说，是他们的物质生活和精神生活……我是个写小说的人，对于人，我只能想了解、欣赏，并对他进行描绘，我不想对任何人作出论断。像我的一位老师一样，对于这个世界，我所倾心的是现象。我不善于作抽象的思维。我对人，更多地注意的是他的审美意义。你们可以称我是一个生活现象的美食家。

将"吃什么"审美化，就赋予了"饮食谭"以艺术层面的意义。这种审美意义源远流长，自先秦以来未尝断绝，但是在二十世纪八十年代，这是一条需要重新言说、论证与实践的常识。如果说，汪曾祺以一己之作品，在二十世纪八十年代成为"饮食审美化"的典型作家，他应邀于1989年发起编纂的《知味集》，则是集合文坛新老作家的一次演练，一种示范。汪曾祺特为《知味集》作《征稿小启》云：

浙中清逸，无过张岱。白下老饕，端让随园。中国是一个很讲究吃的国家，文人很多都爱吃，会吃，吃得很精；不但会吃，而且善于谈吃。中外文化出版公司要编一套作家谈生活艺术的丛书，其中有一本是作家谈饮食文化的，说白了，就是作家谈吃，这是理所当然的事。作家谈吃，时时散见于报刊，但是向无专集，现在把谈吃的文章集中成一本，想当有趣。凡不厌精细的作家，盍兴乎来；八大菜系、四方小吃、生猛海鲜、新摘园蔬，暨酸豆汁、臭千张，皆可一谈。或小市烹鲜，欣逢多年之故友；佛院烧笋，偶得半日之清闲。婉转亲切，意不在吃，而与吃有关者，何妨一记？作家中不乏烹调高手，卷袖入厨，嗟咄立办；颜色饶有画意，滋味别出酸咸；黄州猪肉、宋嫂鱼羹，不能望其项背。凡有独得之秘者，倘能公之于世，传之久远，是所望也。

道路阻隔，无由面请，谨奉牍以闻，此启。

《知味集》收罗的当代名家甚伙，但并非人人善于谈吃，最终的效果，或许也让汪曾祺不太满意，他在《后记》中说："中国是一个吃的大国，只有这样几篇，实在是挂一漏万。而且谈大菜、名菜的少，谈小吃的多。谈大菜的只有王世襄同志的谈糟溜鱼片一篇。'八大菜系'里，只有一篇谈苏帮菜的，其余各系均付阙如，霍达的谈涮羊肉，只能算是谈了一种中档菜（她的文章可是高档的）。谈豆腐的倒有好几篇，豆腐是很好吃的东西，值得编一本专集，但和本书写到的和没有写到的肴馔平列，就显得过于突出，不成比例。"至于"饮食审美化"，也很难强求。汪曾祺说"此亦弘扬民族文化之一端"，属于"政治正确"

的辩护，因为"有人会觉得：这是什么时候，谈吃！"，他对"向无专集"的饮食文字能够继续结集出版，抱有期盼，但又担心"然而有什么出版社会出呢？吁"。这就很有余悸未消的意思。

三

当然汪曾祺的预测是错误的。1992年之后，中国社会迅速向消费社会转型，"美食书写"与新涌现的都市媒体、专栏文章，相辅相成，成为大众阅读的宠儿，真正的"脍炙人口"。而文学思潮中的"私人叙事"盛行、"日常生活审美化"的理论当道，让作家不再以"饮食谭"为耻为忌。

除了名家纷纷试水饮食书写，美食写作也渐趋专业化。专业美食作者的出现，解决了《知味集》反映的知名作家"会写作但不会吃、没吃过"之类的短板，反而让饮食书写变得多元而纯粹，自现代以来的多种书写传统，遂在二十世纪九十年代之后的三十年中重现、壮大、流传。

一是"故乡食物"。诚如黄子平所论："现代文人离乡背井，漂泊异地异域，因而寄乡愁于食物，不厌其烦地叙写自己的味觉记忆，这构成一种颇具独特意味的文化现象。"(《故乡的食物：现代文人散文中的味觉记忆》) 对故乡食物的追忆背后，既浸染着儿时回忆的甘苦，也抒发对故乡的思慕眷恋。由"饮食"而至"思乡"，既是对作者自己的心灵慰藉，亦是对故乡的深情倾诉。此类文字，多以"情"而非"味"胜。

二是"四方食事"。这一类不求作者与食物之间有情感的勾连，而更偏重于由饮食映射地域的特质，中或夹杂作者对地域文化的见识评断——自二十世纪八十年代"文化热"兴起，这是一种常见的思路。而此类中之另一派，多以饮食采风为标的，即重在提供饮食的"地方性知识"。故饮食之外，兼及民俗、风土，亦可羼以"意不在吃，而与吃有关"之事。如汪曾祺、贾平凹、林斤澜、肖复兴，这批二十世纪八十年代的文坛干将，通常也被视为某地域文学代言人，往往热切于胪列食物，兼以绍介乡里，以广读者见闻。又有熟稔海外饮食的作者，如李长声、殳俏等，旨在为读者提供异域体验，那更是非将物产、人情、社会等因素都带入文中不可。

三曰"古今食典"。此类是饮食谭中最"去欲望化"的一派，意图体现饮食中的文化脉络，当然也是佐证"文化遗产"的最好材料。现代如周作人、梁实秋都喜欢在谈吃时大引特引前人笔记或风物志，这一传统倒是从未中绝，余韵不断，当代老辈作家，汪曾祺而外，俞平伯、邓云乡、唐振常皆优为之。中生代里，汪朗、赵珩、朱伟及沈宏非亦颇喜以长文考辨食史，探源知流。这一派最有文化味，但写得不好，也容易流于枯燥饾饤。又有一类，是探讨"食道"，动辄从人类原初谈起，于中西城乡雅俗常异之间随脚出入，看上去挥洒自如，其实难度更高，稍不留意即成空谈。

四为"名家食谭"。作者一般不以写食见长，或随缘乐助，或别有幽怀，或注重环境，更有诉说儿时艰难、旧事辛酸的冲动（如写饥饿，承继的是张贤亮《绿化树》的传统）。也有的借名写食，实欲写人。人又分人类、他人、自我三种。谈人类者，关注饮食与人性之勾连，可以阿城、苇岸为代表；谈他人者，如车辐写李劼人，又如汪曾祺写老舍；谈自我者，如新凤霞写学做菜之甘苦，读者可窥见生活之趣，而作者之个性亦借文字跃然纸上。

以上诸种，非为四十年食物书写之全貌。仅就所选之文，分门别类，大略言之。自《舌尖上的中国》风行全国，食物书写与风土发掘、人间故事，以影像的方式结合得更为紧密，配合大批年轻人以"吃货"自居的风潮，更能看出"写食"在新世纪的变化。至于大量炫吃的短视频，求一时之爽，过眼即忘；微博"票圈"，关于粽子、汤圆、豆腐脑的咸甜之争，年年上演，成为全民关注的重大话题，更是个人视角扩大以致泛滥的表征。同中争异，异中趋同，"吃什么，想什么"总是观察社会、体味人情的终南捷径。

目 录

总序 | 陈平原 ・I

导读：从"无我"到"有我" | 杨 早 ・I

辑一 故乡食物

故乡的食物（节选） | 汪曾祺 ・002

温州小吃 | 林斤澜 ・019

随笔四篇（节选） | 林斤澜 ・027

吃家乡饭 | 张中行 ・031

南京的吃 | 叶兆言 ・037

成都花会、灯会中的小吃 | 车 辐 ・046

故乡的吃食 | 迟子建 ・057

日月盐水豆 | 何立伟 · 062

黄鸭叫 | 钟叔河 · 065

荒年粥事 | 凸　凹 · 070

食物 | 李　娟 · 076

萨其马 | 崔岱远 · 087

"丝丝"记忆在牙巴 | 周之江 · 090

辑二　四方食事

陕西小吃小识录（节选）| 贾平凹 · 096

城南旧话——四方食事 | 汪曾祺 · 102

春菰秋蕈总关情 | 王世襄 · 111

荞麦面 | 邓云乡 · 119

乡味何在？| 唐振常 · 123

过年三名物 | 周　劭 · 128

饥饿是所有人的耻辱 | 鲍尔吉·原野 · 132

日本的豆腐 | 李长声 · 138

羊杂碎 | 张贤亮 · 142

酸梅汤 | 肖复兴 · 146

上海的吃及其他 | 王安忆 · 150

昆仑之吃 | 毕淑敏 · 154

头脑 | 崔岱远 · 162

嚼舌记 | 殳 俏 · 165

老派中秋 | 郁 俊 · 168

辑三 古今食典

略谈杭州北京的饮食 | 俞平伯 · 172

诗味与口味 | 季镇淮 · 182

从"粥疗"说起 | 宗 璞 · 186

文人与鲈脍 | 邓云乡 · 190

中国饮食文化二题 | 唐振常 · 195

说粥 | 李庆西 · 202

食物与蛋白酶 | 阿 城 · 209

油 | 朱　伟　　　　　　　　　　　　　　　　·222

莼鲈盐豉的诱惑——文人与吃 | 赵　珩　　　　·228

猪的肥肉 | 钟叔河　　　　　　　　　　　　　·237

满汉何来全席 | 汪　朗　　　　　　　　　　　·241

辑四　名家食谭

吃的5W | 王　蒙　　　　　　　　　　　　　　·246

"涮庐"闲话 | 陈建功　　　　　　　　　　　　·251

食家与家食 | 唐振常　　　　　　　　　　　　·257

吃喝之外 | 陆文夫　　　　　　　　　　　　　·262

民间有滋味 | 岱　峻　　　　　　　　　　　　·268

天桥的现做地摊小吃 | 新凤霞　　　　　　　　·271

素食主义 | 苇　岸　　　　　　　　　　　　　·273

纸上得来味更长——《文学的餐桌》序 | 陈平原　·277

芥末堆 | 李国文　　　　　　　　　　　　　　·282

话说鲍鱼 | 邓　刚　　　　　　　　　　　　　·287

饥饿惯性 | 南　帆　　　　　　　　　　　　　·293

在寺庙吃 | 杨　葵 ・313

至味在江湖 | 陈晓卿 ・316

编辑凡例 ・320

辑一 故乡食物

故乡的食物（节选）

汪曾祺

· 炒米和焦屑

小时读《板桥家书》"天寒岁暮，穷亲戚朋友到门，先泡一大碗炒米送手中，佐以酱姜一小碟，最是××××（此四字失记，待查）之具"，觉得很亲切。郑桥板是兴化人，我的家乡是高邮，风气相似。这样的感情，是外地人们不易领会的。炒米是各地都有的。但是很多地方都做成了炒米糖。这是很便宜的食品。孩子买了，咯咯地嚼着。四川有"炒米糖开水"，车站码头都有得卖，那是泡着吃的。但四川的炒米糖似也是专业的作坊做的，不像我们那里。我们那里也有炒米糖，像别处一样，切成长方形的一块一块。也有搓成圆球的，叫作"欢喜团"。那也是作坊里做的。但通常所说的炒米，是不加糖黏结的，是"散装"的；而且不是作坊里做出来，是自己家里炒的。

说是自己家里炒，其实是请了人来炒的。炒炒米也要点手艺，并不是人人都会的。入了冬，大概是过了冬至吧，有人背了一面大筛子，手执长柄的铁铲，大街小巷地走，这就是炒炒米的。有时带一个助手，多半是个半大孩子，是帮他烧火的。请到家里来，管一顿饭，给几个钱，炒一天。或二斗，或半石；像我们家人口多，一次得炒一石糯米。炒炒米都是把一年所需一次炒齐，没有零零碎碎炒的。过了这个季节，再找炒炒米的也找不着。一炒炒米，就让人觉得，快要过年了。

装炒米的坛子是固定的，这个坛子就叫"炒米坛子"，不做别的用途。舀炒米的东西也是固定的，一般人家大都是用一个香烟罐头。我的祖母用的是一个"柚子壳"。柚子，——我们那里柚子不多见，从顶上开一个洞，把里面的瓤掏出来，再塞上米糠，风干，就成了一个硬壳的钵状的东西。她用这个柚子壳用了一辈子。

我父亲有一个很怪的朋友，叫张仲陶。他很有学问，曾教我读过《项羽本纪》。他薄有田产，不治生业，整天在家研究《易经》，算卦。他算卦用蓍草。全城只有他一个人用蓍草算卦。据说他有几卦算得极灵。有一家，丢了一只金戒指，怀疑是女用人偷了。这女用人蒙了冤枉，来求张先生算一卦。张先生算了，说戒指没有丢，在你们家炒米坛盖子上。一找，果然。我小时就不大相信，算卦怎么能算得这样准，怎么能算得出在炒米坛盖子上呢？不过他的这一卦说明了一件事，即我们那里炒米坛子是几乎家家都有的。

炒米这东西实在说不上有什么好吃。常常预备，不过取其方便。用开水一泡，马上就可以吃，在没有什么东西好吃的时候，泡一碗，可代早晚茶。来了平常的客人，泡一碗，也算是点心。郑板桥说"穷亲戚朋友到门，先泡一大碗炒米送手中"，也是说其省事，比下一碗挂面还要简单。炒米是吃不饱人的。一大碗，其实没有多少东西。我们那里吃泡炒米，一般是抓上一把白糖。如板桥所说"佐以酱姜一小碟"，也有，少。我现在岁数大了，如有人请我吃泡炒米，我倒宁愿来一小碟酱生姜，——最好滴几滴香油，那倒是还有点意思的。另外还有一种吃法，用猪油煎两个嫩荷包蛋——我们那里叫作"蛋瘪子"，抓一把炒米和在一起吃。这种食品是只有"惯宝宝"才能吃得到的。谁家要是老给孩子吃这种东西，街坊就会有议论的。

我们那里还有一种可以急就的食品，叫作"焦屑"。焗锅巴磨成碎末，就是焦屑。我们那里，餐餐吃米饭，顿顿有锅巴。把饭铲出来，锅巴用小火烘焦，起出来，卷成一卷，存着。锅巴是不会坏的，不发馊，不长霉。攒够一定的数量，就用一具小石磨磨碎，放起来。焦屑也像炒米一样。用开水冲冲，就能吃了。焦屑调匀后成糊状，有点像北方的炒面，但比炒面爽口。

我们那里的人家预备炒米和焦屑，除了方便，原来还有一层意思，是应急。在不能正常煮饭时，可以用来充饥。这很有点像古代行军用的"糒"。有一年，记不得是哪一年，总之是我还小，还在上小学。党军（国民革命军）和联军（孙传芳的军队）在我们县境内开了仗，很多人都躲进了红十字会。不知道出于一种什么信念，大家都以为红十字会是哪一方的军队都不能打进去的，进了红十字会就安全了。红十字会设在炼阳观。这是一个道士观。我们一家带了一点行李进了炼阳观。祖母指挥着，特别关照，把一坛炒米和一坛焦屑带了去。我对这种打破常规的生活极感兴趣。晚上，爬到吕祖楼上去，看双方军队枪炮的火光在东北面不知什么地方一阵一阵地亮着，觉得有点紧张，也很好玩。很多人家住在一起，不能煮饭，这一晚上，我们是冲炒米、泡焦屑度过的。没有床铺，我把几个道士诵经用的蒲团拼起来，在上面睡了一夜。这实在是我小时候度过的一个浪漫主义的夜晚。

第二天，没事了，大家就都回家了。

炒米和焦屑和我家乡的贫穷和长期的动乱是有关系的。

· 端午的鸭蛋

家乡的端午，很多风俗和外地一样。系百索子。五色的丝线拧成小绳，系在手腕上。丝线是掉色的，洗脸时沾了水，手腕上就印得红一道绿一道的。做香角子。丝线缠成小粽子，里头装了香面，一个一个串起来，挂在帐钩上。贴五毒。红纸剪成五毒，贴在门槛上。贴符。这符是城隍庙送来的。城隍庙的老道士还是我的寄名干爹。他每年端午节前就派小道士送符来，还有两把小纸扇。符送来了，就贴在堂屋的门楣上。一尺来长的黄色、蓝色的纸条，上面用朱笔画些莫名其妙的道道，这就能辟邪么？喝雄黄酒。用酒和雄黄在孩子的额头上画一个王字，这是很多地方都有的。有一个风俗不知别处有不：放黄烟子。黄烟子是大小如北方的麻雷子的炮仗，只是里面灌的不是硝药，而是雄黄。点着后不响，只是冒出一股黄烟，能冒好一会。把点着的黄烟子丢在橱柜下面，说是可以熏五毒。小孩子点了黄烟子，常把它的一头抵在板壁上写虎字。写黄烟虎字笔划不能断。所以我们那里的孩子都会写草书的"一笔虎"。还有一个风俗，是端午节的午饭要吃"十二红"，就是十二道红颜色的菜。十二红是我只记得有炒红苋菜、油爆虾、咸鸭蛋，其余的都记不清，数不出了。也许十二红只是一个名目，不一定真凑足十二样。不过午饭的菜都是红的，这一点是我没有记错的，而且，苋菜、虾、鸭蛋，一定是有的，这三样，在我的家乡，都不贵，多数人家是吃得起的。

我的家乡是水乡，出鸭。高邮大麻鸭是著名的鸭种。鸭多，鸭蛋也多。高邮人也善于腌鸭蛋。高邮咸鸭蛋于是出了名。我在苏南、浙江。每逢有人问起我的籍贯，回答之后，对方就会肃然起敬："哦！你们那里出咸鸭蛋！"上海的卖腌腊的店铺里也卖咸鸭蛋，必用纸条特别标明："高邮咸蛋。"高邮还出双黄鸭蛋。别处鸭蛋也偶有双黄的，但不如高邮的多，可以成批输出。双黄鸭蛋味道其实无特别处,还不就是个鸭蛋!只是切开之后,里面圆圆的两个黄,使人惊奇不已。我对异乡人称道高邮鸭蛋,是不大高兴的,好像我们那穷地方就出鸭蛋似的!不过高邮的咸鸭蛋,确实是好,我走的地方不少,所食鸭蛋多矣,但和我家乡的完全不能相比!曾经沧海难为水,他乡咸鸭蛋,我实在瞧不上。袁枚的《随园食单·小菜单》有"腌蛋"一条。袁子才这个人我不喜欢,他的《食单》好些菜的做法是听来的,他自己并不会做菜。但是"腌蛋"这一条我看后却觉得很亲切,而且"餐有荣焉"。文不长,录如下:

  腌蛋以高邮为佳,颜色细而油多。高文端公最喜食之。席间,先夹取以敬客,放盘中。总宜切开带壳,黄白兼用;不可存黄去白,使味不全,油亦走散。

  高邮咸蛋的特点是质细而油多。蛋白柔嫩,不似别处的发干、发粉,入口如嚼石灰。油多尤为别处所不及。鸭蛋的吃法,如袁子才所说,带壳切开,是一种,那是席间待客的办法。平常食用,一般都是敲破"空头",用筷子挖着吃。筷子头一扎下去,吱——红油就冒出来了。高邮咸蛋的黄是通红的。苏北有一道名菜,叫作"朱砂豆腐",就是用高邮鸭蛋黄炒的豆腐。我在北京吃的咸鸭蛋,蛋黄是浅黄色的,这叫什么咸鸭蛋呢!

  端午节,我们那里的孩子兴挂"鸭蛋络子"。头一天,就由姑姑或姐姐用彩色丝线打好了络子。端午一早，鸭蛋煮熟了，由孩子自己去挑一个。鸭蛋有什么可挑的呢？有！一要挑淡青壳的。鸭蛋壳有白的和淡青的两种。二要挑形状好看的。别说鸭蛋都是一样的，细看却不同。有的样子蠢，有的秀气。挑好了，装在络子里，挂在大襟的纽扣上。这有什么好看呢？然而它是孩子心爱的饰物。鸭蛋络子挂了多半天，什么时候孩子一高兴，就把络子里的鸭蛋掏出来，吃了。端午的鸭蛋，新腌不久，只有一点淡淡的咸味，白嘴吃也可以。

孩子吃鸭蛋是很小心的，除了敲去空头，不把蛋壳碰破。蛋黄蛋白吃光了，用清水把鸭蛋里面洗净，晚上捉了萤火虫来，装在蛋壳里，空头的地方糊一层薄罗。萤火虫在鸭蛋壳里一闪一闪地亮，好看极了！

小时读囊萤映雪故事，觉得东晋的车胤用练囊盛了几十只萤火虫，照了读书，还不如用鸭蛋壳来装萤火虫。不过用萤火虫照亮来读书，而且一夜读到天亮，这能行吗？车胤读的是手写的卷子，字大，若是读现在的新五号字，大概是不行的。

• 咸菜茨菇汤

一到下雪天，我们家就喝咸菜汤，不知是什么道理。是因为雪天买不到青菜？那也不见得。除非大雪三日，卖菜的出不了门，否则他们总还会上市卖菜的。这大概只是一种习惯。一早起来,看见飘雪花了,我就知道,今天中午是咸菜汤!

咸菜是青菜腌的。我们那里过去不种白菜,偶有卖的,叫作"黄芽菜",是外地运去的,很名贵。一盘黄芽菜炒肉丝,是上等菜。平常吃的,都是青菜。青菜似油菜,但高大得多。入秋,腌菜,这时青菜正肥。把青菜成担地买来,洗净,晾去水气,下缸。一层菜,一层盐,码实,即成。随吃随取,可以一直吃到第二年春天。

腌了四五天的新咸菜很好吃,不咸,细、嫩、脆、甜,难可比拟。

咸菜汤是咸菜切碎了煮成的。到了下雪的天气,咸菜已经腌得很咸了,而且已经发酸。咸菜汤的颜色是暗绿的。没有吃惯的人,是不容易引起食欲的。

咸菜汤里有时加了茨菇片,那就是咸菜茨菇汤。或者叫茨菇咸菜汤,都可以。

我小时候对茨菇实在没有好感。这东西有一种苦味。民国二十年,我们家乡闹大水,各种作物减产,只有茨菇却丰收。那一年我吃了很多茨菇,而且是不去茨菇的嘴子的,真难吃。

我十几岁离乡,辗转漂流,三四十年没有吃到茨菇,并不想。

前好几年,春节后数日,我到沈从文老师家去拜年,他留我吃饭,师母张兆和炒了一盘茨菇肉片。沈先生吃了两片茨菇,说:"这个好!格比土豆高。"我承认他这话。吃菜讲究"格"

的高低，这种语言正是沈老师的语言。他是对什么事物都讲"格"的，包括对于茨菇、土豆。

因为久违，我对茨菇有了感情。前几年，北京的菜市场在春节前后有卖茨菇的。我见到，必要买一点。回来加肉炒了。家里人都不怎么爱吃。所有的茨菇，都由我一个人"包圆儿"了。

北方人不识茨菇。我买茨菇，总要有人问我："这是什么？"——"茨菇。"——"茨菇是什么？"这可不好回答。

北京的茨菇卖得很贵，价钱和"洞子货"（温室所产）的西红柿、野鸡脖韭菜差不多。

我很想喝一碗咸菜茨菇汤。

我想念家乡的雪。

虎头鲨、昂嗤鱼、砗螯、螺蛳、蚬子

苏州人特重塘鳢鱼。上海人也是，一提起塘鳢鱼，眉飞色舞。塘鳢鱼是什么鱼？我向往之久矣。到苏州，曾想尝尝塘鳢鱼，未能如愿。后来我知道：塘鳢鱼就是虎头鲨，嗐！

塘鳢鱼亦称土步鱼。《随园食单》："杭州以土步鱼为上品，而金陵人贱之，目为虎头蛇，可发一笑。"虎头蛇即虎头鲨。这种鱼样子不好看，而且有点凶恶。浑身紫褐色，有细碎黑斑，头大而多骨，鳍如蝶翅。这种鱼在我们那里也是贱鱼，是不能上席的。苏州人做塘鳢鱼有清炒、椒盐多法。我们家乡通常的吃法是氽汤，加醋、胡椒。虎头鲨氽汤，鱼肉极细嫩，松而不散，汤味极鲜，开胃。

昂嗤鱼的样子也很怪，头扁嘴阔，有点像鲇鱼，无鳞，皮色黄，有浅黑色的不规整的大斑。无背鳍，而背上有一根很硬的尖锐的骨刺。用手捏起这根骨刺，它就发出昂嗤昂嗤小小的声音。这声音是怎么发出来的，我一直没弄明白。这种鱼是由这种声音得名的。它的学名是什么，只有去问鱼类学专家了。这种鱼没有很大的，七八寸长的，就算难得的了。这种鱼也很贱，连乡下人也看不起。我的一个亲戚在农村插队，见到昂嗤鱼，买了一些，农民都笑他："买这种鱼干什么！"昂嗤鱼其实是很好吃的。昂嗤鱼通常也是氽汤。虎头鲨是醋汤，昂嗤鱼不加醋，汤白如牛乳，是所谓"好汤"。昂嗤也极细嫩，鳃边的两块蒜瓣肉有大拇指大，堪称至味。有一年，北京一家鱼店不知从哪里运来一些昂嗤鱼，无人问津。顾客都不识这是啥鱼。有一位卖鱼的老师傅倒知道："这是昂嗤。"我看到，高兴极了，买了十来条。回家一做，满不是那么一回事！昂嗤要吃活的（虎头鲨也是活杀）。长途转运，又在冷库里冰了一些日子，肉质变硬，鲜味全失，一点意思都没有！

砗螯我的家乡叫馋螯，砗螯是扬州人的叫法。我在大连见到花蛤，我以为就是砗螯。不是。形状很相似，入口全不同。花蛤肉粗而硬，咬不动。砗螯极柔软细嫩。砗螯好像是淡水里产的，但味道却似海鲜。有点像蛎黄，但比蛎黄味道清爽。比青蛤、蚶子味厚。砗螯可清炒，烧豆腐，或与咸肉同煮。砗螯烧乌青菜（江南人叫塌苦菜），风味绝佳。乌青菜如是经霜而现拔的，尤美。我不食砗螯四十五年矣。

砗螯壳稍呈三角形，质坚，白如细瓷，而有各种颜色的弧形花斑，有浅紫的，有暗红的，有赭石，墨蓝的，很好看。家里买了砗螯，挖出砗螯肉，我们就从一堆砗螯壳里去挑选，挑到好的，洗净了留起来玩。砗螯壳的铰合部有两个突出的尖嘴子，把尖嘴子在糙石上磨磨，不一会就磨出两个小圆洞，含在嘴里吹，呜呜地响，且有细细颤音，如风吹窗纸。

螺蛳处处有之。我们家乡清明吃螺蛳，谓可以明目。用五香煮熟螺蛳，分给孩子，一人半碗，由他们自己用竹签挑着吃。孩子吃了螺蛳，用小竹弓把螺蛳壳射到屋顶上，喀拉喀拉地响。夏天"检漏"，瓦匠总要扫下好些螺蛳壳。这种小弓不做别的用处，就叫作螺蛳弓。我在小说《戴东匠》里对螺蛳弓有较细的描写。

蚬子是我所见过的贝类里最小的了，只有一粒瓜子大。蚬子是剥了壳卖的。剥蚬子的人家附近堆了好多蚬子壳，像一个坟头。蚬子炒韭菜，很下饭。这种东西非常便宜，为小户人家的恩物。

有一年修运河堤。按工程规定，有一段堤面应铺碎石。包工的贪污了款子，在堤面铺了一层蚬子壳。前来验收的委员，坐在汽车里，向外一看，白花花的一片，还抽着雪茄烟，连说：

"很好！很好！"

我的家乡富水产。鱼之中名贵的是鳊鱼、白鱼（尤重翘嘴白）、鲦花鱼（即鳜鱼），谓之"鳊、白、鲦"。虾有青虾、白虾。蟹极肥。以无特点，故不及。

· **野鸭、鹌鹑、斑鸠、鵽**

过去我们那里野鸭子很多。水乡，野鸭子自然多。秋冬之际，天上有时"过"野鸭子，黑乎乎的一大片。在地上可以听到它们鼓翅的声音，呼呼的，好像刮大风。野鸭子是枪打的（野鸭肉里常常有很细的铁砂子，吃时要小心），但打野鸭子的人自己不进城来卖。卖野鸭子有专门的摊子。有时卖鱼的也卖野鸭子，把一个养活鱼的木盆翻过去，野鸭一对一对地擩在盆底。卖野鸭子是不用秤约的，都是一对一对地卖。野鸭子是有一定分量的。依分量大小，有一定的名称，如"对鸭""八鸭"。哪一种有多大分量，我现在已经记不清了。卖野鸭子都是带毛的。卖野鸭子的可以代客当场去毛。拔野鸭毛是不能用开水烫的。野鸭子皮薄，一烫，皮就破了。干拔。卖野鸭子的把一只鸭子放入一个麻袋里，一手提鸭，一手拔毛，一会儿就拔净了。——放在麻袋里拔，是防止鸭毛飞散。代客拔毛，不另收费，卖野鸭子的只要那一点鸭毛。——野鸭毛是值钱的。

野鸭的吃法通常是切块红烧。清炖大概也可以吧，我没有吃过。野鸭子肉的特点是：细、酥，不像家鸭每每肉老。野鸭烧咸菜是我们那里的家常菜。里面的咸菜尤其是佐粥的妙品。

现在我们那里的野鸭子很少了。前几年我回乡一次，偶有，卖得很贵。原因据说是因为县里对各乡水利做了全面综合治理，过去的水荡子、荒滩少了，野鸭子无处栖息。而且，野鸭子过去是吃收割后遗撒在田里的谷粒的，现在收割得很干净，颗粒归仓，野鸭子没有什么可吃的，不来了。

鹌鹑是网捕的。我们那里吃鹌鹑的人家少，因为这东西只有由乡下的亲戚送来，市面上没有卖的。鹌鹑大都是用五香卤了吃。也有用油炸了的。鹌鹑能斗，但我们那里无斗鹌鹑的风气。

我看见过猎人打斑鸠。我在读初中的时候。午饭后，我到学校后面的野地里去玩。野地里有小河，有野蔷薇，有金黄色的茼蒿花，有苍耳（苍耳子有小钩刺，能挂在衣裤上，我们管它叫"万把钩"），有才抽穗的芦荻。在一片树林里，我发现一个猎人。我们那里猎人很少，我从来没有见过猎人，但是我一看见他，就知道：他是一个猎人。这个猎人给我一个非常猛厉的印象。他穿了一身黑，下面却缠了鲜红的绑腿。他很瘦。他的眼睛黑，而冷。他握着枪。他在干什么？树林上面飞过一只斑鸠。他在追逐这只斑鸠。斑鸠分明已经发现猎人了。它想逃脱。斑鸠飞到北面，在树上落一落，猎人一步一步往北走。斑鸠连忙往南面飞，猎人扬头看了一眼。斑鸠落定了，猎人又一步一步往南走，非常冷静。这是一场无声的，然而非常紧张的、坚持的较量。斑鸠来回飞，猎人来回走。我很奇怪，为什么斑鸠不往树林外面飞。这样几个来回，斑鸠慌了神了，它飞得不稳了，歪歪倒倒的，失去了原来均匀的节奏。忽然，砰，——枪声一响，斑鸠应声而落。猎人走过去，拾起斑鸠，看了看，装在猎袋里。他的眼睛很黑，很冷。

我在小说《异秉》里提到王二的熏烧摊子上，春天，卖一种叫作"鵽"的野味。鵽这种东西我在别处没看见过。"鵽"这个字很多人也不认得。多数字典里不收。《辞海》里倒有这个字，标音为（duò 又读 zhuā）。zhuā 与我乡读音较近，但我们那里是读入声的，这只有用国际音标才标得出来。即使用国际音标标出，在不知道"短促急收藏"的北方人也是读不出来的。《辞海》"鵽"字条下注云"见鵽鸠"，似以为"鵽"即"鵽鸠"。而在"鵽鸠"条下注云："鸟名。雉属。即'沙鸡'。"这就不对了。沙鸡我是见过的，吃过的。内蒙、张家口多出沙鸡。《尔雅·释鸟》郭璞注："出北方沙漠地。"不错。北京冬季偶尔也有卖的。沙鸡嘴短而红，腿也短。我们那里的鵽却是水鸟，嘴长，腿也长。鵽的滋味和沙鸡有天渊之别。沙鸡肉较粗，略有酸味；鵽肉极细，非常香。我一辈子没有吃过比鵽更香的野味。

- 蒌蒿、枸杞、荠菜、马齿苋

　　小说《大淖记事》:"春初水暖,沙洲上冒出很多紫红色的芦芽和灰绿色的蒌蒿,很快就是一片翠绿了。"我在书页下方加了一条注:"蒌蒿是生于水边的野草,粗如笔管,有节,生狭长的小叶,初生二寸来高,叫作'蒌蒿薹子',加肉炒食极清香……"蒌蒿的蒌字,我小时不知怎么写,后来偶然看了一本什么书,才知道的。这个字音"吕",我小学有一个同班同学,姓吕,我们就给他起了个外号,叫"蒌蒿薹子"(蒌蒿薹子家开了一爿糖坊,小学毕业后未升学,我们看见他坐在糖坊里当小老板,觉得很滑稽)。但我查了几本字典,"蒌"都音"楼",我有点恍惚了。"楼""吕"一声之转,许多从"娄"的字都读"吕",如"屡""缕""楼"……这本来无所谓,读"楼"读"吕",关系不大。但字典上都说蒌蒿是蒿之一种,即白蒿,我却有点不以为然了。我小说里写的蒌蒿和蒿其实不相干。读苏东坡《惠崇春江晚景》诗:"竹外桃花三两枝,春江水暖鸭先知。蒌蒿满地芦芽短,正是河豚欲上时。"此蒌蒿生于水边,与芦芽为伴,分明是我的家乡人所吃的蒌蒿,非白蒿。或者"即白蒿"的蒌蒿别是一种,未可知矣。深望懂诗、懂植物学,也懂吃的博雅君子有以教我。

　　我的小说注文中所说的"极清香",很不具体。嗅觉和味觉是很难比方,无法具体的。昔人以为荔枝味似软枣,实在是风马牛不相及。我所谓"清香",即食时如坐在河边闻到新涨的春水的气味。这是实话,并非故作玄言。

枸杞到处都有。开花后结长圆形的小浆果,即枸杞子,我们叫它"狗奶子",形状颇像。本地产的枸杞子没有入药的,大概不如宁夏产的好。枸杞是多年生植物。春天,冒出嫩叶,即枸杞头。枸杞头是容易采到的。偶尔也有近城的乡村的女孩子采了,放在竹篮里叫卖:"枸杞头来!……"枸杞头可下油盐炒食;或用开水焯了,切碎,加香油、酱油、醋,凉拌了吃。那滋味,也只能说"极清香"。春天吃枸杞头,云可以清火,如北方人吃苣荬菜一样。

"三月三,荠菜花赛牡丹",俗谓是日以荠菜花置灶上,则蚂蚁不上锅台。

北京也偶有荠菜卖。菜市上卖的是园子里种的,茎白叶大,颜色较野生者浅淡,无香气。农贸市场间有南方的老太太挑了野生的来卖,则又过于细瘦,如一团乱发,制熟后强硬扎嘴。总不如南方野生的有味。

江南人惯用荠菜包春卷,包馄饨,甚佳。我们家乡有用来包春卷的,用来包馄饨的没有,——我们家乡没有"菜肉馄饨"。一般是凉拌。荠菜焯熟剁碎,界首茶干切细丁,入虾米,同拌。这道菜是可以上酒席作凉菜的。酒席上的凉拌荠菜都用手抟成一座尖塔,临吃推倒。

马齿苋现在很少有人吃。古代这是相当重要的菜蔬。苋分人苋、马苋。人苋即今苋菜，马苋即马齿苋。我们祖母每于夏天摘肥嫩的马齿苋晾干，过年时作馅包包子。她是吃长斋的，这种包子只有她一个人吃。我有时从她的盘子里拿一个，蘸了香油吃，挺香。马齿苋有点淡淡的酸味。

马齿苋开花，花瓣如一小囊。我们有时捉了一个哑巴知了——知了是应该会叫的，捉住一个哑巴，多么扫兴！于是就摘了两个马齿苋的花瓣套住它的眼睛，——马齿苋花瓣套知了眼睛正合适，一撒手，这知了就拼命往高处飞，一直飞到看不见！

三年自然灾害，我在张家口沙岭子吃过不少马齿苋。那时候，这是宝物！

（原载1986年第5期《雨花》）

温州小吃

林斤澜

· 小引

我喜欢小吃。对大吃如筵席,总觉得一般化。就是上两个特色的菜,也叫七盘八碗的公式淹没了。还有,也浪费,也熬神。更加年纪大了,常常不耐烦起来。

小吃也有一般化的,但你可以走开,去找那独立的个性。去坐那不拘束的摊头。去随意吃点不吃点,喝点不喝点。

俗云:"吃在广州。"近年因"温州模式"叫响,报纸上有了描写温州的小吃夜市,标题多用"吃在温州"(这也算得乾隆笔意吧,他好用御笔另定天下第一)。

温州的小吃夜市,倒是灯火通明,通宵达旦。天黑开始,午夜高潮,上半夜下半夜摊担更换,黄昏与启明,品种不得一样。

要说出小吃的名色,就牵涉到方言土语。越有个性的越土,若换作普通话，难免一般化了，怪可惜的。偏偏温州方言，自成一格，通用范围不过几个县。比较起通用来，广东话上海话就"普通"得多。先前，在语言学上，温州话归属吴语系。前几年，一位在语言研究所专门研究温州语言的老乡说，现在只好把温州话从吴语系中划出来，单立一支。如果叫作独立大队太大，也得叫作独立小队。

事关地方风味，不得不先交代几句，作为引子。

· 生

各地都有生吃的食物，西红柿黄瓜不必说，广东福建有海鲜的生食，如生鱼片，那要烫在热粥里。如生鱿鱼干下酒，但也经火略烤。

温州生食较多，有略加处理的也不经火不加热。凡属这种吃法的，生字需放在后边，如豆腐生、港蟹生、盘菜生、白鳝生、蛎蚬生。

本地人也偶有不吃"生"的，别人就会说："白白把你做个温州人了。"温州人远离家乡的，谈起吃食，总是"生"占上风。上例诸"生"，各人或有偏爱，但不论哪一"生"，提起来都一片"啧啧"，提到偏爱的，竟会发声如同欢呼。

港蟹生是诸生中上得台盘，不但上得去还有摆"当中"的资格。家常便饭也是四个盘叫"盘头"，放到"盘头"中间去的叫"菜",爱说土话的也叫作"摆当中"。

港蟹有写作江蟹,其实就是海产梭子蟹。剥开洗净,或过盐水或洒盐暴腌二三小时,斩块码在盘上,蟹肉因鲜作蛋青色,上铺蟹黄因肥一片金黄。这蛋青与金黄都因未经火,不凝结,生动明亮。加醋,加胡椒粉,也有稍稍加点白糖的,只是胡椒粉非常重要不可少用。

1987年春上海突发甲肝成灾,蔓延到杭州和沿海一带,政府劝告暂停生食。椒江市文联主席是位女作家,见我多年在外,亲自下厨监督,端上一盘生蟹。声明三天内得肝炎的,她负责。其实不用她鼓舞,她也负不了责。只见筷子上头,有略略踌躇的,有径直向前的,有连起连落的,眨眼间,竟光。

正逢蟹季,天天吃,顿顿吃,到后来仿佛舌尖都破了,凡蒸、炒、煮的蟹,都不想动筷子。唯有这蟹生,百吃亦如初吃,那样的鲜味来自大自然,是自然的原味,岂能生厌。

有外地朋友不敢动筷,轻声叹道:"茹毛饮血。"

说的是原始。殊不知原始的美,是美的源头。追求美的人,经过千辛万苦,才会把返璞归真,作为追求的最后境界。

· 粉

粉,是大米粉水磨成浆,过漏成丝,入锅煮熟晾干。南方诸省都有,叫粉条粉丝不一,温州自叫粉干。有细如发丝的加龙须二字。

农家待常客或不速之客，就炒粉干。大海碗堆尖，连声说怠慢怠慢端到面前。当饭，也下酒。怎么可以下得酒呢，那堆尖部分五颜六色，嫩黄的鸡蛋，翠绿的新摘蔬菜，棕黑的香菰，淡红的海米……

我少年时奔赴战争，第一次走进仙霞深山。头天到一交通站落脚，天上墨黑，一灯如豆，端上来这么一海碗，半个世纪过去了，还热腾腾在眼前。

不想我的女儿八九岁时，"浩劫"中第一次回祖籍，坐了一天"小火轮"下乡看姨母。她留下深刻的印象：一是武斗的枪声，再是这样一海碗炒粉干。

粉干也可以煮了带汤吃。市上有一种吃法，走遍南北没有见过，叫作"猪脏粉"。卖时文火热着锅，大小肠横在锅中间，四边油晃晃的汤上是煮烂浸透的粉干，粗大，本地人形容做轿杠一样。这是特制的，虽说烂熟，筷子挑起来不断，放到嘴里不糟。

朝摊头上一坐，摊主人先用筷子把轿杠一样的粉干挑到碗里，再用手指在热汤里捉肠头，嗖嗖几刀，捉肠尾嗖嗖几刀，大头小头一刀码到碗里，撒上碧绿香菜……动作的敏捷和潇洒，可观，可兴奋食欲。

现在夜市上简化了。把猪肠煮好切好放在一边，粉干也没有轿杠一样的了，临时一热，舀一勺猪肠上去。简化，有的是时代的需要，是好事。不过有的，是吃大锅饭吃出来的，可惜。

半个世纪以前，大将粟裕，曾在浙闽边打游击。他晚年回来看看老根据地。我在夜市摊头，听到一个传说：一天晚上，大将从保卫严密的住处，一个人偷出来，坐到摊头吃了一碗"猪脏粉"。当然无从查考，若是市场上的吹嘘，那，这个广告做得怪有想象力的。

· 鱼

各地吃鱼，用料做法不一，派别甚多。我以为甜派最糟。药派（加中药）贵重实非正路。酸派中西双版纳傣家的酸鱼，简约而别具一格。浓重是一大派，四川是代表，咸油辣麻，满嘴作料中略加鱼肉。浓重的对面，是清淡派。这多半是在沿海，在水乡，日日见鱼虾的地方。

人说温州也属清淡，是也是的，还是笼统。温州着重原味，恨不能把条鱼洗洗煮煮就端上来。家常吃小黄鱼大带鱼大小鲳鱼，撒撒盐，略略放点葱花姜片，蒸蒸上桌，原形本色。实不耐烦油煎油炸，若像北地裹上面粉炸成油条油卷油饼模样，何必吃鱼。北京主妇看见海杂鱼价钱便宜，想买又不买，理由总是：没有那么多油伺候它！

温州上席的大黄鱼，也不走油、过油，只浇点油，叫作葱油鱼，做法大体像西湖醋鱼却把醋也免了。

再有种做法，只有鱼味看不见鱼样：鱼丸、鱼饼、鱼面、鱼松是也。

鱼饼是把鱼肉斩碎，加"散"粉（菱粉团粉），放葱放盐，多放姜，揉透要紧。成扁圆长条，用手拍上酱油料酒，走油成金黄色，上蒸笼蒸熟，切片码盘。配上烂熟猪头肉，烂熟好撇去浮油，也能切成薄片，那是刀功了。一片鱼饼一片猪头肉同时进口，因名鱼饼肉。其味可以想象。

原先四顾桥头的鱼饼有名，现在到四顾桥头四顾，连桥也没有了，那单间三层的木头小楼，了无踪迹。

现在还有鱼饼卖，配猪头肉同吃的事，青年人晓也晓不得了。鱼饼也不"行时"，可能是偷工减料的缘故。

偷工减料又有原因，"温州模式"打响以后，市面上一片暴发景象。穿衣服论时装，饮食也赶时髦，鱼饼成了陈式粗货。好比当今的文学，三年两头出主意，急急忙忙倒洗澡水，会把孩子也倒掉的。

独白：吃鱼吃原味。原味如同本色，温州话里有一句仿佛诗句："好生囡儿真如骨。""囡儿"即女孩子，"好生"是品貌双全，貌好品真。"真如骨"的"骨"，即北方话的"骨子里"。

· 生续

生食篇中，因篇幅关系，只说了一样"港蟹生"。其实诸"生"都可说。比如"白鳣生"，这个鳣字少见，是我顺音用上。

本地以为土名无字，鱼咸店里一般只写作"鱼生"。（鱼咸即咸鱼，咸字也放到后边去。咸菜也叫作菜咸。）

偶有写作"白淡生"，不确，这一"生"是咸货。状如带鱼而小，不过两三寸长。又不是带鱼的幼小时候，那是另一品种，长不大的。鳝鱼据说长大可以过丈。但古书上有把"讲堂"称作"鳝堂"，因有典故说，有鸟嘴衔鳝三条上堂，后来如何如何吉利云云。鸟嘴叼得了三条的，总只能寸长，是小鳝鱼？是鳝也有不同种类？如猴中有墨猴，娇小可以住在笔筒里。这是我顺音借用的缘故。

"白鳝生"是生鱼配上萝卜丝，用盐腌了，把酒糟糟了，红糊糊带汤。食时不蒸不下锅，只加醋放开，也可以加糖，作为蘸卤。蘸脏鱼吃最佳。脏鱼就是海蜇，那当然也是生食。有的地方用开水烫过，或下锅一焯，温州人用一字评论：呆。

可以蘸豆腐干下酒，也可以凉拌蔬菜粉丝，都因生才独到佳境。有人不叫上桌子，受不了那腥气钻鼻子。会吃的一进口，就会觉得海的鲜味压倒了腥气。转过来腥气也是大海的气息了。

我久居北京，家乡来人也都带点土产来，只有这"白鳝生"汤汤卤卤，上车下车不便，偶有疏漏，那腥气会叫一车人不容忍。日久，这是我最思念的东西了。

有日，有位业余举重运动员，自告奋勇，装一小坛子，密封，千里迢迢一路抱到北京。第一次上桌子，我北京生的女儿，马上连连下筷子。有位电影导演一家来串门，论籍贯有南有北，也有个北京生的女儿。全家都能接受，我告诉他们名目，太土，他们记不住。第二年，那女儿还要小带鱼吃，可是已经连坛子涮下来的涮水，也蘸豆腐干下酒了。

举重运动员现住海外，不知道还记得起当年的豪举否。

导演的女儿也做了妈妈，据说，她还问起过小带鱼。

现在海边"白鳣"少了，也还有。海蜇（脏鱼）几近绝迹。据研究，原因多种，污染少不了是其中之大者。本地人叹道：把子孙饭都吃了。

脏鱼（海蜇）本是粗货，现在物以稀为贵。正式酒席上，摆当中的大拼盘当中——中之中，也可以是海蜇了。

小时候，我家是多子女家庭，早上吃粥，天天是"白鳣生"蘸"脏鱼"，等同咸菜。小孩子吃烦了，偶见换上油条，生大欢喜。现在兄弟见面回想起来，以为愚不可及。用土话嘲笑道"憨猪一样"。

（录自《林斤澜散文》，人民文学出版社，2007年版）

随笔四篇（节选）

林斤澜

· 食

谁都有几样可口的东西。年轻时可口就行，年纪大了还要可胃可肠可养生。常吃不腻，常不吃想吃。我的几样东西里头，有一样是豆腐。

豆腐大家常了，又便宜，天天吃顿顿吃也不犯难。不，我在北京住了四十年，头五年方便。后来渐渐少见了。有几年只在过年时节，凭本买到砖头块儿似的冻豆腐。有几年隔三岔五地来豆腐，但那长队也排不起。近十年有了"农贸市场"，有"个体"豆腐，贵一点先不说，总有"火烟"味儿。据说那是制作过程中，点卤用料的缘故。买"公家"的豆腐，目前还要靠"碰"。

叫人想念的东西，往往和故乡和童年有关，我的豆腐却关系不大，这东西十方圆通，老小无欺。

豆腐可以粗吃。我在京西农村里，常见一位钢厂工人下班回家，走过小店门口，见有豆腐，就要一双筷子挑起一块，连盐面儿也不撒，白白豆腐，几嘴给吧嗒下去了。可以用筷子挑起来吃的是北方豆腐，那也得冷天，半冻状态。这位吃了一块又挑一块，连挑三块不在话下。小店主人总是感动，陪着小声说道：

"有火，心口有火。"

这是我眼见里最豪放的豆腐吃家。

豆腐又"不厌精""不厌细"。素席上要的是豆制品，豆腐当仁不让，可冷盘，可热炒，可做汤头压轴。厚明老弟去年过早去世，我曾和他在普陀岛上普陀寺中，吃过知客僧做东的一桌素菜。那仿制的鸡鸭鱼肉真是工艺品不消细说，一碗带汤勾芡的豆腐羹，味道竟如"西施舌"。

"西施舌"是东海滩涂上产量极少的贝壳动物。十分鲜嫩，口感异常细腻。把名目起得这么艳丽，那要加些想象。把豆腐做到这个地步，东道主若不是和尚，我就要主张起名"素西施舌"了。

北京"药膳"的一份烩豆腐，放了些当归黄芪吧，价钱和一只烤鸭差不多。我这个吃豆腐的，也觉得还是吃鸭子划得来。

厨师做豆腐，总以为豆腐太"白"无味，重油，重味精。去年冬天上武夷山，住银河饭店。是一位离休干部新落成的楼房，恰好遇着旅游淡年，冬天又是淡季。楼中竟只有我们一帮五六个客人。主人殷勤接待，叫点菜，说上山需吃野味，麂、蛇、甲鱼、狗肉都是弄得到的。我点了豆腐。

主人以为玩笑，问："怎么做？"

"凉拌。"

"不下锅？"

"生吃。"

端上来一中盘，盘底汪着酱油，酱油上面汪着麻油。中间是方块豆腐，汪汪一层碎蒜叶子。放到嘴里品品，有沙沙细声，那是味精多得化不开。

叫我想起来东北一位作家，他也是老弟，也过早辞世了。和他一起上馆子，他会嗖地掏出五百克袋装味精，不言声，不由分说，满盘满碗花花撒将起来。我们只好"叫不得一声：苦也"。

乡镇小酒店里，坐在柜台外边小方桌上，若没有盘子要一个饭碗也好，把一块豆腐拌上小葱。若不是小葱时节，放半匙辣椒糊，或是盐腌韭菜花，或撒上榨菜碎末，就是两个指头撮点盐上去也可以了。吃豆腐吃它的"白"味。加咸加辣是把"白"味提起来。

我老家善男信女逢斋吃素，或白事做素席，绝不会像普陀寺那么讲究。却有一样一看就会的做法，能叫人吃荤时节也想起来。那是把豆腐切片，放在煎锅里用少许油，稍稍撒点细盐，煎成两面黄。吃时，蘸"酱油醋"吃。

"酱油醋"，北方通称"调料"，西南叫"蘸碟""蘸水"。

这蘸着吃，是个好吃法，可以满足各种口味，酸、甜、麻、辣、咸，还有葱、姜、蒜、香菜，各种酱和豆腐都可和平共处，相反相成。连臭也会美起来，把臭豆腐的臭卤，加些白糖、醋、香油，蘸鲜鱼、鲜肉、白干、熏干吃，试试吧，别具一格。徽菜中有代表作"臭桂鱼"，可作旁证。

蘸着吃是吃法中最简单，又最是"多层次"。这吃法可以吃到原物的原味，又可以吃到"多元多味"。食谱上应当单立一章。

两面黄煎豆腐片，我老家抬举进鱼类，叫作"豆腐䲠"。不吃素食时节也想吃，可以把白肉片挟着蘸着吃。

挟上猪头肉片更好，猪头肉中拱嘴部位尤佳。那部位"全天候"拱动，不但拱着吃食，还拱土拱槽拱圈，拱得那部位不肥不瘦也不是肉皮，仿佛三者调和匀净。

我能不想吃豆腐！

（录自《林斤澜散文》，人民文学出版社，2007年版）

吃家乡饭

张中行

诌文,题目宜于简化,以上所写就是如此,说全了应该是,我也喜欢吃家乡饭,甚至更喜欢吃家乡饭。明眼的读者一眼便可以看出,我是旧病复发,想说粗茶淡饭可以比高级餐馆的珍馐甚至胜过高级餐馆的珍馐的偏见。是不是这样?难答,因为三言两语说不清楚。只好王顾左右而言他,即述而不答。是几天以前,承有四轮车阶级某君的好意,接往京东香河县的故乡过中秋节。我虽然杂事不少,却乐得去。理由可以高雅,诗云"月是故乡明"是也。也可以不高雅,即不花车钱而可以吃几顿家乡饭。家乡饭也略有家乡的花样,只说其中的一顿晚饭,是我看到厨房之侧小屋陈列的新白薯、新花生、嫩玉米之后点的。我说:"中午酒足饭饱,晚饭不管你们吃什么,我一定是这陈列的三种,外加一碗玉米渣粥。"主人慨然应允,是因为还记得我刚说过的"狐死首丘"的理论和心情。

说起狐死首丘，也是一言难尽。我们家乡离北京不远，可是语音有小别。小别有难于说清楚的，是韵味。极少数有显著分别，如"看不出来"，普通话或京腔，"来"读阳平，我们家乡读阴平。普通话不用这个音，所以撇京腔的人听了会觉得怯；我则仍坚守月是故乡明的原则，不只不觉得怯，反而感到亲切。总之，回到家乡，白天逛集市，杂人入目，杂话入耳，都觉得好；入夜，不只月明，连蟋蟀叫声也显得特别清灵。话扯远了，还是说题内的吃。我老了，己身的一切零件都降级，包括胃口，具体说是连烤鸭都像是不那么好吃了。有时遇见惜老怜贫的好心人，包括家门之内的，问想吃点什么，我总是不加思索就回答："想吃小时候在家乡吃的，当然没有。"这也许是狐死首丘的心理在起作用，但又不全是，因为心理之外还有道理。

道理之一是分量轻的，来自感觉。家乡饭，以我想吃而吃不着的为限，也颇有一些。举一点点为例。一种是中秋节的芝麻红糖夹心蒸饼，一种是黄米面豆馅的粘火烧，都很好吃，论料，很平常，论工，不细，可是在家乡之外没见过，而且不只此也，即以玉米渣粥而论，我们家乡是用大锅烧柴煮，火停还不吃，任灶膛内的余火烤。还记得小时候，愿意争第一个去铲锅底，吃稠而带锅巴的，兼听铲下急促的沽突沽突的声音。所有这些，都不值常出入高级餐馆的诸位一笑，那就算作阿Q的偏爱未庄精神也好，反正我喜欢，不当说假的。

道理之二是分量重的，涉及风气，是至少我认为，关于吃，不管是什么人，什么场面，都应该吸取家乡精神，就是：主要是求饱，也可以求好；但不必再加码，追求不必要的浪费。所以这样说，需要略加解释。由浪费说起。这有来自形的，比如把萝卜削成各种花，让鱼高举尾巴，名为松鼠，我就以为大可不必，因为到嘴里还是同样的味道。浪费有来于料的，如死鱼翅，比活鲤鱼价贵百倍，吃，尤其请客，看重前者而轻视后者，我也以为大可不必。浪费还有来于量的，更常见，是凡名为宴的，都要以菜多为胜，以致尝到一半就不想再举箸。我们家乡饭就不是这样，比如吃京东名产的肉饼，就只此一味，至多再加一碗汤或一碗粥而已。就一定不及皇家的一百二十品吗？我看也未必。仍以己身的感受为例，是吃过新白薯、新花生、嫩玉米以及玉米渣粥之后，我回到北京，承某公好意，请吃四川菜，一桌不足十人，菜大大小小总不少于二十几品吧，只记得东坡肘子味道不坏，其他都忘了，因为肚子不需要，也就没有觉得好吃。肚子不需要而仍上菜不止，主人的心态大概是，熊掌已经吃不下，还要上驼蹄羹，只有这样才能表现"我有嘉宾，鼓瑟吹笙"的盛意。用意似乎未可厚非。其实内涵并不这样简单，因为用上菜不止的办法以表现敬客的用意，已经成为风，就不能不有更深的根。这根，至少我看，是一种价值观，具体说是：钱和享受就是荣誉。我们都知道，引导兼督促人，干这个不干那个，荣誉信念的力量是如何大。历史上，有不少可敬的人为昏君死了，有不少可爱的人为尚未谋面的名义上的丈夫死了，因为这样可以获得荣誉。不错，推崇忠尚的时代，富厚也不能算作坏事；但其时的价值观不是单一的，比如说，寒素，俭朴，至少是有些人，包括大名人司马温公在内，以为也颇不坏。现在不同了，价值观几乎成为单一，比如说，十万元户比万元户，价值必高十倍；吸进口烟，用千元以上打火机，自己也觉得飘飘在天上了。语云，草上之风必偃，于是而吃，就以入高级餐馆，上贵菜不止，吃少量，剩大量为荣了。什么荣？说穿了不过是，我有钱，可以摆超过一般人的谱儿。也许是因为我没钱，嫉妒人有，对于用钱摆谱儿，如在公共车上所见，十指戴四五个金戒指，餐馆中所见，山珍海错堆满桌，总是不免于顿生厌恶之感。

显然，这样的不礼貌话会引起有些人的反感，所以还需要辩解几句。古人说："饮食男女，人之大欲存焉。"我是常人，自然也要饮食男女。因而也就不反对变茹毛饮血为（间或）吃烤鸭，（更间或）吃红烧鱼翅，变父母之命、媒妁之言为花前月下卿卿我我。这说堂皇了是由野蛮趋向文明，除禅师以外是都应该赞成的吧？还是单说吃，我反对的是以多花钱为荣誉，即摆谱儿。理由有浅深两种。浅是放眼全国，看大众，我们还不配，也就不应该。深呢，可说的像是不少，说两点。其一是就文明或向上说，如果视摆谱儿为荣誉居然成为风气，历来书面上传为有价值的，如知识、道德、科学、艺术之类，也就无影无踪了吧？其二是就诗意说，算作偏见也罢，我总觉得，相知，少则三二，多则三五，相聚，把酒闲谈，诗意总是与下酒物的简约有不解缘的，所谓"盘飧市远无兼味，樽酒家贫只旧醅"是也。到此，既已请来杜老助威，我就无妨来一句总而言之的大话，是，家乡饭，不只好吃，还可以上升为精神，使在吃的方面惯于摆谱儿的诸公对照着想想。

说起想，由家乡饭不由得又引来一阵怅惘，一不做，二不休，也就说一说。读者诸君大概会以为，这是因为想吃而吃不着，所以因嘴馋而心烦。但情况并不如此单纯。说来也有三四年了，一位乡友凌公住在城内我住处的附近，他夫人一半居乡，一半来京城，每到在城内，一定在星期三（我二、三、四在城内）招待我吃晚饭。言明是家乡饭。凌夫人年过花甲，长期居乡，自然也只能做家乡饭。但做得好，比如特产的京东肉饼，她加些青菜，反而比家乡名餐馆纯肉的好吃。且说近三四年来，已经记不清有多少次，在凌公的家里吃家乡饭。所吃也有些花样，其中有些是由家乡带来的，都市见不到，就既感到新鲜，又可以温儿时之梦，所以特别有意思。有意思就值得描写，只述说有那么一次，凌夫人刚从家乡来，当然要带来一些土产，我照例去吃晚饭。依家乡旧习，凌夫人是先做而后（在厨房）吃，我和凌公是先吃而不做。下酒菜是家乡带来的，一冷，拌豆腐丝，一热，炸咯喳盒。白酒，凌公三两，我半两，之后是肉饼，最后是玉米渣粥。吃时的感受不好说，只好说吃后，是还想吃，可惜肚子已经不能容纳。参加各种形式的宴会没有这种感觉，而是菜尝到一半就没有兴趣再下箸,可见原因未必是不合口味,而是违背了圣人之道,所谓过犹不及。家乡饭简,不过,味道有乡土气息,至少是我觉得,有张季鹰的诗意。然而不幸,我这鲈鱼莼菜的美梦做得照常兴高采烈的时候,忽然传来消息,凌夫人病了,送往医院。记得是星期二上午,我赶往医院。知道是脑溢血,在急救室抢救。我同亲属多人围在病床四周,都默默地看着。忽然凌公像是想起什么,冲着我说:"前天还算计,这个星期三吃什么,想不到……"他落了泪,我也落了泪。凌夫人终于没有救过来,不久就乘灵车回家乡了。从此,在北京我就不再有吃家乡饭的机会,也就不能不更加增强了对家乡饭以及其精神的怀念。

(录自《负暄三话》,黑龙江人民出版社,1994年版)

南京的吃

叶兆言

一

在我的周围，聚集着一大帮定居南京，却并非在这里长大的准南京人。他们都是因为自己的出息和能耐，从全国各地尤其是江苏各地到南京来定居，成为南京的荣誉公民。和他们一起谈到吃，谈到南京的吃，无不义愤填膺，无不嗤之以鼻。南京的吃，在这些南京的外地人眼里，十分糟糕。

作为土生土长的南京人，我感到害臊。我不是一个善辩的人，而且实事求是地说，南京现在的吃，实在不怎么样。事实总是胜于雄辩，我也没必要打肿脸充胖子，硬跳出来，为南京的吃辩护。承认也好，不承认也好，反正南京的吃，从来也没有像现在这么差劲、这么昂贵、这么不值得一提过。记忆中南京的吃，完全不应该是现在这样。

今年暮春，有机会去苏北的高邮，自然要品味当地的美食佳肴。八年前，高邮的吃，仿佛汪曾祺先生的小说，曾给我留下了深刻的印象。在此之前，给我留下深刻印象的，是扬州的吃。当时的印象，扬州人比南京人会吃，高邮人又比扬州人会吃。就是到了今日，我这种观点仍然不变。然而感到遗憾的，是今天的高邮和往日相比，也就这么短短的几年，水准已经下降了许多，而扬州更糟糕。

高邮只是扬州属下的一个小县城，扬州似乎又归南京管辖，于是一个极简单的结论就得出来，这就是越往下走，离大城市越远，越讲究吃。换句话说，越往小地方去，好吃的东西就越多，品尝美味的可能性就越大。这种简单化的结论，肯定会得到城市沙文主义者的抨击，首先南京人自己就不会认同，比南京大的城市也不愿意答应。北京人是不会服气的，尽管北京的吃的确比南京还糟糕，在南京请北京的朋友上馆子，他们很少会对南京的菜肴进行挑剔，但是指着北京人的鼻子硬说他不懂得吃，他非跟你急不可。至于上海人和广州人，他们本来就比今天的南京人会吃，跟他们说这个道理，那是找不自在。

还是换一个角度来谈吃。城市越大，越容易丧失掉优秀的吃的传统。吃首先应该是一个传统，没有这个传统无从谈吃，没有这个传统也不可能会有品位。吃不仅仅是为了尝鲜，吃还可以怀旧。广州人和上海人没必要跟南京人赌气，比谁更讲究吃、更懂得吃的真谛。他们应该跟过去的老广州和老上海相比较。虽然现在的馆子越来越多,档次越来越豪华,可是我们不得不老老实实地承认,我们吃的水平已经越来越糟糕。我们正面临着一个吃的水平的普遍退化的问题。

历史上南京的吃,绝不比扬州逊色,同样扬州也绝不会比高邮差。这些年出现的这种水平颠倒,最重要的原因,是大城市们以太快的速度,火烧火燎地丧失了在吃方面的优秀传统。城门失火,殃及池鱼,用不了太久,在小城市里怕是也很难吃到什么好东西了。

二

说南京人不讲究吃,真是冤枉南京人。当年夫子庙的一家茶楼上,迎面壁上有一副对联:

近夫子之居,食不厌精,脍不厌细;
傍秦淮左岸,与花长好,与月同圆。

这副对联非常传神地写出了南京人的闲适,也形象地找到了南京人没出息的根源。传统的南京人,永远是一群会享受的人。这种享乐之风造就了六朝金粉,促进了秦淮河文化的繁荣,自然也附带了一次次的亡国。唐朝杜牧只是在"夜泊秦淮近酒家"之后,才会有感歌女"隔江犹唱后庭花"。《儒林外史》中记载，秦淮两岸酒家昼夜经营，"每天五鼓开张营业，直至夜晚三更方才停止"。由此可见，只要是没什么战乱，南京人口袋里只要有些钱，一个个都是能吃会喝的好手。在那些歌舞升平的日子里，南京酒肆林立，食店栉比，实在是馋嘴人的天下。难怪清朝的袁枚写诗之余，会在这里一本正经地撰写《随园食单》。

南京人在历史上真是太讲究吃了。会吃在六朝古都这块地盘上，从来就是一件雅事和乐事。饕餮之徒，谈起吃的掌故，如数家珍。这种对吃持一种玩赏态度的传统，直到解放后，仍然被顽强地保持着。南京大学中文系的名教授胡小石先生，就是著名的美食家，多少年来，南京大三元、六华春的招牌都是他老人家的手笔。胡先生是近代闻名遐迩的大学者大书家，可是因为他老人家嘴馋，那些开饭馆酒家的老板，只要把菜做好做绝，想得到胡先生的字并不难。

过去的名人往往以会吃为自豪。譬如"胡先生豆腐"，据说就是因为胡小石先生爱吃，而成为店家招揽顾客的拿手菜。南京吃的传统，好就好在兼收并蓄，爱创新而不守旧，爱尝鲜又爱怀古，对各地的名菜佳肴，都能品味，都能得其意而忘其形。因此南京才是真正应该出博大精深的美食家的地方。南京人不像四川湖南等地那样固执，没有辣就没有胃口，也不像苏南人那样，有了辣就没办法下筷。南京人深得中庸之道，在品滋味时，没有地方主义的思想在作怪。南京人总是非常虚心，非常认真地琢磨每一道名菜的真实含义。要吃就吃出个名堂来，要吃就吃出品位。南京人难免附庸风雅的嫌疑，太爱尝鲜，太爱吃没吃过的，太爱吃名气大的，一句话，南京人嘴馋，馋得十分纯粹。

南京曾是食客的天下，那些老饕们总是找各种名目，狠狠地大啜一顿。湘人谭延闿在南京当行政院长时，曾以一百二十元一席的粤菜，往牛首山致祭清道人李瑞清。醉翁之意不在酒，谭延闿设豪筵祭清道人，与祭者当然都是诗人名士加上馋嘴，此项活动的高潮不是祭，而是祭过之后的活人大饱口福。当时一石米也不过才八块钱。一百二十元一桌的酒席如何了得！都是一些能吃会吃的食客，其场面何等壮观。清道人李瑞清是胡小石的恩师，清末民初，学术界、教育界无不知清道人之名，其书法作品更是声震海内外。有趣的是，清道人不仅是饱学之士，而且是著名的馋嘴，非常会吃能吃，且能亲手下厨，因此他调教出来的徒子徒孙，一个个也都是饱学而兼馋嘴之士，譬如胡小石先生。我生也晚，虽然在胡先生执教的中文系读了七年书，无缘见到胡先生，但是却有缘和胡的弟子吴白匋教授一起上过馆子，吴不仅在戏曲研究方面很有成就，也是我有幸见过的最会吃的老先生。

历史上的南京，可以找到许多像祭清道人这样的"雅披士"之举。在南京，会吃不是丢人的事情，相反，不会吃，反而显得没情调。据说蒋委员长就不怎么会吃，我曾听一位侍候过他的老人说过，蒋因为牙不好，只爱吃软烂的食物，他喜欢吃的菜中，只有宁波"大汤黄鱼"有些品味。与蒋相比，汪精卫便有情趣得多。譬如马祥兴的名菜"美人肝"就曾深得汪的喜爱，汪在南京当大汉奸的时候，常深更半夜以荣宝斋小笺，自书"汪公馆点菜，军警一律放行"字样，派汽车去买"美人肝"回来大快朵颐。

其实"美人肝"本身并不是什么了不得的东西，只是鸭子的胰脏，南京的土语叫"胰子白"。在传统的清真菜中，这玩意一直派不上什么用场，可是马祥兴的名厨化腐朽为神奇，使这道菜大放异彩，一跃为名菜之冠。当然，"美人肝"的制作绝非易事，不说一鸭一胰，做一小盘得四五十只鸭子，就说那火候，就讲究得不能再讲究，火候不足软而不酥，火候太过皮而不嫩，能把这道菜伺候好的，非名厨不可。

三

如果仅仅以为南京的吃，在历史上，只是为那些名人大腕服务，就大错特错。名人常常只能是带一个头，煽风点火推波助澜，人民群众才是真正推动历史的动力。南京的吃，所以值得写一写，不是因为有几位名人会吃，而是因为南京这地方有广泛的会吃的群众基础。民以食为天，饮食文化，只有在普及的基础上，才可能提高，只有得到人民群众的积极参与，才会发展。南京的吃，在历史上所以能辉煌，究其根本，是因为有人能认真地做，有人能认真地吃。天底下怕就怕认真二字。

一般人概念中，吃总是在闹市，其实这是一个大大的误会。今日闹市的吃，和过去相比，错就错在吃已经沦为一种附带的东西。吃已经不仅仅是吃了。吃不是人们来到闹市的首要目的。吃变得越来越不纯粹，这是人们的美食水准大大下降的重要原因。繁忙的闹市中，当人们为购物已经精疲力竭的时候，最理想的食物，是简单省事的快餐，因此快餐文化很快风行起来。

吃不纯粹还表现在太多的请客，无论是公款请客，还是个人掏腰包放血，吃本身都退居到第二位。出于各种目的的请客，已经使得上馆子失去了审美的趣味。吃成了交际的手段，成为一种别有用心的投资和回报，吃因此也变得庸俗不堪。吃不纯粹造成了一系列的恶性循环，消费者不是为了吃而破费，经营者也就没必要在吃上面痛下功夫，于是不得不光想着如何赚钱。

马祥兴是在1958年以后，才从偏僻的中华门外，迁往今日的闹市鼓楼。它的黄金时代，大有一去不复返之势。人们感到疑惑不解的，是它并不因为迁居闹市后，就再造昔日的辉煌。马祥兴现在已经很难成为话题，天天有那么多的人，从它身边走过，但是人们甚至都懒得看它一眼。世态炎凉，此一时，彼一时，往事真不堪回首。

想当年的马祥兴，酒香不怕巷子深，也没有什么了不得的装潢，也不成天在报纸上做广告，生意却始终那么火爆。到这里来享受的，不仅仅有那些达官贵人，身着短衫的贩夫走卒也坐在这里，和显赫们一样一杯接一杯地喝酒。人们大老远地到这里来，目的非常纯粹，是想吃和爱吃，就冲着马祥兴的牌子，就为了来这里来吃蛋烧卖，就为了来这里吃凤尾虾、吃烩鸭舌掌。"美人肝"贵了些，不吃也罢。

南京吃的价格，从来没有像今天这么昂贵，这么不合理。南京今天的餐饮费绝对高于广州和上海，而南京人的收入，却远不能和这两个地方的人相比。想当年，大三元的红烧鲍翅，只卖两块五，陈皮鸭掌更便宜，只要八角。抗战前夕的新街口附近的瘦西湖食堂，四冷盘四热炒五大件的一桌宴席，才五块钱。人们去奇芳阁喝茶、聊天，肚子饿了，花五分钱就可以吃一份干丝，花七分钱，可以吃大碗面条。卖酱牛肉的，带着小刀砧板，切了极薄的片，用新摘下来的荷叶托着递给你，那价格便宜得简直不值一提。

就是在七十年代末八十年代初，在四川酒家聚一聚，有个十块钱已经很过瘾。那时候的人，在吃之外，不像今天这样有许多别的消费，人们口袋里不多的钱，大啖一顿往往绰绰有余。吃于是变得严肃认真，既简单也很有品味，人们为了吃而吃，越吃越精。

今日之人，很难再为吃下过多的功夫。和过去比较，大家生活富裕了，吃似乎不再成为问题。不成问题，却又成了新的问题。今日的吃动辄吃装潢，吃档次，吃人情，吃公款，吃奖金，吃奇吃怪，唯一遗憾的就是吃不到滋味。但是人们上馆子终极的目的，还是应该为了吃滋味，否则南京的吃永远辉煌不了。事实上，南京今日的吃，已得到了狠狠的惩罚。我住在热闹的湖南路附近，晚上散步时，屡屡看见一排一排的馆子灯火辉煌，迎宾小姐脸色尴尬地站在门口，客人却见不到一位。如果开馆子的人，仅仅是想算计别人口袋里的钱，人们便可以毫不犹豫地拒绝。真以为南京人不懂得吃，实在太蠢了。

忘不了小时候的事，二十多年前，我住的那条巷口有卖小馄饨的，小小的一个门面，一大锅骨头汤，长年累月地在那煮着，那馄饨的滋味自然透鲜。当年南京这样普通却非常可口的小吃，真不知有多少，今天说起来都忍不住流口水。

（录自《烟雨秦淮》，南方日报出版社，2002年版）

成都花会、灯会中的小吃

车　辐

　　成都花会、灯会的小吃，除成都市的名小吃外，也包括成都附近各县的名小吃。利用地方土特产精制的各色小吃，色彩斑斓，花团锦簇，风味独特，美味可口。有强烈的地方色彩、浓厚的乡土气息。况在春光明媚时刻展出，眼福口福，相得益彰。

　　名小吃之名，由来已久，它是经过时间的考验、群众批准，按照它的传统制作方法，凝聚许多高手的聪明智慧，收到点铁成金的效果。它也有发展，总是同人们的口味那样合得来，使人入迷，甚至远隔重洋的游子，有时也想入梦境中去了。

　　过去，每当花会会期（农历二月），青羊宫、二仙庵（今文化公园）凉粉摊子上，总配合有打锅魁的，手艺熟练的师傅，头缠青纱帕，腰系蓝色家机布围腰，大襟大袖衣装，脚穿线耳子草鞋，仿若《草莽英雄》里的打扮。拿起擀面棒，在案板上啪啪叭叭地打出长短间歇的节奏，目的在制造卖锅魁的气氛，因为有音响，才能以广招徕。左手捏面团，右手拍打，捏匀称时，擀面棒急打——"嗒嗒嗒嗒——砰"的一声。这最后一声"砰"，乃是将捏在手中之面捏成圆形后向案桌上压下去，发出一个柔中带刚、刚中带柔的悦耳之声。一长串的凉粉摊，加上配套营业打锅魁鞭炮似的声音，你的肚子有些饿了，来赶花会与灯会，你荷包里也准备有花上几文的小吃的零用钱，由拍打不断的声音，使你想到才出炉子热腾腾的锅魁夹凉粉，那味道是如何诱惑人！何况花钱不多，你的唾液涌出了。再省一点，才出炉的白面锅魁，回甜而有面香，这种素味的美好，不是其他美味可以代替。近年来花会上出现彭县军屯"味不同"的酥锅魁，由李氏父子同台献艺——打锅魁，烤出五香鲜肉酥锅魁和千层盐酥锅魁，既香且脆，进口化渣，很吸引人，算是近年来创新小吃中的佼佼者！美学家王朝闻前年来成都，早上出宾馆去找小吃，突然看见很久不见的锅魁，买了来吃，但马上使他失望了：他听不到那打锅魁的声音了。尽管有擀面棒，也仅仅是擀面而已，把它的功能减了一大半，过去那种带有强烈节奏的拍打案桌声消失了。使他联想到花会上的声音效果，又联想到川剧锣鼓那种独特的打法，也使他悟出一些有关美学上的问题来：不要小看擀面棒的节奏，它是打击乐里一个分章——案桌上的音乐节奏，它对制造现场气氛，在色香味之外平添音响效果乃至情趣、地方情调特色，等等，应该说是合乎美学原则的；一旦没有了，艺术上的完整性也破坏了，何况音乐又最能惹起人的过往情趣。这一早他把锅魁捏回宾馆，若有所失。当天他飞回北京了，可是宾馆里招待员却在抽屉里发现一个锅魁，一口也没有咬，原封不动地放在那里。——美学家认为在特定环境下缺少完整性的美，是遗憾的，甚至是使人不快的。遗留下锅魁的完整性，丝毫无补于打锅魁整个过程中的不完整性。

饮食烹饪是一门艺术，有他自成体系的完整性，是不能轻易排除的。比如拼盘，就有"九色攒盒"，整个席面就是一台讲究饮食艺术的场合、场面，不能小看。宴会席菜，不管规格大小，档次高低，是体现烹饪水平和表现烹饪文化的重要方面，它的艺术上的完整性是可以分析的、可以研究的。目前在提法上有好几种，有的提出"烹饪美学"，有的说是"烹饪艺术"，有的谈到"辩证法"上去了。美学家洪毅然认为："烹饪属于实用美学，主要用口而不是其他。"他这个提法并不排斥工艺菜，但不赞成走形式主义，去搞花架子。工艺菜走形式主义就会远离实用主义，会搞到什么仅仅观赏的造型艺术方面去了。事实上，今天有一部分青年厨师，就有这个倾向。所有各个不同提法中，都没有对工艺菜有决然相反的看法，只不过提出要分轻重，按烹饪本身艺术规律办事。

1988年2月四川省第一届烹饪技术（"旭水杯"）比赛大会中，《评判质量标准和扣分办法》中有"过分装饰、喧宾夺主、因摆弄而影响菜点质量的酌扣2—7分"。一再说明"以味为主，要求好吃，不能只求形式上好看""反对片面地追求好看，搞花架子，华而不实"。

回头再来说锅魁，也是多种多样，有白面、混糖、夹糖、椒盐、油酥、葱油等；形式上有牛舌头、方形、三角形、圆形。有一种黑面锅魁，如粗壮之大汉，用麦麸子磨成黑面粉，较粗糙，但它的堆头大，里面夹豆瓣、盐菜，外地来赶花会的农民，吃上几个，花钱不多，却能果腹。它的营养价值高，类似西餐上的黑面包。质地较高的油酥方锅魁，烤成外黄内酥，成若干层，吃时香脆，和洞子口的凉粉一起在小桌子上吃，别是一番风味。解放前在荔枝巷、南暑袜街口的钟水饺，就附有这种小酥锅魁，在吃完红油水饺时，用它蘸碗底剩下的美味红油，满口入味，丝毫也不浪费，这种配套的做法，值得大大提倡。试看今天提督街口的钟水饺，每天食客川流不息，剩下的红油作料，拿大桶装，但人应吃而未吃完，又没有采取过去的好办法，浪费太大！

凉粉摊子在会期中，摆成连营成阵，煞是热闹，不断地打锅魁，以壮声势。洞子口的凉粉，用的蓝花碟子，中间略带拱形，上放用刀切薄的荞、白两种凉粉。荞凉粉呈深绿色，配一串白而发亮的白凉粉，色彩上的对比，给人感受上很舒服，目的在勾人食欲。然后再用小碗放入极富魅力的作料，调和以成都特产的红酱油、熟油红海椒等。熟油当然要数川西平原上的菜籽油最香，色泽黄亮，煎熟油最理想。花会凉粉、凉面摊子上，摆一排江西瓷蓝花的大品碗，煎满川西菜油的辣红油，内放几个大核桃，红亮亮、油浸浸几大碗，给人感受上很舒服，且莫说进嘴了。这种川西平原上的菜籽油，远非花生油可比，成都人是吃这种菜籽油长大的，他离开成都到其他的地方一尝花生油，比较之下，自见高低。

凉粉的花椒，当着食客面前，放在木制的"莫奈何"（木质的小磨，花会上也当作玩具出卖）内，几擂挤碎，然后放入作料中，哪怕赶花会的人再多，"打拥堂"时，照样擂碎，一丝不苟。

还有一种旋子白凉粉、煮凉粉，把黄白凉粉切成小方块，煮在温水锅里，捞入放好作料的小碗中，外加一撮切碎的芹菜花，撒在上面，使之分外生香生色。这个民间小吃的做法，被当时荣乐园、蜀风名厨曾国华采用，制作了白凉粉加芹菜花烧豆瓣鱼。这款佳肴已驰名全国，遍及海外了。灯会、花会少不了"张老五凉粉"。张老五弟兄三人，成都老西门外洞子口人。他卖的凉粉，都是自己精选材料制作出来，他的黄凉粉筋丝特别好，入口有柔劲，食客们形容它"肉嫩嫩的挨得起刀"。这样形容，有点铁成金之妙，既说出它本身的嫩，毕竟还是凉粉，凉粉当然挨得刀，可偏说它"挨得起刀"，似乎它有一股子柔中带劲，嫩中带刚。看来善吃者首先要知味，其次要善品，品得恰到好处，袁子才在这方面功绩多了！

青羊宫的三清殿，但见一排长黑漆桌凳，上张蓝布大伞，那里是崇庆、双流的荞面阵地,各设岚炭汤锅,锅架上特设有压荞面的模子,来一碗压一碗,压得模子、模架子轧轧有声。煮熟后捞入碗内,浇上猪、牛肉臊子,分甜酸、麻辣、红油、清汤等味。另有一种素荞面,切小颗笋子配作料,这个素吃来源于农历九月初一到初九的九皇会,那时有的馆子全部卖素食,换换口味。还有鸳鸯荞面,加水粉,以崇庆县两江荞面最受欢迎。这种荞面在什邡的马井乡一带,它的压模比担子上的大若干倍,放入荞面后,人要站在压模上使尽腿力压下去,发出木压之声更大,当是压吃面中有声有色的雄壮场面。它的臊子全浸在大钵子红油中,色浓味厚,如要"红重味酸",必然得到包白帕子跑堂的回答:"招呼呐!红重味酸的到——。"声音清脆而有力,这种跑堂的音响效果,又会影响到好多买主坐下去喊"再来一碗"。什邡这种顶大的用脚踩的荞面压模架子,在别处尚未发现,以其形态笨重,也从未来过花会。解放初土改时在什邡马井一带还见过。

青羊宫老君殿降生台两侧,有专门卖红糖心子的粉子泡泡汤圆。这种比较原始做法的汤圆,在乡下很流行。心子一般是红糖,包好后放入箩筛米粉中滚来滚去,一面洒水,像滚雪球一样,使其越滚越大,大于赖汤圆、郭汤圆一倍以上。煮在大锅里又有所膨胀,四个一碗,足足可抵花会上有名的"三大炮"一盘,一碗分量可当一般汤圆一倍,价廉物美,最为各县来赶花会的欢迎。其中还有个原因是:来赶会的农民走了几十里,走得口干舌燥，吃一碗粉子泡泡汤圆，可以坐下憩脚，吃完可以添煮汤圆的水，无限供应。

最有特色、引人注意的是打得乒乓乓发响的"三大炮"。最初"三大炮"的出售形式，是将装一个大锅的糍粑放于右手，下面有炉子保温。来客一位，由操作者用手挑一些油脂在手心内抹擦，然后以手去扯糍粑，按每人分量，将糍粑分成三大铎，丢入中间一个抹了油的方掌盘。中间留出抹了油的"通道"，两边则堆放黄铜食盘（不用陶器，防打烂），糍粑经"通道"将黄铜食盘震动发出声音，同时也将方掌盘震动得发空响，声若放炮，这种音响效果称为乒乓乓"三大炮"。最后滑入一个大簸箕内，里面装了打磨细致的、营养丰富的黄豆粉，糍粑下去，由白裹成黄色，最后将三个"穿了衣"（黄豆粉）糍粑，放入黄铜盘子，浇上红糖水，完成"三大炮"的全部过程。

"三大炮"实际上就是"红糖糍粑"，人们不喊"红糖糍粑"而喊"三大炮"，是抓着它的特点：乒乓乓三次响声——音响效果。

商业部在1986年12月举办第一次全国名厨表演，最后评定由王利器、溥杰把关。评定标准是：①色、②香、③味、④形、⑤声。——这个"声"很重要！在国际烹饪比赛场合出现了新奇的事情，在盛菜的盘子底下安放有微型的录音机，可以测出有声音的菜多少分贝，记录下来，作为评定标准中之一项。在卢森堡国际烹饪比赛中，辽宁烹饪中的"声"就夺得第一，四川重庆代表第二，是锅巴肉片。最突出的是四川泡菜、泡仔姜，吃时就发了声，当然就被微型收录机记录下来。科学方法的进步，也促使烹饪技术上的进步与提高，它能微察秋毫之末。我们菜肴中发声的菜可多了，如火爆、软炸之类，小菜中的凉拌菜等，小吃中的油炸如麻花、馓子，等等。

以糯米做的小吃，在灯会、花会中牢固地占有它一席地位。如糖熘糍粑，一个大油锅，糍粑下去与油锅粘连，本身糖衣也就在滚油中穿上了，它是腰圆形。另外一种做法是将糍粑捏成圆形，称为"糖油果子"，在它的中间加一些豆沙，就炸成"灯盏窝"或窝子油糕了。糖油果子可以用一根竹签子穿起边走边吃，方便游人，看八角亭上灯火辉煌，二仙庵前火树银花；彩虹流霞，耀白日之辉；异光变幻，娱永夜之乐。春节中曾去看过驰名全国的自贡灯会，美则美矣，只是缺少小吃一项。自贡小吃在川中是异军突起的一杆旗帜，有其传统的地方风味，那种季节性强、人口众多的地方，是万万不可少的。

花会上使人难忘、在今天已经消失的是溜煮炰红苕（红薯），选红心子南瑞苕，大小匀称，每根四五寸，去皮排列于大铁锅中，溜以红糖、糖清、清油，使其满锅红苕色彩红润发亮，如玛瑙排列；入口细嫩而甜，似冰糖肉泥一般，当是所有红苕做法中最高级的一种。常有花会餐馆来端红苕去上席，是食客们指定要这样小吃，也算是上席菜了。与珍珠圆子、三合泥媲美，但是它是素食，尤为不喜油荤的人所偏爱。

面食类具有完全地方特色的是甜水面，名列前茅；其次红油素面、碎绍面、担担面，还有一种豆花馓子面，外加酥黄豆、大头菜颗子。老早是从嘉定（乐山）传来，因它调料别致，很快就在成都传开了，成都人给它加了工，再加点油酥花生，洒点竹筒筒里的花椒面，起到画龙点睛之妙。如花会在农历二月十五日老君会后天气渐热，就可以在花会尾期吃到应时的酸菜馆子面、清汤金丝面了。

在冷食凉拌摊子上，兔肉夹锅魁最受人欢迎。兔肉用手撕成丝子，外切细葱丝，调和有豆豉、熟油辣子、花椒、味精、香油，凉拌好夹入锅魁内。兔肉本身带有它的肉香味，加上均匀的调和，加工又较细致，赶花会的人一手执五色纸做的风车，车在春风中荡漾，一面吃着味道鲜美的兔肉夹锅魁，看花看人品味，"此情可待成追忆"。这样美好的成都小吃，三十年来，烟消云散！在此恢复名小吃中，应当使之早日复生，重放异彩。另外卤肉夹锅魁也是方便大众小吃，农民食客多要求夹肥的。这种小吃已恢复，在盐市口东御街直对一家小食店出售，但做法小派，锅魁也小，似嫌不足。

花会上有外县来的油炸焦粑，较小，以葱及猪肉心子为馅，不及走马街聋子的牛肉焦粑加工精细，受人欢迎。1934年花会上（第十三次劝业会），它同外地来的腌酱菜猪肉心子打几个回合，弄得平分秋色。推其原因，小吃与原材料关系很大！那年有二十一个县来赶花会，陈列了二十六个酱腌菜品种，各显神通。最后发奖给十四家，得奖的酱腌菜打入成都焦粑。不知什么原因，后来这种焦粑未在市上见到。几年前在眉山县西街还见到一家，买来再行品尝，心子还是少了，一切皆粗糙。以后的花会中也见不到了。有些好的小吃，再不抢救，真要成《广陵散》了！

青羊宫山门有小笼蒸牛肉，加蒜泥、芫荽、花椒面、辣椒面，放在盘内，由食客自加，以选材不严格，牛筋未去，不及城内"治德号"。但味道、火力还是不错。过去有去延安的同志说："就是想吃笼笼蒸牛肉呀！"解放后从另一同志得到证实：吴雪一到成都就要求吃笼笼蒸牛肉。花会上还打有小白面锅魁，放于炉子周围烤起，用它夹蒸牛肉，也应算是蓉城"小吃一绝"。

还有一种摊摊小吃，小朋友最喜欢，就是巴掌大的"小春饼"，内包粉条、红萝卜丝、白萝卜丝、石花、莴笋丝等，裹好后，一刀两切放在小碟子里面，放上酱油、蒜汁，抹上芝麻酱；另有小小竹筒，放于醋碗中，方便小朋友。最能引人食欲的是加上芥末，吃进嘴一股冲天劲，如吃家常冲冲菜，得到异样感受。因为有异样感受，大人们也站着去吃了，这样老少皆宜的小春饼平时多在中小学门口出现，小吃也有它的小范围，对象也不同。方便顾客，主动送货上门，那深夜还在街上敲梆梆卖马蹄糕的，今天看来，令人肃然起敬了。

花会、灯会小吃所用材料，主要是来自成都平原上的油、糖、酱、醋、肉、蛋、面、糯米等土产，并没有什么名贵的东西，全靠精工制作，化平凡为神奇，使人吃后难忘，且价廉物美，得其实惠，不但本地人爱吃，外省人也喜欢。陆放翁有诗为证，"老子馋堪笑，珍盘忆少城"，就时令说，也正是"二十里中香不断，青羊宫到浣花溪"的时候。近人黄炎培诗，"小小商招趣有加，味腴菜馆浣秋茶"，味之腴的雪山大豆炖肘子吃腻后，再到浣秋茶馆去泡碗三熏黄芽的成都花茶，小康小吃，为人若此，庶乎近焉。

（录自《川菜杂谈》，生活·读书·新知三联书店，2004年版）

故乡的吃食

迟子建

北方人好吃,但吃得不像南方人那么讲究和精致,菜品味重色暗,所以真正能上得了席面的很少。不过寻常百姓家也是不需要什么席面的,所以那些家常菜一直是我们的最爱。

如果不年不节的,平素大家吃得都很简单。由于故乡地处苦寒之地,冬季漫长,寸草不生,所以吃不到新鲜的绿色蔬菜。我们食用的,都是晚秋时储藏在地窖里的菜:土豆、萝卜、白菜、胡萝卜、大头菜、倭瓜,当然还有腌制的酸菜和夏季时晒的干菜,比如豆角干、西葫芦干、茄子干,等等。人们喜欢吃炖菜,冬天的菜尤其适合炖。将一大盆连汤带菜的热气腾腾的炖菜捧上桌,寒冷都被赶走了三分。人们喜欢把主食泡在炖菜中,比如玉米饼和高粱米饭,一经炖菜的浸润,有如酒经过了岁月的洗礼,滋味格外地醇厚。而到了夏季,炖菜就被蘸酱菜和炒菜代替了。园田中有各色碧绿的新鲜蔬菜,菠菜呀黄瓜呀青葱呀生菜呀，等等，都适宜生着蘸酱吃；而芹菜、辣椒等等则可爆炒，这个季节的主食就不像冬天似的以干的为主了，这时候人们喜欢喝粥，芸豆大楂子粥、高粱米粥以及小米绿豆粥是此时餐桌上的主宰。

  家常便饭到了节日时，就像毛手毛脚的短工，被打发了，节日自有节日的吃食。先从春天说起吧。立春的那一天，家家都得烙春饼。春饼不能油大，要擀得薄如纸片，用慢火在锅里轻轻翻转，烙到白色的面饼上飞出一片片晚霞般的金黄的印记，饼就熟了。烙过春饼，再炒上一盘切得细若游丝的土豆丝，用春饼卷了吃，真的觉得春天温暖地回来了。除了吃春饼，这一天还要"啃春"，好像残冬是顽石一块，不动用牙齿啃噬它，春天的气息就飘不出来似的。我们啃春的对象就是萝卜，萝卜到了立春时，柴的比脆生的多，所以选啃春的萝卜就跟皇帝选妃子一样周折，既要看它的模样，又要看它是否丰腴，汁液是否饱满。很奇怪，啃过春后，嘴里就会荡漾着一股清香的气味，恰似春天草木复苏的气息。立春一过，离清明就不远了。人们这一天会挎着篮子去山上给已故的亲人上坟。篮子里装着染成红色的熟鸡蛋，它们被上过供后，依然会被带回到生者的餐桌上，由大家分食，据说吃了这样的鸡蛋很吉利。而谁家要是生了孩子，主人也会煮了鸡蛋，把皮染红，送与亲戚和邻里分享。所以我觉得红皮鸡蛋走在两个极端上：出生和死亡。它们像一双无形的大手，一手把新生婴儿托到尘世上，一手又把一个衰朽的生命送回尘土里。所以清明节的鸡蛋，吃起来总觉得有股土腥味。

清明过后，天气越来越暖了，野花开了，草也长高了，这时端午节来了。家家户户提前把风干的粽叶泡好，将糯米也泡好，包粽子的工作就开始了。粽子一般都包成菱形，若是用五彩线捆粽叶的话，粽子看上去就像花荷包了。粽子里通常要夹馅的，爱吃甜的就夹上红枣和豆沙，爱吃咸的就夹上一块腌肉。粽子蒸熟后，要放到凉水中浸着，这样放个两天三天都不会坏。父亲那时爱跟我们讲端午节的来历，讲屈原，讲他投水的那条汨罗江，讲人们包了粽子投到水里是为了喂鱼，鱼吃了粽子，就不会吃屈原了。我那时一根筋，心想：你们凭什么认为鱼吃了粽子后就不会去吃人肉？我们一顿不是至少也得吃两道菜吗？吃粽子跟吃点心是一样的，完全可以拿着它们到门外去吃。门楣上插着拴着红葫芦的柳枝和艾蒿，一红一绿的，看上去分外明丽，站在那儿吃粽子真的是无限风光。我那时对屈原的诗一无所知，但我想他一定是个了不起的诗人，因为世上的诗人很多，只有他才会给我们带来节日。

端午节之后的大节日，当属中秋节了。中秋节是一定要吃月饼的。那时商店卖的月饼只有一种，馅是用青红丝、花生仁、核桃仁以及白糖调和而成的，类似于现在的五仁月饼，非常甜腻。我小的时候虫牙多，所以记得有两次八月十五吃月饼时，吃得牙痛，大家赏月时，我却疼得呜呜直哭。爸爸会抱起我，让我从月亮里看那个偷吃了长生不老药而飞入月宫的嫦娥,可我那双蒙胧的泪眼看到的只是一团白花花的东西。月光和我的泪花融合在一起了。在这一天,小孩子们爱唱一首歌谣:蛤蟆蛤蟆气臌,气到八月十五,杀猪、宰羊,气得蛤蟆直哭。

蛤蟆的哭声我没听到,倒是听见了自己牙痛的哭声。所以我觉得自己就是歌谣中那只可怜的蛤蟆,因牙痛而不敢碰中秋餐桌上丰盛的菜肴。

中秋一过,天就凉了,树叶黄了,秋风把黄叶吹得满天飞。雪来了。雪一来,腊月和春节也就跟着来了。都说腊七腊八冻掉下巴,所以到了腊八的时候,人们要煮腊八粥喝。腊八粥的内容非常丰富,粥中不仅有多种多样的米,如玉米、高粱米、小米、黑米、大米;还有一些豆类,如芸豆、绿豆、黑豆等。这些米和豆经过几个小时慢火的熬制,香软滑腻,喝上这样一碗香喷喷的粥,真的是不惧怕寒风和冰雪了。

一年中最大最隆重的节日莫过于春节了。我们那里一进腊月,女人们就开始忙年了。她们会每天发上一块大面团,花样翻新地蒸年干粮,什么馒头、豆包、糖三角、花卷、枣山,蒸好了就放到外面冻上,然后收到空面袋里,堆置在仓房,正月时随吃随取。除了蒸年干粮,腊月还要宰猪。宰猪就是男人们的事情了。谁家宰猪,那天就是谁家的节日。餐桌上少不了要有蒜泥血肠、大骨棒炖干豆角、酸菜白肉等令人胃口大开的菜。

人们一年的忙活,最终都聚集在除夕的那顿年夜饭上了。

除了必须要包饺子之外，家家都要做上一桌的荤菜，少则六个，多则十二、十八个，看到盘子挨着盘子，碗挨着碗，灯影下大人们脸上的表情是平和的。他们很知足地看着我们，就像一只羊喂饱了它的羊羔，满面温存。我们争着吃饺子，有时会被大人们悄悄包到饺子里的硬币给硌了牙，当我们当啷一声将硬币吐到桌子上时，我们就长了一岁。

（录自《北方的盐》，江苏文艺出版社，2006年版）

日月盐水豆

何立伟

我儿时吃过很多有味的吃食,如今是很难得吃到了,比方,盐水豆。我外婆因是农村中长大,承祖训,修得来女人最大的妇德,就是持家,尤擅"衣食住行"里的"食",即做得一手好饭菜,又养鸡养鸭,1960年过"苦日子"时,竟还在后屋里养过一头猪,使人人面有菜色的日子里我家比别人家多出几分鲜见的红润来。我外婆说:"有吃就是福。"又还一门本事,就是闲来便给我们细伢崽制零食吃,免得我们找父母讨钱,鼻涕口水流一脸模样不好看。制得好的零食是盐水豆。

把黄豆洗了,置盐水中煮到微糜,沥干,拌以辣椒粉(又稍许甘草粉)以及紫苏叶跟干笋丝。于是取个竹篾大簸箕,摊在上头,拿筷子一粒一粒拨得匀匀爽爽,放到太阳下头晒。晒到豆皮起皱,仿佛全体思考哈姆莱特的那个人生大问题的苦恼模样,且内里豆肉硬硬的将干未干有嚼头,遂收拢来,装到一只泥陶小罐里。每在教育了我们一通细伢崽要听大人老师的话之后，便一人赏一把盐水豆，将指甲很长的五指聚成鸟喙，朝罐口里啄去。所以盐水豆对我外婆来说，除了好吃解馋，还是施教之物。但我们细伢崽是全不理会"豆以载道"，只觉得这东西美味至极，天下难有，握在掌心里，一掌心的汗，吃完了盐水豆，还来舔掌心。我外婆斥我："哪里见你那副样子，一把把地吃，要一粒一粒地吃来！"意思是不要贪，不要馋，要慢慢品味，好吃东西性不得急。我妹妹是照她的话来吃，然而我做不到，我于是挨丁公，坐到地上嚎。嚎的结果，是外婆摇摇脑壳又回身去抱泥陶小罐来。

我今想起来，盐水豆确应慢慢吃。一粒又一粒，因为有嚼头，因为细嚼之下，其味悠长，异香满颊，可体会到平常日子的好。豆子好吃，拌在一起的紫苏好吃，干笋丝亦好吃，但要合在一起吃才是五味俱全。我有时把它装在口袋里带到学校，跟邻座的女同学谢三毛兑梅子来吃。梅子也是她家里外婆做的，染了色，红红的又湿湿而脆，我亦是看见不得，说得文气点叫"望梅生津"，说得难听点叫一见就流哈巴涎。我吃了她的梅，点点头："好吃好吃！"她吃了我的盐水豆，亦点点头："好吃好吃！"这种"好吃好吃"的易货而交，从一年级直至六年级。我的小学如果要说有什么味道，那即是盐水豆跟梅子的味道。吃还不是明目张胆地吃，是在老师眼皮底下偷偷地吃，有冒险的刺激同快活。

我外婆做完了家务，天气好，就抽一把竹靠椅坐到院子的太阳下头,手心里握把盐水豆。她牙齿不好,于是慢慢磨,眼睛微闭,嘴角蠕动,长日亦有滋有味。

我外婆早已不在人世了,盐水豆也仿佛同她一起去到岁月的尽头了。

去岁末,我一位经商的朋友老罗,在圣诞节的第二日跟我大发感慨,说如今的年轻人,过起洋节来比过中国人自己的传统节日还起劲,又天天晚上来蹦迪,喝洋酒,吃咖啡,好不数典忘祖。他于是冒出了想法,说要来开一个茶社,名字就叫"复辟"。凡洋必拒,一律复古,佐茶的统是传统的吃食,比方灯芯糕、交切、红薯片,比方寸金糖、蚕豆、小花片……末了,又说,还有盐水豆!只听得"盐水豆"三个字,我心里便锵然一震,仿佛岁月如巨浪卷来,将今日摇撼。我外婆遂从记忆深处走出来,苍苍白发,眉目依稀。

但是动过感情之后,我也分明晓得,"复辟"其实是"复"不了的。古人说得好,人事有代谢,往来成古今。许多的人事物事被时间卷走,是再也不会回到今生今世岸上来。年轻人没有历史,于是亦不会有记忆。正因为盐水豆是我的个人历史,所以它只是我记忆深处最美好的吃食,何况与它襟连的,是我的老外婆,她将指甲很长的五指聚成鸟喙,朝泥陶小罐里啄去,那罐子里恰有我的天性天趣,以及童年少年。

俱往矣。

(录自《亲爱的日子》,作家出版社,2009年版)

黄鸭叫

钟叔河

水陆洲在长沙城西江中,洲长十里,北端略与老城区相齐而南端更长。湘江大桥跨洲而过,汽车可从支桥下去,向南直达橘子洲头。这一路上卖"黄鸭叫"的餐馆,少说也有二三十家,长沙口音"黄""王"不分,故招牌也有写成"王鸭叫"的。"黄鸭叫"一斤三十元,"白鸭叫"一斤六十元,都是鲜货过秤后做好上桌的价格。做法只两种,水煮和黄焖,区别仅在加不加酱油而已。如有外地友人来长沙,又是无须讲排场的,这里不失为招待便餐的好去处(如无公车可派,叫出租车则稍为难),因为"黄鸭叫"的味道实在不错,而且座位上可以放眼湘江北去的景色,比坐在华丽包厢里的感觉好得多。不过客人如是来自北方和沿海,就得先交代店家一声,少放辣椒。

"黄鸭叫"是本地给一种野生小鱼新取的名字,长沙人过去称之为"黄(王)牙咕"。照我想,大约"黄"指其颜色,"牙"

形容它胸背有硬刺，像尖牙利齿样扎人，"咕"则因其成群游窜时咕咕作声吧。它的外形有点像小鲇鱼，只有颜色不对，身长者不过四五寸，一般只有三四寸。因为太小，过去长沙人办鱼、肉待客，它是没有资格上桌的。其时价钱也很便宜，大约只为正路鱼的三分之一，最多二分之一。幼时偶尔逃学，游荡到河街，常见它一堆一堆地堆在街边，其中有的"硬脚"还在动，也不像别的鲜鱼得用水养着。及至走到专门供应餐厅酒楼和阔人公馆的鱼市场，就少见它的身影了。但因其肉质细嫩，皮和鳔又富含胶质，包着细刺大口嚼咽虽不大可能，煮出的汤却特别鲜美，为一般鱼类所不及，"黄牙咕煮豆腐"也就成了长沙有名的一道家常菜。

"黄牙咕"生得贱，不易死，根据我在河街上的观察，出水后活几个时辰大概不成问题，故不难买到鲜活的鱼。当年我家将鱼买回，即置盆中，一面冲水，一面以刷把刷洗，只洗去泥污，而决不可将鱼身上固有的黏液弄掉，盖此为"黄牙咕"鲜味之要素也。每逢放学回家碰上了，我于汲水冲洗诸事俱乐为之，父亲还因此说过我"不是读书种子"。到冲洗干净后，母亲便不准我再插手，怕我被鱼的硬刺扎伤。大约只要将肠胆摘除，硬刺斫去，就可以下锅了。

长沙人吃鱼，除清蒸、干炸外，通常先用油煎，再加水焖。"黄牙咕"则无须此，只要把拾掇好的鱼，与河水（五十年前长沙尚无自来水）一同下锅煮。关键是水必须一次放足，而且必须用冷水,盖断续加水则汤味不佳,用热水则有腥气。以当天从湘江河里挑上来的水,煮当天从湘江河里打起来的鱼,便是吃"黄牙咕"的当行本色,也是有名的长沙俗谚"将河水,煮河鱼"的来历。若是吃塘里养大的青、草、鲢、鳙之类家鱼,或是吃从远处运来的鳜鱼、横子、江团之类上等鱼,就不是"将河水,煮河鱼"这么一回事了。

"黄牙咕"体内脂多,故不必加油。姜、盐自不可少,辣椒则多少随意。也有加入紫苏嫩叶的,我家则素不喜此,嫌其"抢味"。豆腐须先用清水漂过,再入沸水一"窜",除去豆腥气;滤干之后,切成小片,候锅中大开片刻后加入,再略为翻动,勿使鱼全在下,豆腐全在上面。汤则必须将鱼和豆腐全部淹没,并高出一二指许。"黄牙咕"和豆腐都不怕煮。但如豆腐加入过晚,则鱼易翻碎,不仅不好看,而且鱼刺搅在豆腐里,也不便于吃了。此后即用小火续煮,直至汤呈乳白色,试之"粑口",就可以上桌了。

冬日里"黄牙咕煮豆腐"正行时,把砂锅放在烧着白炭火的泥炉子上,一边煮得咕嘟咕嘟响,一边解开棉衣对着火吃。我最喜以鱼汤泡饭,一眨眼就是一碗,正所谓"酒怕牛肉饭怕鱼"也。砂锅里禁不起大调羹舀,当然不免要添水,添水也只能添冷水,不能添热火。小时骄纵,每不许添水,故兄姊常怕我一上桌就索要大调羹,我"抢菜"的名声也就是这样在家中传下来的,这转眼已是好多年前的旧事了。

"黄牙咕"是野鱼，小时在乡下钓鱼却好像没有钓到过它，小河小溪中也似乎少见。大约它个子虽小，却需要宽大的水面；又是底栖性的鱼，故只能由渔人用网捕捞。近几十年，人工养鱼越来越普及，水利设施越修越多，能容得这种小野鱼自由生存的空间就越来越小。人们吃厌了鱼场里人工繁育的鱼，越来越不能忘记"黄牙咕"的味道好。三十元到六十元一斤，即使减去餐馆的利润，也是家鱼的好几倍，贵贱正好颠倒过来了。"黄牙咕"易名"黄鸭叫"，有音无字的俗称进而成为书面语言，就是它地位上升的标志。

"黄牙咕"的学名叫什么，有本介绍湖南鱼类的书上说是"黄鲷鱼"，拉丁文 Xenocypris argentea。但是我查《辞海》：黄鲷鱼属鲤科，"长约三十厘米，银白带黄色"，应该是我在水陆洲餐馆门首玻璃箱中所见的"白鸭叫"，比"黄鸭叫"个大，也较稀有，不是我所熟悉的了。我说的"黄牙咕"恐怕乃是 Pseudobagrus argenten。《辞海》则作"黄颡鱼"，说它属鲿科，"长十余厘米，青黄色，有须，背鳍胸鳍各具一硬刺，刺活动时能发声，肉质细嫩"，与所知正合。

又查《本草纲目》卷四十四："黄鲷鱼，状似白鱼，扁身细鳞白色，长不近尺。""黄颡鱼，无鳞鱼也，身尾俱似小鲇，腹下黄，背上青黄，群游作声如轧轧，性最难死。"看来，"白鸭叫"之为黄鲷鱼，"黄鸭叫"之为黄颡鱼，似已无疑，那本介绍湖南鱼类的书是说错了。也许是因为"黄鲷鱼"的"鲷"和"黄牙咕"的"咕"音近，因而张冠李戴的吧。

去年到四川，从峨眉去乐山的路上，也有路边餐馆打出牌子卖"黄辣丁"，不知和长沙的"黄鸭叫"是不是同一种鱼。中国幅员广大，物产繁富，如能将草木虫鱼在各处的俗名搜集起来，加以比较，看它们有哪些异称，再和过去的记载做一番对照的勘察，从而考证土风民俗之嬗变及其异同，未始不是一件有意义的事情，但这种费力而不得名利的工作，只怕现在已经不会有人愿意做了罢。

（录自《记得青山那一边》，海豚出版社，2011年版）

荒年粥事

凸 凹

那时,故乡的主产是玉米。虽也种植谷黍,但这些杂粮的产量极小,承担不起度荒疗饥的担当。另外,谷子碾出的小米可以焖出香喷喷的大豆干饭,而黍子打下的米则叫黄米,碾成细面,可以蒸出黄肥的年糕。所以,谷黍在故乡是作细粮用的,大都留到年节,平时没人舍得吃。

于是,山里在凡常日子,就多吃玉米。

那时,山里还没扯上电,玉米就靠人力加工。山里昼夜吱咯着的,就只有村东的那盘石碾。

用石碾加工玉米面是极费功夫的:把玉米碾碎了,要用箩筛过——山里管这叫担(读dàn)。这样的叫法,可能是因为为了省臂力,箩面时,常常要把箩担在箩架上的缘故。把细面担出,再将米楂接着碾,碾碎再担,担后再碾……几经反复,直到碾得只剩了皮屑,再也无面可担,方止了碾声。那担剩的皮屑皮得很，只有扔给猪，猪兴奋地拱一拱，很快便摇摇耳朵，嗒然离去，其情状若受到了弥天的欺哄，可见皮之极。

加工好的玉米面就用来蒸窝头、贴焦饼，若掺些榆皮面，就可以"压捏格儿"，这种吃法，我在《故乡滋味》中有详细的叙述。还有一种做法，就是掺一点青嫩的香椿芽或花椒芽在热锅上拌饭团。加工这种饭团，山里有个极怪的称呼，叫"打傀儡"，其中"儡"字要读平声。这种饭团松软而香润，无牙老者也可以吃出津津的厚味。傀儡者，无骨，无骨则软，给此等饭食，取如此的称谓，便形象至极生动至极！所以，民间文化也有极多的深趣需探究，乡间的文化人无须悲哀，只要潜下心来，也可以做出大学问。

玉米还有一种奇特的加工方式，便是把玉米用水煮过，捞到碾盘之上，将米皮碾破即可。这种没皮的整米，山里人叫圆米或碌碡米，煮出的圆米饭甘美如栗，其名远扬。但用这种米煮饭，有一个最大的缺憾，便是费时；这对勤勉劳作、紧抓农时的山里人来说，就显得极奢侈。

于是，节俭的山里人便极少把玉米加工成面，更极少加工成圆米，而是把玉米碾成米糁，米糁中面和皮不分离，就省下不少粮食。为山里人所乐为。

碾成糁的玉米只有一种做法，便是熬粥。

熬粥，山里人叫调粥。这很恰切：当锅里的水沸了，甩碗舀了玉米糁，左手持碗均匀地抖，右手执筷均匀地调，要不紧不慢，节奏谐和。快了，溅起沸水，烫伤皮肤；慢了，米糁聚在一起，形成大小不等的疙瘩，再也不好搅开。

于是，调粥也是一门技艺。巧妇调粥，均等到汤沸，曼曼妙妙地抖下米糁，曼曼妙妙地将粥子搅均匀，那粥子不凝不僵，不稀不稠，见者无一不言好。手笨的人，自有愚笨的办法，便是在水尚温时便抖下米糁，温锅里的米糁聚得慢，即便是聚成团也不甚牢固，还容人不疾不急地用筷子搅开；待米糁调匀后，勺子就不能放下，需不停地搅拌，直到烫沸，不然米糁要"抓锅"，沉到锅底化不开，烧成煳粥。

这是把调粥说玄了。如果喝粥者不挑剔，疙瘩多些，稍有些煳腥也是无所谓的。其实，山里人正是很不讲究的，只要粥子不夹生，熬成个啥样子，就啥个样子的吃；只要粥把肚子灌饱，有力地打出饱嗝来，精神也就饱满，话匣子也就滔滔不绝。

山里的土地都在山壁上，极易旱，所以，从我记事起，那玉米就没打得太多过；山里的口粮就不充裕，很少有人家把口粮吃满四季；于是，山里人就更舍不得吃窝头、焦饼类的干货，就一味地调粥（当然，节日除外），因为调粥可以迁就人：粮多时，可调稠些；粮少了，就调稀些。而水是取之不尽的。

也是从我记事起，就几乎天天喝粥，但奇怪地，喝来喝去，竟未生出厌烦——因为这是从一开始就接受了的现实，不容易产生反抗意识！大人们吃完饭往往要一起聚一聚，见面时要打招呼，那吆喝竟是这样：

"哎,二哥,喝了吗?"

"喝了,喝了它两大碗!"

"怎么,你也喝了吗?"

"喝了,还不都娘的一样!"

于是,一样的日子,便使山里人和和睦睦,虽不是家系中人,也分不出亲疏。调侃时说出大实话:"谁不知道谁呀,都是喝粥的脑袋。"正因为都相知,谁也不算计谁,日子虽清淡,但极恬静。

但喝粥的日子也有喝粥的讲究:

一是调粥必搁碱。

会过日子的山里人,很少把粥调得太稠,以稀而黏溜为度。达到这般境界,一靠经验,即把米糁下得适度,其二便是靠碱。当粥锅滚起之后,用拇指和食指捻一小撮碱入内,再把锅底的旺火撤小,那碱便均匀地滚开了,粥也就有了微黄的颜色;这时,就干脆不要再加火,只用灶中的余烬,温温地煎熬着,最后那粥就果然极如人意了。

二是喝粥要有好的佐菜。

粥是寡淡的,古书中就有"寡粥"之说。于是,山里人就极重视粥饭之外的佐菜。

寒冷季节喝粥时就的是渍咸菜。秋天从燎荒地里收下大量的地萝卜,除了晒些干萝卜以便在热锅上炖猪肉、炖狍肉外,大多都用来渍咸菜。所以,山里人家的屋角里,总蹲着三二只黑黝黝的大缸，把屋子弄得极丑陋。对这，山里人极不在乎——竟说"好看不顶吃！"

山里渍咸菜，不用酱油（酱油多金贵！），而是用晾凉了的白开水。即便是放盐（盐也贵啊！），也是很节俭地放，渍出的咸菜就有酸味，故又叫酸咸菜。

喝粥时，切一盘酸咸菜，嚼在嘴里，爽爽的，脆脆的，有声的日子就驱除了那无声的忧愁。有条件的，在黄黄白白的咸菜丝上滴一滴香油，那粥就喝得回肠荡气，边喝边叫："痛快，半挂肠子都油汪汪的了！"

天暖的时候，山韭、野葱、老蓟、黄花……都鲜嫩无比，掐下来用盐水清渍，就爽然上口，粥便也跟着喝熨帖，晚上的觉就睡得极酣甜。于是，粥虽寡淡，但山里人的好梦却总也不断。

但山里人并不惰于改变自己的生活，他们投入了智慧，把粥调出了很多花样——

开春，崖畔的鲜木榄子灿黄若暖，看几眼便撩得眸子酸。摘下黄黄嫩嫩的芽，放锅里同米糌一起搅，那粥口儿，很是清爽；喝这样的粥，即便肚里压着闷滞的凉气，也会被爽爽的粥热，顺得温温若抚。

榆钱儿，在农家是很著名的一种上口物，刘绍棠在他的《榆钱饭》中，对榆钱寄予了感人的深情。这榆钱儿，白白的，薄薄的，搁嘴里嚼一嚼，清芬若乳，所以，鲜榆钱儿常被山里童子作水果吃。在粥中放上榆钱儿，其香其醇，就更令人忘怀。

但榆钱儿的量必定小，山里人调粥时，就多用树梢上的嫩榆叶取代，其香虽比榆钱儿淡一些，味却也绵长。

以树叶入粥的，还有花椒叶粥。这种粥，麻辣俱全，在暑热攻心食欲衰竭的夏天，喝上这样的粥会激活食欲，且解毒败火，怡神克哕，显出温温的药性。

以南瓜块和红薯块（白薯）入粥的南瓜粥和红薯粥是城里人也熟知的。不同的是，南瓜粥甜得清润，而红薯粥则甜得甘冽。

大豆和土豆也常常入粥。土豆粥稠而面，大豆粥则甘香诱人；但大豆粥却莫贪吃得太过，会腹胀如鼓，屁声联翩。

至于野菜调成的粥，品种就更多得很，差不多能上口的野菜，就都入得粥的……

于是，在事实上，山里很少有纯色的粥。

细细想来，粥的斑杂，并不仅仅是为了省粮食，而是表现了山里人的生活意志，他们从不忧怨，而是倾其心智，于刻板的生活中，制造出独异的感人的况味。

那时，山里还有一个有趣的说法，叫"久粥识人"。这是很有道理的。由于粥的花样的纷繁，就可以从粥的调制习惯上，窥出喝粥人不同的品性和趣味。味投者近，色异者远，山里也是。

（录自《故乡永在》，中国书籍出版社，2012年版）

食物

李 娟

刚进入荒野时,月亮在我眼里是皎洁优雅的。没多久,在我眼里就变成了金黄酥脆的,而且还烙得恰到火候……就更别提其他一切能放进嘴里、吞进肚子里的东西了!面对它们,我像被枪瞄准了一样动弹不得……

喝茶时,一般来说我喝到第三碗就会合碗辞谢:"行了!"有一次才喝到两碗,居麻就替我说:"杰!包勒得(够了,行了)!"我急了,立刻澄清:"海得包勒得(哪能就行了)?"大家大笑。于是居麻给我取了个绰号"海得包勒得"。

吃饱肚子后,如果大家还在劝食,我会客气地说:"拖依得儿木(肚子饱啦)!"居麻那家伙故意误听为"拖依加儿木门(半饱了)"。又给我取了第二个绰号"拖依加儿木门"。

我便顶着这两个绰号过了一整个冬天。

到了今天，恐怕只在荒野里，只在刀斧直接劈削开来的简单生活中，食物才只是食物吧——既不是装饰物，也不是消遣物。它就在那儿，在餐布上，在盘子里。它与你之间，由两点间最近的直线相连接。它总共只有一个意味：吃吧！——食物出现在口腔里，就像爱情出现在青春里！再合理不过，再美满不过了。

问题：什么样的食物最美味？

答案：安定宁静的生活中的食物最美味！

在安定宁静的生活里，连一小把炒熟的碎麦子都能香得直灌天庭。把这样的碎麦子泡进奶茶，再拌上黄油——全身心都为之投降！……那是怎样的美味啊，每细细咀嚼一下，幸福感的浪潮就席卷一遍身体的沙滩，将沙滩上的所有琐碎脚印抹得一干二净。

如果热茶里添加的是一把"阿克热木切克"（变质的牛奶制作的奶酪）末儿，则更有嚼头了，面对那香气，如面对体重一百二十公斤的妇人——她殷勤地站在那里，温和又稳当。如果茶里还煮进去了丁香粒和黑胡椒，那妇人便意味深长地笑了。

拌面的存在只有一个目标：把肚子撑圆了！

麦子粥则像熨斗一样把肠胃拾掇得服服帖帖。如果是加了酸奶糊的羊肉汤麦子粥，则会令肠胃里所有的消化酶拉起横幅，列队欢呼！

吃包子时，世上最好吃的东西是包子。吃抓肉时，世上最好吃的东西又变成了抓肉。这两种结论毫无冲突。

想想包子馅吧：土豆粒、肉粒、油渣。再想一想：沙沙糯糯的土豆泥，汁水盈旺的肉粒，金黄的油渣……然后再想想抓肉，想想居麻飞快地做完巴塔（简单得几乎等于没做）后操起小刀就开始削肉，想想肉片下晶莹的面片饱饱地吸足了肉汤，暗自得意，欲和肉片一较高低……包子也罢，抓肉也罢，哪怕吃得撑到了嗓子眼，仍感觉还能继续吃。

做包子剩下的馅还接着做包子吗？不！嫂子创意多多。第二天她又剁了些肥肉加进去，再擀两块方向盘一样大的圆面饼，夹住肉馅，四面捏紧，像烤馕一样丢进滚烫的羊粪灰烬里烘烤……多么隆重的烤包子啊，方向盘一样大！等包子出炉的时间里，大家团团围坐，邻居家两个孩子说什么也不离开，无限地耐心。这个方向盘般的大包子一端上餐布，其光辉便照亮了整个地窝子！嫂子像切生日蛋糕那样切开它，油汁四溢！热合买得罕眼明手快，占据了最大的一块饼，斯文地慢慢吃，再斯文地拒绝第二块。

啃完马腿肉，居麻总会操起菜刀，把哑铃似的马腿骨两端砍成碎片，让我和加玛两个一边嚼这些碎片，一边吮吸骨髓里的油脂。说一个人残忍，会说他"吸人骨髓"，很暴力。但是说良心话，马骨髓吸起来……那滋味……令人无法放弃啊……虽然一片碎骨嚼半天也只能嚼出那么一点点、一点点髓汁。

萨依娜送来的奶酪汤也是生活的惊喜之一，况且她还慷慨地煮进了许多白糖!

还有羊粪灰烤的薄馕——嫂子先烧起一大堆羊粪,等充分燃烧完毕,把剩下滚烫细腻的灰烬扒开,摊平。再把事先揉好的面团擀成一大片面饼,直接投入灰烬之中。然后把四周的粪灰聚拢过来,完全埋盖住这块洁白的面饼。等灰烬降温后,扒出金黄、瓷硬的面饼——哎哟,香得哟……叫我说什么好呢?

牛肉抓饭无话可说,土豆炖肉同样无话可说。奇怪的是,早餐的干馕泡进淡茶里,顶多再加半勺黄油——却仍然美味得无话可说!

如果再往茶水里额外添加一把塔尔糜的话,何止无话可说,简直要默默流泪了……

我们总共两棵白菜,每天只剥几片叶子煮进晚餐,足足吃了近两个月!为什么能坚持这么长时间呢?因为,除了白菜,我们还有二十颗土豆!

炸包尔沙克的场景则如过年一样丰足:铁锅盛满滚油,面板铺满雪白的面块,旁边满满一锅及满满一盆的金黄方块!

包尔沙克里仅仅只揉了些盐,口感就已经相当富态了。揉进红糖的油叶子则是暴发户,揉进葵花籽油的面粒子是富二代。吃完暴发户,后面还等着富二代……这简直是过年。

但是不知为何,做油炸食品时,大家总是一炸好就开吃,也不等我……

当然了,什么抓肉烤包子塔尔糜,什么暴发户啊富二代啊……在日常生活里只是昙花一现。更多的时候,餐布上只有馕块、黄油碟子和羊油碟子。其情景简单得似乎几百年从未改变过。而我呢,我才不渴望抓肉,也不特别在乎塔尔糜,我只深深地思念那只昨天烤好后,一直孤独地摆放在厨台上的半边金黄半边淡黄的馕。它才是当下的全部!它是最令人纠结的现实,让人睡着了都为之焦虑不堪——怎么还不吃它啊?再往下等一天,它可就硬了!

如果伸取馕块时,恰好取到唯一的那块两天前的馕(其他全是三天前的!),简直比买福彩中了五块钱还激动。

有时候晚餐快结束了,新什别克前来拜访,为表示尊敬,嫂子便取出一块新馕……哪怕当时我已经合碗结束晚餐了,还是会忍不住重新坐回席间,就着新馕重新再喝一轮茶……豁出去了,就让我半夜起来冒着凛冽的寒气上两次厕所吧!

对于那些硬得无论多烫的茶都泡不开的旧馕,嫂子仍有办法处理。她把它们掰成碎块,炒肉块时一同焖在锅里。出锅时,干馕块吸饱了肉汤,软、韧、筋——居然比肉还好吃!看我这么喜欢,大家纷纷把馕块拨到我的面前。作为答谢,我把自己面前的肉块统统拨给大家。

大约所有人都看出了我的馋。若哪天比往常早起了半小时,居麻就会说:"今天肚子饿得早得很嘛!"

他还好意思笑我!他自己才馋呢。每到炒菜时,肉块刚煎熟,嫂子就先给他盛出小半碗净肉,由着他自个儿吃,然后再就着剩下的一点点肉放菜翻炒或添水烧面汤，也不管旁边有没有孩子或客人。哪怕被所有人盯着，居麻这家伙也能心平气和吃到最后一口。这个家长，当得跟领导似的！

加玛平时是娇气馋嘴的女儿，到那会儿，也心平气和得跟什么都没看到一样！只有宝贝儿子扎达定力不足，偶尔有那么一次，慢慢蹭到父亲身边，迅速捞两块，边嚼边撤退。

加玛的馋体现在每天都会缠着嫂子讨一两块糖。嫂子坚决不给的时候，就偷喝嫂子的保健药"脑心舒"，当饮料解馋，好歹也是甜的嘛。

而加玛最感人的魔术是突然从铁皮炉里的羊粪灰烬中里刨出一颗土豆！哎哟，多么奢侈！我们一人掰一半分吃了。掰开的一瞬间，沙沙的土豆瓤里呼地冒出一团热气，把冬天都融缺了一个小角……

加玛最大的惊喜则是翻出了嫂子苦心藏掖的一小包白砂糖！她尖叫出声，立刻狠狠地舀一大勺拌入羊油罐里，搅啊搅啊，使油脂和糖充分融合，然后像抹草莓酱一样，把这种奇怪的甜羊油抹在馕上，大快朵颐！

扎达一直在外面上学，吃过许多家人从未尝试过的食物，比如蘑菇、油豆皮、丸子汤。面对单调的冬窝子菜谱，他有好几次拼命对大家形容那些陌生食物的形象和滋味。但说到最后也只能搞得他自己完全沦陷，满口生津却莫可奈何。

我呢，为了吃，也豁出去不少尊严。当小姑娘努滚突然远远地叫住我，我就立刻预感有好事了！赶紧跑过去问："怎么了？"她神秘地说："来嘛。"我按捺激动一直走到最近前，果然！她抓起我的手，悄悄地往我手心塞了一粒奶糖！喜出望外啊！忍不住捧着她的脸蛋吧地亲一口，再抱起她转三圈！

这个冬天，亲爱的小努滚一共给过我两颗糖和一块饼干！

在黄昏之后的夜空下，我总是久久仰望香喷喷的冒着热气的月亮，想着家里的另一个月亮——白天刚烤好的一只新馕……这算什么啊，我就是一只长着腿的空口袋，整天不停地往里装能吃的东西！

食物的力量所支撑起来的，肯定不只是肠胃的享受。刺激着旺盛食欲的，也肯定不只是生活的单调。大约所有敞露野外的生命都是如此吧！这是荒野，是几乎毫无外援的所在，人的生存意识无不神经兮兮，无不急迫异常。

想想看，若是在城市里，若是在人群中，当生活陷入绝境时，还能伸手乞讨，还能在垃圾箱里翻找废弃物。在那里，人永远都有最低限度的生存保障，永远都有活下去的机会——在那些地方，"活下去"并不是最重要的事，最重要的事是"活得更好一些"。可荒野不，在荒野里，人需要向动物靠拢，向植物靠拢。荒野没有侥幸，没有一丝额外之物。

总之，我缺乏安全感，除了拼命地吃，我无从把握。好像只有肚子填得满满当当，才有勇气应对一切。

总之,"吃"成了我生命中的头等大事。胃也变做无底洞,从来没有被填满过一次。并且较为彻底地改掉了挑食的坏毛病……

有一天中午加玛去毡房拿出一块羊尾巴脂肪,切碎了扔进锅里炼出油和油渣,得意地告诉我:"今天,要吃的东西嘛,不是抓饭!不是菜!不是拌面!不是汤饭!……"总之列举了一切我们平时生活中吃过的东西。我问:"那到底是啥?"她想了想:"就是一个东西嘛,不是抓饭,不是菜,不是拌面……"难以付诸汉语。

等羊油炼出一碗后,嫂子捞出油渣,再用锅勺舀了一勺面粉直接洒进滚油里!再炒一炒,拌一拌,边炒边添面粉,直到油和面混合得恰到好处为止。再放上炉圈,用小火翻炒了好一会儿,最后又添了两勺白糖拌匀。喝茶时,她给每人盛了浅浅小半碗这种油煎粉,并用锅勺紧紧地压在碗底,再冲奶茶。并嘱咐我喝完茶再吃下面的粉。我一喝——香极了!奶香和茶香里又添了浓浓的麦香!等喝完茶,煎粉的表层成了糊状,下部分则又干又沙。一尝——居然是龙须酥的味!如果说刚才奶茶的香是山路十八弯的香,这种油煎面的香则是金光大道的香!真的是"什么也不是"的东西,从来没吃过的东西……

饺子也是没吃过的。因为这种饺子和汉族饺子很有差别。肉粒剁得极大,有时一只饺子里只裹了一块肉。皮也特别,先擀一大块面皮，再切成小小的方块，包出的饺子形状和汉族饺子也大不相同，像一条条小鱼似的。包饺子时，我、加玛和嫂子负责包。居麻负责把餐板上的所有的饺子鱼排列阵式，横平竖直，头尾相向，让它们两军对垒，随时准备投入战斗。而扎达负责冷眼旁观，不时"豁切"几声，为父亲的幼稚表示难为情。饺子包完后，大家还要玩好一阵才扔到锅里煮。

大家也有没吃过的东西。一天入睡前，不知是谁谈到了城里的凉皮，吃过凉皮的加玛和扎达感慨万千，嫂子和居麻则非常好奇它的做法。我立刻给大家上了一课，但大家将信将疑。加玛强烈要求我第二天给大家做，扎达双手赞成，嫂子却说："豁切！"居麻也说："浪费面粉！"其实他的意思是：不合实际。

第二天加玛真的催我演示此技术。于是我在嫂子不满的嘟哝中意气风发地展示了起来，揉面，洗面，静置，蒸面筋，烫面皮……并用洗面的水煮了汤汁。这期间，扎达显示出极大的兴趣，哪儿也不去，守在旁边打下手。家里只有两个大铁盘子轮换着烫面皮，忙不过来，便不停指使他做这做那。一会儿把烫好的放到室外雪地上降温，一会儿又取回来换另一个盘子。这会儿这小子格外听话，说啥依啥，忙进忙出，分外配合。

虽然只洗了一碗面，做出来却每人都能分到一小碗，还给隔壁送去了一碗。大家各自端着默默地吃，不说好，也不说不好，真令人心里发毛。但再一想：以往无论吃什么好东西，似乎大家都没有过什么热烈反应啊，便踏实了一些。很快，令人心稳的反馈来了，加玛一吃完便很有信心地宣布：明天由她来做，她已经学会了！但嫂子立刻反对。她说：好是好，就是太麻烦啦！

是的，冬窝子的食谱是单调的，一天只吃一顿正餐，其他只有干馕和奶茶。正餐点上，三四天吃一次肉。其他时间要么擀面条，要么拉面，要么蒸米饭。无论吃什么，都会点缀一点点蔬菜。居麻总是抱怨蔬菜越来越贵了，还总是疑心是我家商店搞的鬼。令人愤怒。

这个家里，每个人都有各种各样的毛病。居麻脚臭，嫂子和加玛的指甲盖统统凹凸不平，严重扭曲，而我也渐渐十指撕满了倒皮。有一次绣花毡时，左手拇指处不小心给扎了一针。就那么一个小小针孔，居然一直愈合不了。后来还渐渐顺着指头纹理纵向裂开，伤口越裂越深。干活时，稍一用力就会挣破流血。另外口腔溃疡也很严重，这边好了那边长，满嘴不消停。整天歪着嘴喝茶。——这些大约都是缺乏维生素的原因吧？

无论如何，我还是气吞山河地度过了这个冬天，无其他不适。在最冷的日子里，每天冻得跟猴子似的，也没感冒过一次。然而，就在我将离开冬窝子的最后一个礼拜，大约因为已经做好了离开的打算，像是突然松懈下来似的——好像另外的希望与热切压过了一切，好像身心的平静被更加复杂汹涌的欲求扰乱了……总之，就在那几天，沸腾了一整个冬天的食欲立刻大降温。与此同时，大大感冒了一场。

　　刚刚开始在这个家庭里生活时，居麻看我吃相那么喜人，很有把握地说："等你回到家，你妈妈就要吓坏了。以为你在我们家天天吃化肥。"

　　而实际上，这个冬天我不但没胖起来，还瘦到了八十斤以下。

　　因为我一直用睡袋睡觉，居麻一直叫我"麻袋姑娘"。后来看我越来越消瘦，便改口叫我"半麻袋姑娘"。这就是我在荒野里落得的第三个绰号。

　　　　　　　　　　　（录自《冬牧场》，新星出版社，2012年版）

萨其马

崔岱远

萨其马本是满族点心,这么个怪名字其实得自于音译。按传统制作工艺,做这点心需要把半成品先切成小块再码放起来。而在满语里,"切"的发音是"萨其非","码放"是"马拉木壁"。把这两个词各取一段拼在一起就成了"萨其马",也有写作"赛利马""沙其马"的。这道点心传到香港后入乡随俗,多了个名字叫"马仔"。巧的是香港盛行的赌马被叫作"赌马仔",当地人渐渐形成了在赌马前吃"马仔"以讨口彩的风俗,号称叫"食马仔,赢马仔"。

萨其马的传统做法是在白面里加牛奶、鸡蛋清、白糖,和好了擀成薄片切成细条下进香油里炸。炸到表皮酥脆、中空外直,再放到掺了黄油和桂花、蜂蜜的糖浆里沁透。成型后撒上金糕丁、青梅丁、瓜子仁等果料,然后切成小方块码放起来晾凉了。做好的萨其马就像一窝柔润透亮、金黄油润的金丝条盘踞成齐整秀巧的金砖，上面镶嵌满了红红绿绿的碎宝石，浸满了蛋香、果香、奶香和蜜香混合而成的特有醇香。

《清文鉴》上说萨其马是"狗奶子糖蘸"，这里的狗奶子并不是狗的乳汁，而是清代初期撒在萨其马上的一种东北特产果料。至于究竟是什么，多年来没有定论。近年来有人考证说是蓝靛果。这种浆果盛产于东北大地的沼泽灌木或高山丛林里，抗寒能力强，吃起来酸酸甜甜的，晒干之后很像是葡萄干。

经典的萨其马是棕红色的，上面点缀着鲜艳的青丝、红丝，口味比较重。后来经过发展又衍生出了许多新品种。现在超市里卖得最多的是改良后的粤港式萨其马，没有青丝、红丝，中间会点缀些黑白芝麻，口感松软清淡。

有意思的是，萨其马的原始用途并不是给人吃的，而是清太祖的福陵、清太宗的昭陵以及清朝远祖肇、兴、景、显四祖的永陵每年大祭、小祭和皇帝东巡致祭的时候必备的祭品。事实上北京绝大多数点心最初的用途都是祭祀、上供或各种婚丧嫁娶活动中的礼仪用品，比如上供用的蜜供，大、小八件，娶媳妇用的龙凤喜饼，新女婿上门用的蓼花，等等。

点心的制作工艺几乎全是烘烤、油炸或蜜饯，就是为了起防腐作用。清道光二十八年所立《马神庙糖饼行行规碑》中规定，饽饽是"国家供享、神祇、祭祀、宗庙及内廷殿试、外藩筵宴，又如佛前供素，乃旗民僧道所必用。喜筵桌张，凡冠婚丧祭而不可无，其用亦大矣！"这里所说的饽饽就是现在的点心。在清代刑罚里，剐刑中最后致命的一刀叫"点心"。老北京人忌讳，便随了旗人的习惯把点心叫成饽饽，而专门制作出售点心的店铺也就称为饽饽铺。买回饽饽或摆着上供或送亲戚朋友，当然也可以自家享用。

北京话里点心和小吃并不是一回事，这一点和南方有所不同。浙江人袁枚在《随园食单》里把汤圆、烧饼、麻团乃至藕粉通通归为点心，但北京人不这么看。北京人觉得那些只能算是小吃。小吃是随便点补着吃的，因此又叫"碰头食儿"。点心要比小吃精美得多，也雅致得多，因为点心里承载着庄重的礼仪。所以直到今天，人们逢年过节行走亲戚看朋友仍然有拎上两盒点心的传统。

（录自《吃货辞典》，商务印书馆，2014年版）

"丝丝"记忆在牙巴

周之江

> 今天请客唯吃菜，肚大将将够塞牙。
> 裹就薄皮犹褴褛，丝娃本字是私娃。
>
> ——贵阳小吃杂咏之十四丝娃娃

贵阳丝娃娃，说它是具体而微的小型冷食春饼，大概错不到哪去。其演化情形如何如何，已不可考矣。

丝娃娃这名字取得着实好。以湿面团烙极薄之面皮，大小略与食烤鸭之面皮等，而其薄则远过之。十张称一份，配食皆蔬菜之属，小碗盛之，品类不下数十种。多切作细丝，也有切为末的，择所喜欢者，裹入皮内，凡三折，呈褴褛状，浇透蘸水，塞满一嘴，则云美矣。本质上归入素食之列，唯一带荤的配菜，只有脆哨末，对于非肉不欢者而言，确乎不够塞牙缝，吃着吃着"口里淡出鸟来"也不好说。

或云，丝娃娃之称也是后起，引车贩浆之流不文，原呼之为私娃娃，翻译成普通话，就是私生子。贵阳人爆粗口或表亲热，喜说"私儿"，鄙人不学，原以为出自宋元明俗语，即《水浒传》里所谓"这厮""那厮"，后来才晓得大谬不然。

"私儿"，也就是"私娃娃"，至少是写出来未免不雅，遂改作今名。谐音且形似神传，真是点睛妙笔。由"丝"还可以联想到贵阳俗语"牙巴丝丝个"，姚华《黔语》里便有记载。丝娃娃是典型的街头小吃。如今经济繁荣，大鱼大肉，山珍海味，多了也烦。高档酒宴上，端一盘丝娃娃上来，不好说这是忆苦思甜，起码能解解油腻。

有朋自远方来，提出要亲身感受一下贵阳的市井生活。带着他四出觅食，其中一味就是丝娃娃，选的是省府路贵山苑内的黄大琴家，因在住宅区里，教授了此公具体吃法后，看他笨手笨脚地裹不成形状，稍稍用力过度，便皮破丝落，满桌狼藉，倒也是一大乐事。

说起黄大琴，忍不住多写几句。好味不怕巷子深，生意好到爆，故而从来不太待见人。不过对熟客，也还算客气，偶尔减个零头之类权当打折。有个细节我特别喜欢，倒不是因为"环保"——客人不小心弄掉一支筷子，喊老板娘拿，连体一次性筷子，必定只掰一支给你，剩下一支，扔回抽屉备用。

包丝娃娃，当然有所谓的一定之规。前面讲过了，形如襁褓，是标准样板也。贪心的食客，也有直接把配菜放在薄面皮上，堆得满满当当，裹也没法裹了，快手快脚，胡乱浇上些蘸水，吃得包口包嘴。风度虽不雅，但胜在多吃多占，实惠划算。

还有的客人，一面包丝娃娃，一面就要挟上几筷子配菜直接进嘴巴，老板看到，客气地便要提醒，脾气毛的，搞不好还会说上几句怪话。

小时候，很少零花钱，一吃十个二十个丝娃娃，绝对是痴心妄想。学校门口有人摆摊，一两分钱一个，还不能自己包，摊贩早早包好了，一手交钢镚儿，一手拿筷子夹了，浇好汁，直接递进嘴里。依贵阳人的俗话，牙巴丝丝点东西，真不够塞牙缝。

还有朋友，深情回忆旧事说，上世纪八九十年代，女娃儿流行穿大蝙蝠袖毛衣，上街吃丝娃娃，太投入了，蘸水顺着手腕手肘一路流。等到吃得心满意足站起身，只觉得左边手臂又凉袖子又重，饱饱地吸足了蘸水，揪将出来，几有小半碗之多。

鄙人向来粗鲁，受不了丝娃娃这种细食，北方正宗春饼，更对路子。梁实秋的《薄饼》一文说："薄饼是要卷菜吃的。菜分熟菜、炒菜两部分。所谓熟菜就是从便宜坊叫来的苏盘……漆花的圆盒子，盒子里有一个大盘子，盘子上一圈扇形的十个八个木头墩儿，中间一个小圆墩儿。每一扇形木墩儿摆一种切成细丝的熟菜……家里自备炒菜必不可少的是：摊鸡蛋，切成长条；炒菠菜；炒韭黄肉丝；炒豆芽菜；炒粉丝。"

南北春饼，各有风味，而切为丝则一。

去年在京，被朋友拖到西南物流中心淘书，一逛大半天，到饭点，要觅食，说是燕山石化家属区里，有家春饼好到爆，曷妨一试？

说去就去。驱车半小时赶到，五个人吞下小二十张饼，配菜五六样基本见底，再加冻啤酒数瓶，着实吃得很快活。一边吃，一边又想起梁实秋先生的文字，说是"北方人贫苦，如果有两张家常饼，配上一盘摊鸡蛋（鸡蛋要摊成直径和饼一样大的两片），把蛋放在饼上，卷起来，竖立之，双手扶着，张开大嘴，左一口、右一口、中间再一口，那简直是无与伦比的一顿丰盛大餐"。

比较起来，贵阳人吃丝娃娃要文雅得多了，甚或有一点办姨妈妈的意思。小吃本来不必定要能充饥肠，味道好才是小吃的追求境界。前几天，有个朋友在微博上给我留言，说"诗有余为词，食有余为小吃"，可说道出其中三昧。

2012年11月16日初稿

2012年11月19日凌晨改定

（录自《食遇：贵阳小吃竹枝词杂咏纪事》，贵州人民出版社，2020年版）

辑二 四方食事

陕西小吃小识录（节选）

贾平凹

- 辣子蒜羊血

将羊扳倒，白刀子进，红刀子出，热血接入盆中。用马尾箩滤去杂质，倒进同量的食盐水，细棍搅之，匀，凝结成块后改切成较小的块，投开水锅煮，小火，血固如嫩豆腐，捞出，呈褐红色，舌舔之略咸。

至此羊血制成，可泡在清水盆里备用。

清晨，或是傍晚，食摊安在小巷街头，摆设十分简单，一个木架，架子上是各类碗盏，分别放有盐、酱、醋、蒜水、油泼辣子、香油。木架旁是一火炉，炉上有锅，水开而不翻滚，锅里煮的是切成小方块的羊血。羊血捞在碗里，并无许多汤，加各类调料便可下口：羊血鲜嫩，汤味辣、呛、咸，花椒、小茴香味窜扑鼻。

咸阳有一人，可以说什么都不缺，只是缺钱；也可以说什么都没有，只是有病。病不是大病，体弱时常感冒。中医告之：每日喝人参汤半碗，喝过半月即根除感冒。此人拍拍钱包，一笑了之。卖辣子蒜羊血的说：买羊骨砸碎熬汤每早喝一碗，再每晚吃羊血一碗吧。如此早晚不断，一月后病断。

· 腊羊肉

1900年，庚子事变，慈禧太后仓皇出逃，避难西安，一日坐御辇经城内桥梓口坡道，闻香停车，问：何处美味？答：铺里煮羊肉。便馋涎欲滴，派人购买，尝之大喜，后赏金字招牌："辇止坡"。

辇止坡的羊肉便是腊羊肉。本是百姓食物，太后竟也辇止；而在这以前，百姓更是早已马止、步止，故此食品更朝换代数百年流传不失。

制作此肉一腌：大瓷缸倒入井水，羊肉，带骨鲜羊肉，皮面相对折叠而放，撒精盐、芒硝，夏腌一至两天，春秋腌三至四天，冬腌四至五天，腌到肉里外色红。二煮：倒老卤汤多少，倒清水多少，辅花椒、八角、桂皮、小茴香为料，旺火烧开，羊肉下锅，老嫩分别，皮面朝上，再烧开放盐，尔后加盖，武火文火煮四五个小时至肉烂。三捞：撇净浮油，将火压灭，焖半小时待汤温下降，用长竹棍挑肉，放入瓷盘。四滗：肉皮面上平放盘中，用原汁汤冲浇数遍，再小心以净布揩干。

因为是当年慈禧所留的遗风吧，此肉渐渐进入上流宴席，且趋势愈来愈甚，已大有攀高枝之德性。近多年更有人以此作后门的见面礼，致使声名大坏。

录者声明：有人曾非议腊羊肉，建议将其开除出小吃之列。但念其毕竟街巷有卖；况且，以送腊羊肉走后门，罪应在送肉人而不在腊羊肉本身，故不从。

· 石子饼

二十世纪七十年代，关中一农民有冤，地方不能伸，携此饼一袋，步行赴京告状。正值暑天，行路人干粮皆坏，见其饼不馊不腐，以为奇。到京，坐街吃之，市民不识何物，农民便售饼雇人写状，终于冤案大白。农民感激涕零，送一饼为其明冤者存念。问：何饼？说：石子饼。其饼存之一年，完好无异样，遂京城哗然。

此饼制作：上等白面，搓调料、油、盐，饼坯为铜钱厚薄。将洗净的小鹅卵石在锅里加热，饼坯置石上，上再盖一层石子，烘焙而成。其色如云，油酥咸香。

同州人尤擅长此道，家家都有专用石子，长年使用，石子油黑锃亮。据传，一家有二十多年的油石子，到二十世纪六十年代，遭灾，无面做饼，无油炒菜，每次熬萝卜，将石子先煮水中便有油花，以此煮过两年。

・甑糕

甑糕，用甑做出的糕也。甑为棕色，糕有枣亦为棕色，甑碗小而瓷粗，釉彩为棕色，食之，色泽入目，和谐安心。

做甑糕有四关：一泡米，米是糯米，水是清水，浸一晌，米心泡开，淘洗数遍，去浮沫，沥水分。二装甑，先枣子，后米，一层铺一层，一层比一层多，最后以枣收顶。三火功，大火煮半晌，慢火煮一晌。四加水，一为甑内的枣米加温水，使枣米交融，二为从放气口给大口锅加凉水，使锅内产生热气冲入甑内。

吃甑糕易上瘾。有一作家，黎明七点跑步，八点赴甑糕摊吃三碗，返回关门写作至下午四点方停歇，数年一贯，写书十年，体壮发黑眼不近视。

・钱钱肉

此肉知道的人多，品尝的人少，据说，即便在盛产的西府，一县之主每年也只有支配一个正品的权力。一般人便只能享用到此肉的下品了。

下品者，腊驴腿。将失去役力的驴，杀之，取其四腿，挂架晾冷，淋尽血水，切块，分层入瓮，每层加土硝、食盐，最后压以巨石。越旬日取出，挂阳光下曝晒，等其变干，再以石块反复压榨，排尽水分，用松木水加五香调料煮熟。取出，用驴油及煮肉之原汁掺和，再加温，肉块在油汤中提提浸浸，然后将肉块晾至呈霜状之色。

人言：吃五谷想六味。腊驴腿下酒之后，便鼻沁微汗，口内生津，故猜钱钱肉的正品不知何等仙品六味！钱钱肉正品据说更味美，且补虚壮阳，但却不是一般人所能吃到，因其价昂且要有地位才能买到。

钱钱肉正品何物炮制？叫驴之生殖器也。

· 大刀面

最有名的在铜川。

刀：长二尺二寸，背前端宽三寸，背后端宽四寸，老秤重十九斤。

切：右手提刀，左手按面，边提边落，案随刀响，刀随手移。

面：搓成絮，木杠压，成硬块，盘起回饧，擀开一毫米厚薄后拎擀杖叠起成半圆形。

艺高者胆大，挥刀自如，面细如丝，水开下锅，两滚即熟，浇上干燘肉臊子，一口未咽，急嚼第二口，一碗下肚，又等不及第二碗，三碗吃毕，满头热汗，鼻耳畅通，还想再吃，肚腹难容，一步徘徊，怏怏离去。

铜川出煤，下矿井如船出海，乡俗有下井前吃长面，以象征拉魂。故至今矿区多集中大刀面馆。外地人传：卖大刀面的多姓关，是关公后世，或姓包，是包公后裔。此言大谬。铜川东关一家卖主，夫姓华，妇姓陈，皆是关公包公当年所杀之人的姓氏。问及手艺，答：祖传。再问：先祖出身？则马场铡草夫。

（录自《平凹游记选》，陕西人民美术出版社，1986年版）

城南客话
——四方食事

汪曾祺

- 口味

"口之於味,有同嗜焉。"好吃的东西大家都爱吃。宴会上有烹大虾(得是极新鲜的),大都剩不下。但是也不尽然。羊肉是很好吃的。"羊大为美。"中国吃羊肉的历史大概和这个民族的历史同样久远。中国羊肉的吃法很多,不能列举。我以为最好吃的是手把羊肉。维吾尔、哈萨克都有手把肉,但似以内蒙为最好。内蒙很多盟旗都说他们那里的羊肉不膻,因为羊吃了草原上的野葱,生前已经自己把膻味解了。我以为不膻固好,膻亦无妨。我曾在达茂旗吃过"羊贝子",即白煮全羊。整只羊放在锅里只煮四十五分钟(为了照顾远来的汉人客人,多煮了十五分钟,他们自己吃,只煮半小时),各人用刀割取自己中意的部位，蘸一点作料（原来只备一碗盐水，近年有了较多的作料）吃。羊肉带生，一刀切下去，会汪出一点血，但是鲜嫩无比。内蒙人说，羊肉越煮越老，半熟的，才易消化，也能多吃。我几次到内蒙，吃羊肉吃得非常过瘾。同行有一位女同志，不但不吃，连闻都不能闻。一走进食堂，闻到羊肉气味就想吐。她只好每顿用开水泡饭，吃咸菜，真是苦煞。全国不吃羊肉的人，不在少数。"鱼羊为鲜"，有一位老同志是获鹿县人，是回民，他倒是吃羊肉的，但是一生不解何所谓鲜。他的爱人是南京人，动辄说"这个菜很鲜"，他说："什么叫'鲜'？我只知道什么东西吃着'香'。"要解释什么是"鲜"，是困难的。我的家乡以为最能代表鲜味的是虾子。虾子冬笋、虾子豆腐羹，都很鲜。虾子放得太多，就会"鲜得连眉毛都掉了"的。我有个小孙女，很爱吃我配料煮的龙须挂面。有一次我放了虾子，她尝了一口，说"有股什么味！"，不吃。

中国不少省份的人都爱吃辣椒。云、贵、川、黔、湘、赣。延边朝鲜族也极能吃辣。人说吃辣椒爱上火。井冈山人说："辣子冇补（没有营养），两头受苦。"我认识一个演员，他一天不吃辣椒，就会便秘！我认识一个干部，他每天在机关吃午饭，什么菜也不吃，只带了一小饭盒油炸辣椒来，吃辣椒下饭，顿顿如此。此人真是个吃辣椒专家，全国各地的辣椒，都设法弄了来吃。据他的品评，认为土家族的最好。有一次他带了一饭盒来，让我尝尝，真是又辣又香。然而有人是不吃辣的。我曾随剧团到重庆体验生活。四川无菜不辣,有人实在受不了。有一个演员带了几个年轻的女演员去吃汤圆,一个唱老旦的演员进门就嚷嚷:"不要辣椒!"卖汤圆的白了她一眼:"汤圆没有放辣椒的!"

北方人爱吃生葱生蒜。山东人特爱吃葱,吃煎饼、锅盔,没有葱是不行的。有一个笑话:婆媳吵嘴,儿媳妇跳了井。儿子回来,婆婆说:"可了不得啦,你媳妇跳井啦!"儿子说:"不咋!"拿了根葱在井口逛了一下,媳妇就上来了。山东大葱的确很好吃,葱白长至半尺,是甜的。江浙人不吃生葱蒜,做鱼肉时放葱,谓之"香葱",实即北方的小葱,几根小葱,挽成一个疙瘩,叫作"葱结"。他们把大葱叫作"胡葱",即做菜时也不大用。有一个著名女演员,不吃葱,她和大家一同去体验生活,菜都得给她单做。"文化大革命"斗她的时候,这成了一条罪状。北方人吃炸酱面,必须有几瓣蒜。在长影拍片时,有一天我起晚了,早饭已经开过,我到厨房里和几位炊事员一块吃。那天吃的是炸油饼,他们吃油饼就蒜。我说,"吃油饼哪有就蒜的!"一个河南籍的炊事员说:"嘿!你试试!"果然,"另一个味儿"。我前几年回家乡,接连吃了几天鸡鸭鱼虾,吃腻了,我跟家里人说:"给我下一碗阳春面,弄一碟葱,两头蒜来。"家里人看我生吃葱蒜大为惊骇。

有些东西,本来不吃,吃吃也就习惯了。我曾极夸口,说我什么都吃,为此挨了两次捉弄。一次在家乡。我原来不吃芫荽（香菜），以为有臭虫味。一次，我家所开的中药铺请我去吃面，——那天是药王生日，铺中管事弄了一大碗凉拌芫荽，说："你不是什么都吃吗？"我一咬牙，吃了。从此，我就吃芫荽了。此来北地，每吃涮羊肉，调料里总要撒上大量芫荽。一次在昆明。苦瓜，我原来也是不吃的，——没有吃过。我们家乡有苦瓜，叫作癞葡萄，是放在磁盘里看着玩，不吃的。有一位诗人请我下小馆子，他要了三个菜：凉拌苦瓜、炒苦瓜、苦瓜汤。他说："你不是什么都吃吗？"从此，我就吃苦瓜了。北京人原来是不吃苦瓜的，近年也学会吃了。不过他们用凉水连"拔"三次，基本上不苦了，哪还有什么意思！

有些东西，自己尽可不吃，但不要反对旁人吃。不要以为自己不吃的东西，谁吃，就是岂有此理。比如广东人吃蛇，吃龙虱；傣族人爱吃苦肠，即牛肠里没有完全消化的粪汁，蘸肉吃。这在广东人、傣族人，是没有什么奇怪的。他们爱吃，你管得着吗？不过有些东西，我也以为以不吃为宜，比如炒肉芽——腐肉所生之蛆。

总之，一个人的口味要宽一点、杂一点，"南甜北咸东辣西酸"，都去尝尝。对食物如此，对文化也应该这样。

· 切脍

《论语·乡党》"食不厌精，脍不厌细"，中国的切脍不知始于何时。孔子以"食""脍"对举，可见当时是相当普遍的。北魏贾思勰《齐民要术》提到切脍。唐人特重切脍，杜甫诗累见。宋代切脍之风亦盛。《东京梦华录·三月一日开金明池琼林苑》："多垂钓之士，必于池苑所买牌子，方许捕鱼。游人得鱼，倍其价买之。临水斫脍，以荐芳樽，乃一时佳味也。"元代，关汉卿曾写过"望江楼中秋切脍"。明代切脍，也还是有的，但《金瓶梅》中未提及，很奇怪。《红楼梦》也没有提到。到了近代，很多人对切脍是怎么回事，都茫然了。

脍是什么？杜诗邵注："鲙，即今之鱼生、肉生。"更多指鱼生，脍的繁体字是"鱠"，可知。

杜甫《阌乡姜七少府设鲙戏赠长歌》对切脍有较详细的描写。脍要切得极细，"脍不厌细"，杜诗亦云："无声细下飞碎雪。"脍是切片还是切丝呢？段成式《酉阳杂俎·物革》云："进士段硕常识南孝廉者，善斫脍，縠薄丝缕，轻可吹起。"看起来是片和丝都有的。切脍的鱼不能洗。杜诗云"落砧何曾白纸湿"，邵注"凡作鲙，以灰去血水，用纸以隔之"，大概是隔着一层纸用灰吸去鱼的血水。《齐民要术》："切鲙不得洗，洗则鲙湿。"加什么佐料？一般是加葱的，杜诗："有骨已剁觜春葱。"《内则》："鲙，春用葱，夏用芥。"葱是葱花，不会是葱段。至于下不下盐或酱油，乃至酒、酢，则无从臆测，想来总得有点咸味，不会是淡吃。

切脍今无实物可验。杭州楼外楼解放前有名菜醋鱼带靶。

所谓"带靶"即将活草鱼的脊背上的肉剔下，切成极薄的片，浇好酱油，生吃。我以为这很近乎切脍。我在1947年春天曾吃过，极鲜美。这道菜听说现在已经没有了，不知是因为有碍卫生，还是厨师无此手艺了。

日本鱼生我未吃过。北京西四牌楼的朝鲜冷面馆卖过鱼生、肉生。鱼生乃切成一寸见方、厚约二分的鱼片，蘸极辣的作料吃。这与"縠薄丝缕"的切脍似不是一回事。

与切脍有关联的，是"生吃螃蟹活吃虾"。生螃蟹我未吃过，想来一定非常好吃。活虾我可吃得多了。前几年回乡，家乡人知道我爱吃"呛虾"，于是餐餐有呛虾。我们家乡的呛虾是用酒把白虾（青虾不宜生吃）"醉"死了的。解放前杭州楼外楼呛虾，是酒醉而不待其死，活虾盛于大盘中，上覆大碗，上桌揭碗，虾蹦得满桌，客人捉而食之。用广东话说，这才真是"生猛"。听说楼外楼现在也不卖呛虾了，惜哉！

下生蟹活虾一等的，是将虾蟹之属稍加腌制。宁波的梭子蟹是用盐腌过的，醉蟹、醉泥螺、醉蚶子、醉蛏鼻，都是用高粱酒"醉"过的。但这些都还是生的。因此，都很好吃。

我以为醉蟹是天下第一美味。家乡人贻我醉蟹一小坛。有天津客人来，特地为他剁了几只。他吃了一小块，问："是生的？"就不敢再吃。

"生的"，为什么就不敢吃呢？法国人、俄罗斯人，吃牡蛎，都是生吃。我在纽约南海岸吃过鲜蚌，那是绝对是生的，刚打上来的，而且什么作料都不搁，经我要求，服务员才给了一点胡椒粉。好吃么？好吃极了！

为什么"切脍"生鱼活虾好吃？曰：存其本味。

我以为切脍之风，可以恢复。如果觉得这不卫生，可以依照纽约南海岸的办法：用"远红外"或什么东西处理一下，这样既不失本味，又无致病之虞。如果这样还觉得"硌应"，吞不下，吞下要反出来，那完全是观念上的问题。当然，我也不主张普遍推广，可以满足少数老饕的欲望，"内部发行"。

· 河豚

阅报，江阴人食河豚中毒，经解救，幸得不死，杨花扑面，节近清明，这使我想起，正是吃河豚的时候了。苏东坡诗：

竹外桃花三两枝，春江水暖鸭先知。
蒌蒿满地芦芽短，正是河豚欲上时。

梅圣俞诗：

河豚当此时，贵不数鱼虾。

宋朝人是很爱吃河豚的，没有真河豚，就用了不知什么东西做出河豚的样子和味道，谓之"假河豚"，聊以过瘾，《东京梦华录》等书都有记载。

江阴当长江入海处不远，产河豚最多，也最好。每年春天，鱼市上有很多河豚卖。河豚的脾气很大，用小木棍捅捅它，它就把肚子鼓起来，再捅，再鼓，终至成了一个圆球。江阴河豚品种极多。我所就读的南菁中学的生物实验室里搜集了各种河豚，浸在装了福尔马林的玻璃器内。有的很大，有的小如金钱龟。颜色也各异，有带青绿色的，有白的，还有紫红的。这样齐全的河豚标本，大概只有江阴的中学才能搜集得到。

河豚有剧毒。我在读高中一年级时，江阴乡下出了一件命案，"谋杀亲夫"。"奸夫""淫妇"在游街示众后，同时枪决。毒死亲夫的东西，即是一条煮熟的河豚。因为是"花案"，那天街的两旁有很多人鹄立伫观。但是实在没有什么好看，奸夫淫妇都蠢而且丑，奸夫还是个黑脸的麻子。这样的命案，也只能出在江阴。

但是河豚很好吃，江南谚云"拼死吃河豚"，豁出命去，也要吃，可见其味美。据说整治得法，是不会中毒的。我的几个同学都曾约定请我上家里吃一次河豚，说是"保证不会出问题"。江阴正街上有一家饭馆，是卖河豚的。这家饭馆有一块祖传的木板，刷印保单，内容是如果在他家铺里吃河豚中毒致死，主人可以偿命。

河豚之毒在肝脏、生殖腺和血，这些可以小心地去掉。这种办法有例可援,即"洁本金瓶梅"是。

我在江阴读书两年,竟未吃过河豚,至今引为憾事。

· 野菜

春天了,是挖野菜的时候了。踏青挑菜,是很好的风俗。人在屋里闷了一冬天,尤其是妇女,到野地里活动活动,呼吸一点新鲜空气,看看新鲜的绿色,身心一快。

南方的野菜,有枸杞、荠菜、马兰头……北方野菜则主要的是苣荬菜。枸杞、荠菜、马兰头用开水焯过,加酱油、醋、香油凉拌。苣荬菜则是洗净,去根,蘸甜面菜生吃。或曰吃野菜可以"清火",有一定道理。野菜多半带一点苦味,凡苦味菜,皆可清火。但是更重要的是吃个新鲜。有诗人说"这是吃春天",这话说得有点做作,但也还说得过去。

《敦煌变文》《云谣集杂曲子》《打枣杆》《挂枝儿》"吴歌"乃至《白雪遗音》,等等,是野菜。因为它新鲜。

1989年4月18日

(原载1989年12月创刊号《中国文化》)

春蔬秋蕈总关情

王世襄

> 戢戢寸玉嫩，累累万钉繁。
> 中涵烟霞气，外绝沙土痕。
> 下箸极隽永，加餐亦平温。

这是宋汪彦章的食蕈诗。"蕈"通"菌"，或称蘑菰，亦可写作蘑菇，其味确实隽永，且富营养，是厨蔬无上佳品。我素嗜此物，尤其是春秋两季野生的，倍觉关情。

记得十一二岁时，随母亲暂住南浔外婆家。南浔位在太湖之滨、江浙两省交界处。镇虽不大，却住着不少大户人家。到这里来佣工的农家妇女，大都来自洞庭东、西山。服侍外婆的一位老妪，就是东山人。她每年深秋，都要从家带一瓮"寒露蕈"来，清油中浸渍着一颗颗如纽扣大的蘑菰，还漂着几根灯草，据说有它可以解毒。这种野生菌只有寒露时节才出土，因而得名。其味之佳，可谓无与伦比。正因为它是外婆的珍馐，母亲不许我多吃，所以感到特别鲜美。

在燕京大学读书时，常常骑车去香山游玩，而香山是以产野生蘑菰闻名的。经过访问，在附近的一个村子四王府结识了一位人称"蘑菰王"的老者，那时他已年逾六旬了。他告诉我香山蘑菰有大小两种。小而色浅的叫"白丁香"，小而色深的叫"紫丁香"，春秋两季都有。他谈得有点神秘——采蘑菰要学会看"稍"（读作 sāo），指生蘑菰的地脉。这"稍"从地面草木的长势可以看出来。他虽向我讲解了几遍还是不能得其要领。看来所谓的"稍"，一半指草木的葱茏茂密，一半和埋在土内的菌丝有关。蘑菰落下孢子才生长菌丝，所以产菌的地方年年会有蘑菰长出来。使香山出名的是一种大白蘑，直径可以长到一尺多，像一只底朝天的白瓷盆。过去只要在山上发现此种幼菰，便搭窝棚在旁守护，昼夜不离，以防被他人采去。只需两三天便长成，取下来装入大捧盒送到宣武门外菜市口去卖，可得白银三五两，因为它是一种名贵贡品。"蘑菰王"感慨地说："这是前清的事了，近些年简直见不着了。贵人吃贵物嘛。贵人没有了，大白蘑也就不长了。"他的话反映出他的封建意识。实际上逶迤的燕山，只要气候环境适宜，都可能生长此种大白蘑。六十年代我去怀柔县黄坎村劳动，听老乡说当地山上就有，名叫"天花板"，并自古留下"天花板炖肉——馋人"的歇后语，只是很稀少，不大容易遇到而已。我当时以为"天花板"只不过是一个当地土名，不料后来读到明人潘之恒的《广菌谱》，其中就有"天花蕈"一条，并称："出五台山，形如松花而大于斗，香气如蕈，白色，食之甚美。"可见那位老乡的话大有来历，顿时不禁对他肃然起敬而自惭孤陋了。

回忆一下，几十年来，北京的各大菜市场一直可以买到鲜蘑菰。查其品种，因时而异，六十年代以前，市场上卖的都是野生鲜蘑菰。品种有二：一种叫"柳蘑"，蕈伞土褐色，簇聚而生，往往有大有小，相去悬殊。烹制时宜加黄酒，去其土腥味。烩、炒皆可，而烩胜于炒，用鸡丝加嫩豌豆烩，是一味佳肴。一种叫"鸡腿蘑"，菌柄较高，色泽稍浅，炒胜于烩。蘑菰的采集者多住在永定门、右安门外，每人都有几条熟悉的路线，隔几天便巡回采一次，生手自然很难找到。后来朝内、东单、西单几个菜市都买不到野鲜蘑，只有菜市口市场还有。据了解是一位姓张的老者隔几天送货一次。随后他找到了工作，在永定门外一所小学传达室值班，野生鲜蘑从此在北京菜市场上绝迹。我曾去拜访过张老汉问他为什么不干了。他说郊区都在建设，永定河也在整理，生态变了，蘑菰越来越难找了，只好转业了。六十年代至七十年代，几个菜市场有时可以买到人造的圆鲜蘑，和一般罐头蘑菰品种相同。近几年，这种人造圆鲜蘑菜市也不供应了，而是凤尾平菰的天下了。论其味与质，自然不及圆鲜蘑。

1948年至1949年我在美国和加拿大，注意到蘑菰在西餐中的食用。那里的大城市很容易买到人造圆鲜蘑，餐馆的通常做法是用它做奶油浓汤，或放在奶汁烤鱼肉，或碎切后摊鸡蛋饼或卷（mushroom omelette，也有人称之为"奄列"），比较好吃的是用黄油煎。作为一个穷书生，自然不可能品尝到名餐馆中的各种做法，但从烹调食谱中也可以了解不少，总觉得不及中国的蘑菰吃法来得多而好。在波士顿时，我常去老同学王伊同、娄安吉伉俪家去做油煸鲜蘑，略仿"寒露蕈"的制法而减少用油量。我曾带给租房给我住的美国老太太尝尝。她擅长西法烹调，竟对我的油煸蘑菰大为欣赏，认为比西餐中的许多做法要好，特意在小本子上记下了我的 recipe，并要我示范烧了两次。

已故老友张葱玉（珩）兄，是一位杰出的书画鉴定家，也是一位真正的美食家。他向我几次讲到上海红房子西餐馆的黄油煎蘑菰如何如何隽美，而离开上海后再也吃不到了。1959年有一天他请我在东安市场吉士林吃饭，特意点了这个菜，结果大失所望。我向他夸下海口，几时买到好蘑菰，做一回请他品尝。后来我一次用鸡腿蘑，一次用人造圆鲜蘑，都使他大快朵颐，连声说好。道理很简单，关键在黄油煎蘑菰必须用鲜蘑，最好是菌伞紧包着柄尚未张开的野生蘑。罐头蘑菰绝对不能用，它经过高温煮过，水分已浸透，饶你再用黄油煎也无济于事，味、质皆非矣。

湖南的野生菌亦颇为人所乐道。在西南联大上过学的朋友往往谈起抗战时期长沙街头小馆的蕈子粉、蕈子面（即汤煮米粉或面条上加蕈子浇头）如何鲜美。九如斋的瓶装蕈油也常常被人带出来馈赠亲友。1956年我在中国音乐研究所工作，参加了湖南音乐普查之行，跑遍了大半个省。那一次的印象是长沙的蕈子粉赶不及衡阳的好，而衡阳的又不及湘南偏远小镇的好。看来起决定作用的在蕈子的品种好不好，而采得是否及时尤为重要。柄抽伞张，再好的蕈子也没有吃头了。

当年从道县去江华的公路尚未修通，要步行两天才能到达。中途走到桥头铺，眼看一位大娘提着半篮刚刚采到的钮子蕈送进一家小饭铺，我顿时不禁垂涎三尺。不过普查队的队长是一位"左"得十分可爱的同志，非常强调组织性、纪律性，还时时警告队员要注意影响。像我这样出身不好、受帝国主义教育毒害又很深的人，她自然觉得有责任对我随时进行监督改造。如果我不经过请示批准，擅自进小饭铺买碗粉吃，晚上的生活会就不愁没有内容了。好在一路之上我走在最前面，队长落在后头至少有三五里之遥，我乍着胆子去吃了一碗蕈子粉。哈哈！这是我在整个普查中吃到的最好的野蕈子！我很想来个第二碗，生怕被队长看见而没敢再吃，抹了抹嘴走出了小铺的门。

"文革"时期文化部干校在湖北咸宁甘棠附近。1971年以后，干校的戒律稍见松弛，被"改造"的人开始能有一点人的情趣。调查、采集、品尝野生蘑菇就是我的情趣之一。为了防止误食毒菌，首先向老乡们求教。经过了解，才知道当地食用菌有以下几种：

洁白而伞上呈绿色的叫绿豆菰，长在树林中，其味甚佳，但不易找到。

呈黄色的叫黄豆菰，味道稍差。

体大色红，草坡上络绎丛生的叫胭脂菰，须经过灶火熏才能吃，否则麻口。

此外还有丝茅菰、冬至菰等，而以冬至菰最为难得，味亦最佳。后来我从"四五二"高地进入湖区放牛，在沟渠边上发现紫色的平片蘑菰。起初还不敢吃，后来听秦岭云兄说可以食用才敢吃，味鲜质嫩，与鱼同煮尤美。回忆其形态，和现在人造凤尾平菰相近，应该属于同一品种。

云南盛产各种蘑菰，我向往已久，1986年秋随政协文化组考查文物古迹，有机会做了几千公里的旅行，从昆明西行，直到畹町、瑞丽。一路上不论大小城镇，每日清晨菜市街道两旁往往有几十人用筐篮设摊，唤卖菌子，一堆堆，大大小小，白、绿、褐、黄，间以朱紫，五光十色，目不暇接。其中最名贵的自然是"鸡㙡（音zōng）"和"松茸"。按这"㙡"字有多种写法。现在一般写作"棕"或"鬃"，或作"踪"，恐怕都缺少根据。其实古人的写法也不一致。有人写作"堫"（见《骈雅·释草》："鸡菌，鸡堫也。"又杨慎《升庵文集》："云南名佳蕈曰鸡块，鸟飞而敛足，菌形似之，故以鸡名。"），有人写作"㙡"（见李时珍《本草纲目》卷廿八《菜类》："鸡㙡出云南，生沙地间，丁蕈也。高脚伞头，土人采烘寄远，以充方物。"）。我认为李时珍是一位科学家，正名用字，比文学家要谨严些，故今从之。

我们车经各地，时常看见收购鸡㙡、松茸的招贴，每公斤高达四十元，但要求严，只收菌伞紧包尚未打开者。据说收到后立即冷冻出口，销往香港、日本等地。因而在街上能买到的、饭馆可以吃到的不是菌伞已经张开、菌柄已经抽长，便是过于纤细，尚未长成，价格每公斤不过数元。至于晒干的鸡㙡，多为老菌，长柄如麻茎，茎伞如败絮矣。

鸡㙡、松茸之外较好的蕈子有青头蕈，我认为它和湖北的绿豆菰同一种。"见手青"因一经手触或刀削便变成青绿色而得名；它质脆而吃火，如与他蕈同烹，应先下锅，后下他蕈。牛肝蕈颜色红黄相间，也算名贵品种。最奇特的是干巴蕈，色灰黑而多孔隙，完全脱离了蘑菇的形态，一块块像干瘪了的马蜂窝。撕裂洗净，清炒或与肉同炒，有特殊的香味和质感，堪称蕈中的珍异。此外杂蕈尚多，形色各殊，虽曾询问名称，未能一一记住。

云南多蕈，可谓得天独厚，但吃法似乎还不够多种多样。鸡㙡、松茸等除用上汤炖煮或入汽锅与鸡块配佐外，一般用肉片或鸡片加辣椒烹炒，昆明、楚雄、大理、丽江等地都用此做法上席。本人以为如在配料及烧法上加以变化，一定能有所创新，发挥蕈子优势，使滇菜更富有特色。

香港餐馆，不论它属于哪一菜系，普遍大量使用菌类。其中的干香菰多来自日本，肥大肉厚，可供咀嚼，但香味似不及福建、江西的冬菰浓郁。人造圆蘑及草菰，鲜品或罐头多来自福建、广东。福建是我国人造蘑菇的主要产地，曾在福州街头看见种菰户排队等待罐头厂收购。有的不够规格，就地廉价处理，每斤只几角钱，与一般蔬菜价格相差无几。1986年深秋还在江西婺源菜市上看到出卖人造鲜香菰，每斤一元。上饶的报纸上还刊登举办家庭香菰技术培训班的大幅广告。北京的气候虽不及闽赣适宜种菰，但我相信草菰、香菰完全可以在暖房中培育出来。圆鲜蘑北京过去早有栽培，今后更应恢复并扩大生产。这样北京的食用鲜菌品种就不至于单一了，对丰富市民及旅游者的食品都有好处。

以上拉拉杂杂写了许多，或许有人会问我："你平生吃到的蕈子以哪一次为最好？"我会毫不迟疑地回答："最好吃的是外婆的下粥小菜、母亲只准我尝几颗的寒露蕈。其次是在江华途中只吃了一碗、怕挨批没敢吃第二碗的蕈子粉。"一个人的口味往往是爱吃而又未能吃够的东西最好吃。某些大师傅做菜的诀窍之一是每道菜严格限量，席上每位只能吃一口，想下第二筷已经没有了，以此来博得好评。这诀窍是根据人的口味和心理总结出来的，所以有一定的道理。不过最后我要声明一句：以上云云，绝无怂恿大师傅及餐馆缩小菜份的意思。任何好菜，我都希望师傅们手下留情，多给一些，我是一定会加倍称赞并广为揄扬的。

（录自《锦灰堆》，生活·读书·新知三联书店，1999年版）

荞麦面

邓云乡

到虹桥飞机场送客人，在机场食堂吃便饭，见日本料理有卖荞麦面的，很想买一份吃吃，但同行朋友不懂这是什么，所以未买。这也是难怪的。上海虽是个国际性的大都市，但几十年来，我还没有见过吃荞麦面的，问一般青年朋友，可能荞麦是什么也不晓得。实际过去在北方乡间城里，荞麦面虽然不常吃，但也还是普通的东西，金梁《清宫史例》所记宫中日用，在皇太后、皇后名下每天日用均有荞麦面、麦子粉各一斤，未说明做什么用。这猜想是按北京民间生活习惯，荞麦面做扒糕、麦子粉做凉粉了。御膳房配膳，各种食品都要准备好，上边不要，自然可以另作处理，上边要要，立时可以端上去。我所说的凉粉、扒糕，是出自我的主观想象，并没有什么根据。也许御膳房的御厨手艺高超，可以用荞面做出精美的食品，那就不知道了。反正这种问题，要详加考证，也比较困难，在此就略

过不谈吧。而日本人吃荞麦面,却是十分考究隆重的。看《郑孝胥日记》,光绪十七年五月(1891年6月)初八日记云:

> 晨同陶杏南坐马车光照寺访贯龙,以二扇还之,笔谈良久。进荞麦切面,但白煮盛木盒中,别器贮酱自絮之,余与陶皆不能进。

这年郑孝胥在日本中国领事馆当馆员,驻东京。贯龙是和尚,全名水野贯龙,先来拜访郑,并送《华严经》《苏山吟稿》,求其书扇。所记是回访,异国诗僧以白煮荞面条招待之。郑和陶都吃不来,事既遗憾,亦颇有趣。其实荞麦面条,调点酱,并不难吃。日本诗僧以之招待贵宾,虹桥飞机场日本料理也卖几十元一碗,都说明荞麦面条日本人看来,是好东西,可惜上海人和郑孝胥一样,也吃不来。

荞麦还分甜荞和苦荞两种,甜荞麦磨出来的粉做成面条是灰色的,没有小麦粉白,黏性、韧性都不如小麦,不能切长条,只能切短条,加点羊肉汤或炸酱拌拌,偶然吃一吃,也别有风味,咀在嘴里,韧纠纠的,较白面条稍涩、微苦,但并不难吃。日本人以此为上品,但调料不好,不如北京旧时羊肉床子所带小饭铺卖的好吃,而且那是平民化食品。北京另外把荞麦面在开水中边煮边搅,熟后趁温热时,掐成巴掌大的圆饼,凉后,用小刀切成片,加点盐水、高醋、蒜末、腌胡萝卜丝、辣油一拌,吃在嘴里，很经咬，凉凉的、香、辣、酸各味俱全，而且还解饿，比淀粉做的凉粉好吃得多，北京人吃"扒糕"，串胡同的凉粉挑子，以及各大庙会凉粉摊子上都有的卖。只是一般人家没有自己做着吃的。再有穷苦人家，平日以杂合面窝头果腹，逢年过节，连几斤白面都买不起，便买点荞麦面包饺子吃，也算改善一下生活，不过荞麦面没有白面精软，皮子擀不薄，太薄开水一煮就破，自然没有白面水饺好吃了。不过一般北京都吃甜荞面，记忆中似乎没有在北京吃过苦荞面。吃苦荞的记忆却留在遥远的山镇中，即别有风味的苦荞面凉粉。

苦荞面食品和甜荞不同，首先颜色就很特别，是绿的。颜色很像江南苏、沪一带清明节吃的青团。山镇也有卖小吃的小贩，把水烧开，一边撒苦荞面干粉，一边搅开水，越搅越稠，待熟后，分别盛小土瓷碗中，冷后浸在新井水中，黄昏过后，挑担子沿街叫卖，声音漫长而低沉——苦荞面凉粉！卖的人来了，放下担子，在小油灯火下，取出一个，用小刀伸进去沿碗边一划，一个碧绿半透明的坨子翻在另一碗中，再在碗中横竖几下切成碎薄片，加盐水、醋、辣油、蒜末等一拌，吃到嘴中，凉凉的，略有苦味，极为可口。卖苦荞面凉粉多在夏秋之交，山镇空气清净，夜凉似水，一灯如豆，繁星在天，一弯新月，遥挂黑黝黝山影上，手捧凉粉碗，边吃边看，此时此景此味，终生难忘了！

荞麦叫麦实非麦，明宋应星《天工开物》中写道：

> 荞麦实非麦类，然以其为粉疗饥，传名为麦……秋半下种，不两月而即收，其苗遇霜即杀，邀天降霜迟迟，则有收矣。

在植物学中小麦等是"禾本科"，而荞麦是"蓼科"，本不同科。只是它成熟得快，小白花，很漂亮。五十天就成熟了。因而它是救荒的好东西，只是产量少。而且麦粒是三角粽子形的，在粮食中很特殊，荞麦皮装枕头是好材料。我有一个由山镇带出的荞麦皮枕芯，用到现在，枕了六十多年了。

（录自《水流云在琐语》，辽宁教育出版社，1995年版）

乡味何在？

唐振常

这里所谓的乡，非专指作者本人之乡，乃泛言各地人之乡。乡味也就指各乡之味，也就是说各帮菜肴。文章专谈上海饭馆的各帮菜肴今昔得失。

求生存，图温饱，进而就希望吃得好一些，乃有饮食之道。周作人说："文明本来是人生的必要的奢华，不是'自手至口'的人们所能造作的，我们必定要有碗够盛酒肉，才想到在碗上刻画几笔花。"和艺术发展同样一个道理，"大家还饿鬼似的在吞咽糟糠，哪里有工夫想到制造'嘉湖细点'，更不必说吃了不饱的茶食了"。他的愿望是："设法叫大家有饭吃诚然是亟应进行的事，一面关于茶食的研究也很要紧，因为我们的希望是大家不但有饭而且还有能赏鉴茶食的一日。"（《致溥仪君书》）茶食如此，菜肴亦然。社会发展，饮食文化自随而发达。

资本家不能创造饮食文化，但是，发达的商业社会最能引进各地的饮食，商业社会愈发达，引进愈丰富，饮食文化必得以提高。旧时上海，就是典型。尽管早有"食在广州"之说，那主要是对广东菜、茶食或者也包括潮州菜在内的赞美，如论各帮饮食的丰富，近代以来，广州绝不如上海。

我于四十年代中期到上海，其时各帮系的菜馆较为齐全，且多有拿手之作。本帮以德兴馆和老饭店最著名，德兴馆在新开河菁华街，旧式房子三层，一律老式方桌，只不过三楼为红木家具。底层供应大众化饮食，以肉丝黄豆汤为主，食者多平民。三楼售价高，皆本帮名菜。最脍炙人口者为炝虾（食过半再油爆）、虾子大乌参、白切肉、炒圈子等。虾子大乌参入口即化，夸张一点说，不必咀嚼，可以顺流而下。蒋宋美龄最喜食德兴馆此菜，杜月笙更为常客。老饭店在城隍庙外一破旧小屋内，一楼一底，其菜与德兴馆大致相同而各有短长。一般以为遍布上海的各种老正兴属本帮，其实老正兴应归入苏锡帮。众多的老正兴中，以二马路一家最著，三马路者次之，菜均各有特色。韭黄上市之时，售苏帮菜的老裕泰在天蟾舞台之南侧不远，菜点均佳。五十年代我请苏州人唐人食于此，唐人云：他儿时初至上海，其父携之食于此，那是二十年代的事了，可见确为一老店。宁波帮菜馆亦遍布市上，随处可吃到冰糖甲鱼以及三子（蚶子、蛏子、海瓜子）。至于粤菜，自然以新雅最佳，唯价贵，其廉者则大三元与冠生园，冠生园分店甚多，菜廉而惠。

说到淮扬帮，当首推三马路的老半斋。主要卖镇江菜，软兜（又写作斗）带粉，系以粉条炒鳝鱼，无炒鳝糊之油腻，清爽过饭。拆脍鲢鱼为代表之作，氽鲫鱼汤为他店所不及。面点尤考究，肴肉面为大众食品，刀鱼面中不见鱼，鱼熬为汁，极鲜。扬州菜之佳者为上海银行二楼的莫有财食堂，有屋二间，应接不暇。惜乎，其时上海似已无徽菜，可能和徽商和徽戏已见衰落有关。

北味可举京菜、山东菜、河南菜三种。其实所谓京菜，乃山东菜（以胶东为主）与河南菜入京衍化而成，有所变化发展，唯与河南菜、山东菜不能说有大异，只真正的山东菜颇有海味而已。在国际饭店丰泽楼吃烤鸭，可得上品。河南馆中以延安东路的厚德福最佳，保持了河南馆送"上汤"的传统，其核桃腰、爆肚尖均清脆可口。山东菜系中则我独喜福建路上的一个弄堂内的天津馆，火烧、酱肉堪称一绝。闻盖叫天及京剧行中人多喜此小馆。吃涮羊肉，则南来顺与洪长兴均佳，调料多至十余种，羊肉均鲜嫩。

杭帮的知味观，到了五十年代仍有佳作。醋鱼是真正的西湖鱼，东坡肉油而不腻，炸响铃脆而有味，烧鱼唇为其代表作。难得的是，有真正的叫化鸡可食。

写到川菜，蜀腴为正宗。1947年，刘文辉将军驻京代表范朴斋宴上海新闻文化界诸人于此，难得的是，全桌没有一样辣的菜，保持了四川人正式宴客绝无辣菜的传统。聚丰园为大众化川菜的代表。八仙桥锦江川菜馆味纯正而有独到之处，不知是否出于主人董竹君的亡夫前蜀军政府副都督夏之时的家菜？至于梅龙镇，标为川扬菜，其川菜多少已上海化了。应该特别提到湘菜。大新公司旁之九如，八仙桥之得意馆，皆湘菜正宗，后者多家常味。两店之菜，无论东安鸡、线粉肉末带汤、豆豉炒辣椒、大蒜炒腊肉，皆佐饭之佳菜。

还应大书一笔的是，上海亦有云南菜。坐落在江西中路一办公楼的楼上，一间屋，须预订，知者不多而来者甚众。汽锅鸡、炒饵块、过桥米线，皆快朵颐。人往往以为云贵无佳菜，此大谬。我的祖母和一位叔母是贵州人，多烧贵州菜，叔母之弟五十多年前且在成都开一贵州饭馆，名曰金筑移馨，名重一时。

白头宫女话天宝轶事，絮絮叨叨，还可举一长串。无非画饼，大可不必，乃急止。今也如何，吾其不堪言，不忍言。

稍一点到，识者察之。总述一句，今之上海饮食，概括说，是菜系杂乱而多佚，饭馆建筑富丽堂皇大胜往昔，真要吃其味，难矣哉！湘菜名存实亡，有那么一家，前几年是一位川菜厨师主厨，并无真湘菜。现在如何，不知。河南菜亦复如此。梁园，古开封之名园也，移作饭馆名，意味甚佳，惜乎只存其名而无河南菜之实。不要说云南菜馆没有，奇怪的是，大名鼎鼎的川菜也日趋没落。日前偶见马路上一家饭店广告，宣扬它是全上海唯一的川菜馆。从中央商场迁出，在南京路上经营多年的四川饭店诚然消灭了，这消灭也是必然之势，这家饭店川菜著名老厨师何老幺死了，其余主厨者全退休，继之者难以为继，尽管改成了一个成都最有名的饭馆荣乐园的大名，也还是维持不下去，终于关门。其余还有一些川菜馆确乎名存实亡，几个高级宾馆还专有川菜厅，如静安希尔顿三十九楼之天府楼，新锦江二楼之竹园，亦非其味，难怪这家饭馆夸称唯一。其实，这家"唯一"，除了辣之外，无他味，亦不足以言川菜。梅龙镇已无川味，而本帮馆不卖肉丝黄豆汤，说是赔钱，京菜馆内吃不到最普通的鸡丝拉皮和乌鱼蛋，皆是咄咄怪事。本帮馆有一时期竟然卖起了北京烤鸭，杂乱之尤也。

任何帮系菜肴，输入他处，必起变化，是正常的。但应是据当地人的口味而融合，如他种文化然，不应是杂乱无章。今之上海，自然不能说没有好菜，总体说，评为杂乱，当无不当。最令人不堪者，是众多菜馆群起而"生猛海鲜之"。我也喜吃海鲜，但一，要真正的海鲜，得其鲜，得其味；二，全上海都"生猛之"，将何以堪。味多而得其醇，我想，在上海应足以办到。六十年代，提倡"有啥吃啥"，强人以一律，巴金先生写了一篇文章，说是应该"吃啥有啥"，结果招致讨伐。今日当不致如斯也。

（录自《饕餮集》，辽宁教育出版社，1995年版）

过年三名物

周　劭

上海过去说是三种人的世界，广东、宁波和苏北人鼎足而立，粤、甬两地人士尤其在上海占经济上的优势。上海人过年的习俗更和甬俗相近，因为沪、甬两地一衣带水，夕发朝至，浙东的土产源源供应上海，不像广东那么遥远。所以过年时的食物和馈赠亲友的礼品，也以甬产的名物为大宗。名物众多，不胜缕述，在这里只能举其三者。

首先是鳗鲞，这是过年时家家必备的名物，至今还在农贸市场中挂满上空。过去却是在商店中出售的，最著名的是南京路上永安公司斜对面的三阳南货店，从铺面楼顶上，下悬一条硕大无朋的鳗鲞，鲞尾着地，行人翘首以观，足有二三丈之长。这条巨物过年必挂，然只是广告，并无人购买，收下后商店如何处理，不得而知。因奇特广告而出售的鳗鲞，每年不知其数，馈送亲友年礼的，八色或六色的礼品中，鳗鲞是必备的名物。

鳗鲞的货源都来自浙东海岛的岱山和沈家门一带。浙东滨海的渔民对制作此物得天独厚,从捕捞到加工、风干,一条龙操作,都在渔船中完成。他们出海期大约为三五天,鳗汛总在阴历十一月初,捕捞入船后,即行剖洗去脏,从背部剖开,用竹片撑住,不用擦盐,洗涤用的海水,即含有盐分,而且海水的咸味正适合风鳗的需要。更得天时之便宜者,则它不像现在在上海加工的只能在北向屋檐下风干,而是悬挂在渔船的桅杆上,一任强烈的西北风猛吹脱水,经过三五日夜的风吹日晒,返航时候,工序正好全部完成,便可以及时作为商品运到上海出售。

其次过年的名物是"奉蚶"。所谓"奉蚶"的"奉",是地名,即清代宁波府属的奉化县。同类的一种叫作"宁蚶"或"鄞蚶"或讹作"银蚶"。"奉蚶"之成为名物,绝非"鄞蚶"所可比拟,它产于奉化滨海的暖水海湾,大小均匀,最明显的特征是每颗"奉蚶"的楞子恰为十三楞,一楞也不多不少。我在少年乡居时,在过年时总有机会吃到这种产量极少的名物。其时上海的绍酒店大都备有蚶子下酒,但不见得会是"奉蚶",酒店为了饮客便利,是剥开加上酱麻油姜葱供应的,而我们吃"奉蚶"时,却不需那么考究复杂。不过要把它用开水泡熟,却大有学问,不是随随便便可以幸致的。在吃蚶子时我从不假手他人,必须亲自动手。要找一个高达尺许的筒式容器,放入蚶子,用极沸的开水冲入,以筷子搅动二三分钟即可。吃"奉蚶"必须自己开剥，剥蚶是一种艺术，外行人要用手指甲剥，往往弄得狼狈不堪，高明一些的能不用指甲，只用两只毛竹筷在蚶口一撑，便分为两爿。更为高明的连筷子都不用，只把蚶子放在门牙上一咬，不知怎的也撑开为两爿。我只能用竹筷，用门牙却始终学不会。

"奉蚶"还有一种妙处，便是它的壳内天生伴有类似酱油的咸味，浓淡适中，令人不忍停嘴。

顺便说一桩罕为人知的故事：蒋介石是奉化人，当然深嗜故乡名物的"奉蚶"，但抗战八年他蛰居山城，久不尝此乡味，日本一投降，渝、沪之间能飞机来往的都是"大员"，谁知道第一架由沪返渝的飞机中有一位"大员"携带献呈蒋介石的礼物，竟是出产于奉化的名物"奉蚶"，这位大员从此很受蒋的青睐，官运亨通，不在话下。

第三种名物是一种贱物，同时也是珍奇的名物，厥名"虾馋"，这下一字出于我的杜撰，因为只知其音而不晓其字，姑作此字，取音近而虾亦对之生馋也。此物产于鄞县之海滨咸祥大嵩乡镇，盛产不值钱，当时交通不便且无空调车辆，捞捕上岸时体圆壮满，不多时便消瘦干瘪，丰姿全无。土人居然想出绝招，当地毛竹极多，斩一节竹筒，拾"虾馋"于中，加以严封，这样可以行远。如此丰产的东西，多得无法，土人只好把它晒干，另外取名曰"龙头烤"，晒时加重盐，其咸无比，这是人人皆知的最贱的"下饭"，今天上海也有买处，只是我不敢领教。

"虾馋"烹调时以乳腐卤熟油一烧便可,其味之鲜与嫩,堪称过年时的唯一名物。现在上海市场间亦有出售,但上海人大都不识为何物,价贱得比青菜都不如,颇有物弃于地之叹。但上海市场出售之"虾馋"和"毛蚶"一样,都不是来于咸祥大嵩,而出于濒近的黄海区域,来源不正,无怪其味也迥异了。

(录自《向晚漫笔》,上海古籍出版社,2000年版)

饥饿是所有人的耻辱

鲍尔吉·原野

    我从向海返回,经通榆县城换火车,车票上印"开通站"。为什么不叫通榆而叫开通?此地文明肇始,火车开通?这里的人民(文件叫群众)开明通达?或铁道部某官员乳名开通,放到这里纪念一下?不知道。我的认识是,北京站就叫北京站,说开北站就不合适。人家上北京,你给拉开北去,他不去。

    离开车还有十个小时,我胡乱转一转。先转到火车站边一水果摊。大凡车站码头,商贩面颜多含戾气,怎么弄的搞不懂,也可能被汽笛声震的。油桃、小西红柿、南果梨、葡萄,女摊主掀开棉被(实际上一条褥子),这些水果像画展一样鲜艳夺目,我每样买了一些,想象这些水果进我肚子之后到何处去,变成了什么?记起书里一段话:"人作为高等生物对所吃食物需经消化方可吸收,譬如唾液中酶所发生的作用。而低等生物进食无消化过程。"白细胞或吞噬细胞搂过来病菌株直接吸收,不嚼，也得不了病。如此说来，低等生物竟很高明。我若抱一筐苹果或一袋白面，贴在心口窝，吸收了，岂不妙哉？一个月用不着吃饭，还环保。进超市，鱼跃扑入葡萄（与烤鸭）摊上，很快像蚊子那么胖，慢慢滑下来，回家。上述想法只是我的随感，又叫杂感，写下来没啥教育意义。这时——我交钱刚要走——见一小孩面对水果瞠目。

该小孩身长二尺九寸许（市尺）小学一年级样子，手里拿一件不知其称谓、带线的旧玩具。他的手背、脸颊和脖子附着一层均匀的、化验不出来的物质材料，简称"黑泥釉"，身着大人的旧条绒上衣。而他的眼睛被水果激发光芒，经久凝注，简称"幸福"。

"孩子。"我拿几个水果给他。他缓过神，掉头就跑。

这时女摊主发话："过来。"

这个小孩或称流浪儿、农村留守儿童轻轻走过来。

"接着。"

小孩接过我给的水果。两三个装上下衣兜，手里各握一梨一桃，动作迅捷。他咬一口桃，再啃一口梨，两果并嚼，构成新滋味。他眼望蓝天，果肉在嘴里左移右挪，风光八面。还未咽，小孩唱起歌。咀嚼耽误吐字发声，我没听清歌词。他接着咬、接着唱，残果扔核，再掏出一个紧攥在手里，继而眺望远处的蓝天。刚才忘了交代，通榆县城悉为新楼，楼房的外墙贴面砖有牙白、赭红、姜丝黄等各种颜色，有的楼挂促人奋进的布面标语，红底白字，宋体。楼顶上，白云沉稳移动，天蓝得刚好配合吃水果。

"你心肠挺好啊。"女摊主说我。

我正回忆自己何时吃水果唱过歌儿，唱的什么歌？我见过很多唱歌的人。一次聚会，腾格尔氏吃了几杯酒后唱东蒙古民歌《乌尤黛》，邹静之氏在兴凯湖边的篝火旁唱《今夜无人入睡》。他们唱时谁都没吃油桃和梨。我对女摊主说："都一样，咱们小时候不也馋水果、吃不起吗？"

"就是。不过这个小叫花子、小不要脸的有点缺心眼儿。"

"缺心眼儿"与"脑袋进水了""脑袋让门框挤了"等，在东北话里是傻的意思，正称乃为"智障人士"，可参与特奥会。我看小孩不傻。享受物产甘美，且望蓝天者，焉能缺心眼儿耶？女摊主心眼儿其实有点缺，用棉被或褥子捂水果。捂软了就不好卖了。但我没提示她。

小孩教我水果甘美一课，我把水果在水龙头下假装冲一冲，坐在台阶上吃，美虽美，自忖不及小孩嘴里美。上帝的公平于此再一次显灵，他乞讨，我未讨（讨的方式不一样），但他享受我享受不到之心旷神怡，两下扯平。而随手拿几个水果送孩崽子，小孩就启示你水果蓝天歌唱之美，为什么不呢？

有一次，我在街上见到一位走路无规律晃动之人，侧观其面，煞白有汗。问他怎么了，他唇微动。我将我耳送他唇边，听见两字："我饿。"

都什么年代了，还有人在大街上饿晃荡了。不行，我左臂一伸，指示他步入"大明包子铺"。这是鄙单位边上一小型餐饮场所。他——后得知其为安徽省颍上县人氏，到沈阳找工作不可得，连回家路费都耗尽——吃了三笼包子、两碗二米粥、一碟子盐白菜。我跟你说，人要是饿了，他没工夫感谢你，只感谢包子。吃饱了之后也不感谢，血涌到胃里，大脑昏沉沉的，困了。吃包子，他下颌骨与咬肌坚实有力，别说包子，花梨木、鸡翅木、胶皮管、开泰管、雨靴、羊羔皮前进帽都可"咔咔"嚼碎咽到肚子里消化吸收之。饿者根本顾不上跟你搭话，因为没长两张嘴。他眼睛同样炯炯看着远处。远处——两米外的墙壁贴一张"八荣八耻"公约。吃饱了，这个六十多岁之农民，面红润，眼神柔和有光。

结账，他走了。包子铺老板与我熟，说："大哥，你让人骗了。"我惊讶，他都饿成这样了，骗我什么？我见过很多骗子，没见过装饿而且吃那么多包子的骗子。骗子者，利用别人占便宜的心理谋取对方钱财，我在他饿中占到了哪一样便宜？没有嘛。

我不止一次看到，下层人士对更下他一层的人的凶狠。甲不如乙，乙断然不送甲哪怕是一口水喝。而下层人士把自己稀少的钱财送给什么人呢？送给不缺吃不缺喝之上等人，用彩票、抽奖、行贿、股市和有线电视收视费等方式。

依上述两件事而言之，我花费十来块钱，如同给缺了螺丝的一扇门按了个螺丝，门接着门，这钱比我自己消费更有价值，更具美感，就像你朝远方扔一粒小石子，小石子在空中飞，穿越树林、草地和水塘，恰恰落进一个牛眼睛大的小洞里，多惬意。是谁受骗了？没人受骗。吃饱包子之颍上县人士面红润后，又笑纳我所赠路费两百多元，这也不是骗我。他除了说回家之外并没承诺我别的事体，没说在月亮上送我一块地，没任命我担任民政厅长，没保送我成为党校在职研究生和硕士同等学力。假如他不拿此钱买车票，其用途也无非住店、买包子、买面条、买瓶装水，均为钱之正用而非邪用。难道他能用我的钱去嫖娼吗？我都舍不得他能舍得吗？他干什么，我不管了。

我并不想借此实施自我表扬。周知，慈善家（家！）长期地、大量地、默默地帮助别人，最显著的特征是他们不说出自己的事迹与姓名。而我作为一个经常得到别人帮助偶尔小助他人的人，想发表如下三个小感想：

一、兜里揣二十元钱的人不要瞧不起揣十九元钱的人，在国家统计局看来，他们属于同一阶层的人，杏熬南瓜一色货。穷而恶比富而恶还吓人。

二、对贫困人士不须提高全身的警惕，他们骗不了你。能给俩铜子儿就给，不给拉倒，毋庸切齿怒目。人警惕的应该是自己的贪心，是衣着考究又善于在言说中宏大叙事之人，是大的利益集团的人。气宇轩昂的人物才骗得了不如他们的弱者，弱者骗不了强者。弱者骗只骗几顿饭，开不成上市公司，骗不来一块地或一个桥梁工程。

三、如果静下心来体察周遭并放些零钱在兜里，就可以帮得上别人一点忙。其实是钱在帮忙，人只做点协调工作。有钱并会用钱，也算高等生物特色之一。我跟开通车站水果摊女摊主说："咱们小时候不也这样吗？"女摊主垂首叹惋，深以为然。其实，我小时并不如此，拜父母大人之福，我在三年困难时期也不曾吃糠咽菜。具体情况，我甚至不好意思写出来。比如我从小看画报、听唱片，五六岁穿皮鞋。而小伙伴儿穿布鞋，下雪天也穿带窟窿眼的夹布鞋，使我的皮鞋显出不好看，像牛蹄子。我拒穿竟遭父亲吹胡子瞪眼，极其不爽。但我不管在儿时、青年乃至现今，一直知道饿是怎么一回事儿，它是耻辱之中最大的耻辱。或者说，饥饿者的存在，是时代的伤疤。

一个时代不管盖了多少高楼大厦，不管有多少人买了珠宝首饰，当还有一个人饿的时候，人们应该停下自己的事务，帮他在十分钟内填饱肚子，让手里的钱产生应有的道德感。

（原载2008年3月15日《羊城晚报》）

日本的豆腐

李长声

  北京的菜馆里有一道菜叫"日本豆腐"。好奇这"日本"二字,要了一份尝试,原来并不是豆腐,像是用鸡蛋做的,不知意在老实标明其做法的出处,还是挂"洋"头要价。日本倒是有一种"玉子豆腐"跟它相仿佛,"玉子"也写作"卵",鸡蛋也。

  这里要说的是真豆腐,日本用大豆做的豆腐。

  不消说,豆腐是中国人的发明。中国传到外国的东西,历千年而基本没变样的,大概豆腐是其一,不至于像火箭之类,据说故乡也是咱中国,近年电影常用来壮观画面,但衣锦还乡,儿童相见不相识。日本有关豆腐的记载初见于1183年,写作"唐符",那时中国是南宋,朱熹已写过豆腐诗。有个叫泉镜花的小说家很有点洁癖,笔下从不用"腐"字,把豆腐写作"豆府",类似中国某散文家不爱用"便"字,因为他一用,便联想大小便。也有写作"豆富"的——日本用字向来很随意,不那么定于一尊。若说与中国豆腐的不同之处,首先是日本豆腐水分大。十斤豆子,中国出二十多斤豆腐,而日本能多出一倍。水分大,豆腐软软的,这就造成了日本特色。

按制作方法分,日本豆腐基本有两种,一"木棉",二"绢漉",相对来说前者比较硬,表面留有木棉织布的布纹,后者更软些,光滑如绢。前者若比作我们的北豆腐,后者就类似南豆腐,但总的来说中国豆腐硬,主要是作为素材,硬才适于炒作,煎炒烹炸。司马辽太郎游走日本及世界各地,写历史文化随笔,周刊连载二十五年;在与朝鲜半岛隔海相望的一歧岛看见小店卖的豆腐像奶酪一样,当晚给侨居日本的朝鲜人打电话问朝鲜豆腐的软硬,得知韩国豆腐店卖的软豆腐叫日本豆腐。司马还讲过,土佐的豆腐曾经是硬的,老师放学后买了用草绳拎回家。这种硬豆腐或许本来是朝鲜豆腐,因为丰臣秀吉发兵侵略朝鲜,土佐国主抓来朝鲜人,曾特许他们做豆腐为生。战后豆腐不硬了,司马感叹:"不限于豆腐,日本文化战后被划一化,后世这定是历史学家的好课题。"十年前一位烹饪研究家到中国品尝了中国豆腐,觉得硬度跟日本差不多。

中国豆腐类,软如豆花,硬如豆干,日本人叹为观止。臭豆腐是豆腐的极致,日本所无,或许像裹脚一样不曾学。1782年刊行的《豆腐百珍》记载了一百种做法,但翻阅一下,只觉得简单而单调,倘若让中国人料理,那可就复杂得多多。日本人吃豆腐，最普遍的吃法是放在大酱汤里。酒馆也必备豆腐，夏天冷豆腐，冬天汤豆腐。冷豆腐的吃法类似我们小葱拌豆腐，但他们佐以葱姜，却淋上酱油，就不能充分显现出豆腐的本来味道，不如用盐好。中国做法，在日本最有名的是麻婆豆腐，无人不知，当然也变了味儿，是日本麻婆婆了。冲绳的豆腐炒蔬菜在我们看来也就是普普通通的家常菜，日本人下馆子吃，吃得别有风味。冲绳人最爱吃豆腐，平均每人一年里吃七十多块（一块四百克），而北海道吃得最少，只有四十块，虽然产大豆。

京都的豆腐很出名，有一家老店叫森嘉，已传承五代，历史长达一百五十年。上一代掌门人赶上了战争，派赴中国，打仗之余留意于豆腐，这才知道中国还有用石膏点豆腐的。日本降不了中国，他回家继续做豆腐，也学着用石膏（硫酸钙）凝固，做出了好吃的豆腐，名闻遐迩。南禅寺等几处寺院附近卖汤豆腐，大概豆腐与禅最相宜不过了。小说家陈舜臣说过，日本人淡泊，这淡泊二字正好是评价豆腐的。冷豆腐固然淡泊，汤豆腐基本是清水煮豆腐，也只能以淡泊赞之。某俳人在随笔中写道：豆腐"实在是融通灵活，能自然地顺应一切，因为它不带有偏执的小我，已达到无我的境地"。日本人对豆腐的感觉及感情也可以像茶道、香道、剑道一样称"道"。

晚春游龙安寺，纳闷了半天枯山水，顺路走到西源院，蓝布帘上透白四个字"〇天下一"，仿佛有禅趣。木屋的檐廊铺着红毡，与满园的葱绿相映。一屁股坐在榻榻米上，肆意舒展走累的双腿，这可是老外的特权坐姿。圆桌当中一石炉，侍女端上来砂锅，热腾腾煮着一锅蔬菜豆腐，叫七草汤豆腐，清淡可口。品尝了日本文化，想起龙安寺后头有水池，状如铜钱，中间的口字兼顾四方各一字，便构成"唯吾知足"。俳人久保田万太郎辞世前吟了一首俳句，广为人知：

汤豆腐哟，生命尽头的眬眬微光。

（录自《日下散记》，花城出版社，2010年版）

羊杂碎

张贤亮

每看到骚人墨客介绍自己家乡风味小吃的文章,一面垂涎三尺,一面也暗觉惭愧。我的第二家乡宁夏,可说没有一样具有地方特色的菜肴,而我所偏爱的本地小吃——羊杂碎,似乎是既上不得台面又不能形诸文字的。端到台面上,人们会掩鼻而走;写成文章,徒然引美食家哂笑。然而我一直敝帚自珍,像北京人爱吃臭豆腐一样,嗜好此物不疲。

中国人善吃,对于动物,不仅食肉啃骨,连五脏六腑也要扫得精光。《礼记》中还有古人"茹毛饮血"一说。但毕竟时代不同了。现在血虽然还饮着,毛大约已经没有人去"茹"了。所谓"羊杂碎",即羊的内脏。心肝肺肚肠,皆切成小块,一齐倒入锅内。煮熟后,浇以羊油炸的辣子,再撒点香菜即可。制作过程极为简单,刀功火候、放入锅内的先后次序以及作料,等等,皆无讲究。稍微费事一点的,不过是"吹面肺"。也就是说，要将面粉调成的稀糊灌进羊肺的空隙里。下锅煮熟后，羊肺就成了介乎面食与肉食之间的东西，洁白如玉。用宁夏语说，吃起来很"筋道"。

这当然是种原始的食品，和流行于西北地区的"手抓羊肉"一样，看起来人人都会做。但是，这里面大有学问在。最原始的、最简单的、无所谓工艺规则和工艺秘诀的制作过程，而其制作出来的东西，在质量上也有天地之差。怎么会出现这么大的差别呢？我们中国人名之曰"手气"。譬如腌咸菜、泡泡菜、腌鸭蛋之类，它们的制作过程都是极为简单的，而谁都知道，各个人制作出来的味道却因人而异，有的人还搞得一团糟，简直不能入口。我在宁夏各地都吃过羊杂碎，各地各人所做的绝不相同，不像有成套工艺程序的松鼠鳜鱼，在哪个饭馆都是同样味道。这里，起作用的不是别的，就是各个人的"手气"了。"手气"，不同于摸彩和摸牌时那种带有运气意义的手气，也不在于那人是男是女，健康与否，干净与否或长得模样如何。究竟是什么，现在谁也说不清楚。说不清楚的东西，不算学问，却又比学问更高级。譬如，"营养学""烹饪学"这些有规律可循的，是学问；"手气"，无规律可循却又实实在在起作用，就属于玄学了。

因为制作简单，全凭"手气"，羊杂碎本身就好像无话可说。但怎样吃却有文章可做。我在宾馆、招待所里吃过羊杂碎，怎么吃怎么不是滋味，觉得不管是哪家小摊上的也比这里好。仔细琢磨以后方知道，吃羊杂碎须得吃它的氛围、食具和本人的打扮。一张油腻腻的桌子，最好是连桌子、板凳都没有，蹲在黄土地上，身旁还得围着一两条狗。氛围就有了。捧的是粗糙的蓝边碗，抓着发黑的毛竹筷，就得使用这样的食具。本人呢，最好披着老羊皮袄，如果是夏天，就要穿汗渍的小褂。这样吃，才能真正吃出羊杂碎的味道和制作者的人情味来，你和制作者的"手气"甚至"灵气"就相通了。

当然，这样的行头和氛围，吃苏州的蟹黄包子或广州的凤爪，不仅很不像样子，还会食而不知其味。但对羊杂碎，还非这样吃不可。浅而言之这是"食相"，深而言之就是属于文化中饭食的方式。什么是"风味"呢？风味就在这里！如同苏轼的"大江东去"，不能让二八娇娃持牙板启朱唇来唱，非得请关东大汉引吭高歌，听起来才过瘾。

我怎么爱吃起羊杂碎的呢？其实不过是逼出来的而已。劳改和当农工的年代，肉是没我的份儿的，但凡队上宰了牲畜，我只能分得一点下水。羊牛马驴骡猪骆驼以至于狗，等等，好像除了人的下水（这样说有点大不敬的味道），没有我没吃过的。说实话，对汉民来说，比较起来还是猪的下水好吃一点。不过猪的下水属于高级下水，还是没我的份儿。而羊杂碎在回民地区又是一种普通的小吃，于是，经过一段被迫性接受过程，再逐渐适应，最后竟成为一种嗜好了。这倒和某一个人成为某一种学派的信徒的过程相同。

生活条件变了，环境变了，社会地位不同了（这里所说的不同仅指我也可享受猪的下水而言，并无其他含义），但我还是爱吃羊杂碎。遗憾的是，我再也吃不出那种完全沉浸在杂碎汤中的销魂滋味来了。现在人们爱说文化的断裂，这是不是也算一种文化的断裂在个人身上的体现呢？

这种断裂是挺痛苦的，并经常使我留恋过去的饮食方式。因而造成我在文化上时常出现某种返祖现象，就像过不几天就要跑到小摊上去吃碗羊杂碎一样，尽管那羊杂碎已经不同于过去的羊杂碎，大大的串了味了。

后记：此文写于1993年。1994年春，谢晋先生将我的《邢老汉与狗的故事》搬上银幕，片名《老人与狗》，特邀著名影星斯琴高娃、前辈表演艺术家谢添主演。影片在我创办的华夏西部影视城开镜。其中有一场外景戏是高娃随着谢添扮演的邢老汉赶集，宁夏一个小镇重现了七十年代初的情景，虽然贫穷却也熙熙攘攘，摊贩云集。谢晋先生知我爱吃羊杂碎，令我充当一次临时演员，在卖杂碎的摊上大快朵颐。我吃完半杂碎后，一抹嘴，撂下钱，站起来，给高娃和谢添让座。虽然一闪而过，导演和剧组全体都很满意，说我演得"地道"，一上来便进入了角色。我吃杂碎的"吃相"居然上了银幕，可见技艺之娴熟。

（录自《张贤亮作品典藏·散文卷》，贵州人民出版社，2013年版）

酸梅汤

肖复兴

酸梅汤在北京很有名气，看清末民初书中记载，当时起码有前门大街的九龙斋、西单牌楼的邱家小铺、琉璃厂的信远斋，以及街巷里路遇斋、路缘斋之类的小店多家专卖酸梅汤。店家门口悬挂"冰镇梅汤"的布檐横额，黄底黑字，甚为工巧，迎风招展。大白布伞下，一列青铜冰盏，卖者要打出各种清脆的点儿来，吆喝着顾客，曾是北京夏天的一景。当时有诗曰："铜碗声声街里唤，一瓯冰水和梅汤。"京剧名角梅兰芳、马连良、尚小云都爱喝信远斋的酸梅汤，无形中又抬高了它的身价。

如今，卖酸梅汤的在北京只剩下信远斋一家。信远斋的酸梅汤做得确实好。曾在报纸上看到，"文化大革命"期间，军宣队进驻信远斋，看做酸梅汤的老师傅拿的工资比经理更比自己还高，心里不服气，这酸梅汤还有什么难做的吗？便降了人家的工资，武大郎开店，要矮大家一般齐。老师傅一气之下回了老家。赶巧柬埔寨宾努先生访华，他老先生也爱喝这一口，在人大会堂喝酸梅汤，竟然极其老到地觉出和以前的味道不一样，便问周恩来。在周总理的过问之下，方才把老师傅请了回来。

这则轶闻，一说信远斋的酸梅汤的名气之大；二说信远斋的酸梅汤的做法并非等闲之辈。据说，做酸梅汤的原料选择是极苛刻的，乌梅只要广东东莞的；桂花只要杭州张长丰、张长裕这两家种植的；冰糖只要御膳房的……除选料讲究之外，制作工艺也是非同寻常的。曾看《燕京岁时记》和《春明采风志》，所记载并不详细，却大同小异，都是："以酸梅合冰糖煮之，调以玫瑰、木樨、冰水，其凉振齿。"看来，关键在于"煮"和"调"的火候和手艺，在于细微之处见功夫。

如今的信远斋，地还在琉璃厂，酸梅汤还是这种制法，却再不是五更天就开始冰镇在青花瓷坛中，正午炎热时分敲着铜盏碗的老式卖法了，而是制成易拉罐和汽水瓶盛之，一瓶或一筒的价钱比可口可乐还要贵些。我猜想如此之贵，一是成本，二是为抬高自己非同寻常的身份吧。

曾想过这样一个问题，足迹踏遍世界的可口可乐公司是1886年发明而制成销售的；信远斋据说是清乾隆五年创建的，其酸梅汤在那期间便走俏京城。乾隆五年即1740年，那么信远斋酸梅汤的历史比可口可乐早了有一百多年。既然我们的酸梅汤如此美妙又历史如此悠久，却为什么没有人家可口乐的名气大呢？如果说，以往酸梅汤远远斗不过人家是因为自己工艺落后；如今引进易拉罐先进工艺，为什么依然在可口可乐的后面？漫说打进不了国际市场，就是在享有历史声誉的北京，为什么问津者也不那么多呢？是不是因为宣传、广告远逊于人家？

反正，很替酸梅汤的信远斋鸣不平。

便求教一位专门研究食品的专家。他是我的中学同学，有中国食品史专著。听完我的疑问，他笑笑说这是我的一厢情愿。宾努、周恩来和酸梅汤，也只是传说。信远斋的酸梅汤斗不过可口可乐，并不在于人家汹涌澎湃的广告宣传。自有可口可乐历史这一百多年以来，名气之大的信远斋之所以裹足不前，自有自身的原因。北京烤鸭也是国粹，论历史不及它长，为什么渐渐推广全国并且在世界许多地方有了知名度？

便又问究竟自身原因何在？

答曰：有五点。天！他一口气竟说出五点。

一是工艺的区别：酸梅汤叫汤，就说明这一问题。我国古代汤指的是中药，这在神农尝百草中即有记载，《尚书》中亦有"若作和羹，尔惟盐梅"之说，现在新疆有地区维人发烧吃汤出汗，汤中放的就是梅。自宋代《太平御览》中记载梅做的汤方为清凉饮料。因为，汤必是熬、煮、煎之类，我们的酸梅汤属于经验加手艺，国外先进饮料是科学加工艺，可口可乐即是配方。现代饮料是高科技产品，用不着笨重地熬制；

二是工具的区别：我们的酸梅汤基本还是铜锅之类原始器皿熬制，人家国外已经现代化密封式流水作业；

三是水源：信远斋原来用的是甜水井里的水，如今用的是自来水，北京今天水污染程度与百年前相比，只能让人无可奈何；

四是性格的差别：与可口可乐相比，酸梅汤性格属柔性，甜中带酸，可乐型饮料讲究舌感要见棱见角，从现代人的口感适应力来看，自然可口可乐更受欢迎。

五也是最重要的一点：从国际饮料流行新趋势来看，会越来越崇尚古罗马原生态的饮料，讲究轻、薄、软。轻，指的是含有微量元素；薄，指的是无色无味；软，指的是越来越少至无刺激性。从这一趋势来看酸梅汤，不是回天无力的问题，而是命中注定会被逐渐淘汰，而让新一代饮料所取代。它诞生在农业社会，那时科学技术都不发达。它的历史作用已经完成。

我不知道他讲得是否正确，是不无道理，还是过于宿命论？不知怎么搞的，总是为信远斋的酸梅汤不服。那么有悠久历史的玩意儿，真的就那么无可奈何花落去了吗？

也许，面对时间和历史的长河，花开花落实属必然，并非无奈，只是偏爱于酸梅汤，心里头，便总是酸酸的。

1997年3月22日于北京

（录自《肖复兴散文·艺术卷》，作家出版社，1998年版）

上海的吃及其他

王安忆

　　香港的元朗，有一种饭菜，是将手指长的鲜虾，拌上葱姜作料，铺在饭上，一同上笼蒸。这使人想到劳作的人们，从田里回家，正好饭熟虾香，连笼端上桌，刨开面上的通红的虾，挖底下的米饭盛了满碗，大口大口就着虾吃将起来。还有一种汤菜，先是一盆稠厚得起胶的汤，然后是一盘堆尖了的汤渣：鸡肉鸡骨，鸭肉鸭骨，猪肉猪骨，鱼肉鱼骨，药材，根蕨类菜蔬，一律酥烂，入口即化。也是劳作的下饭。早起便一股脑下了锅，添满水，柴灶里填了禾草猛烧，烧到锅沸鼎开，再将火偃灭，煨焖着，等正午田里归来，汤和菜都有了。

　　台北的淡水，一入街便见"铁蛋"的招牌，大大小小。所谓"铁蛋"，原来就是鸡蛋，不知用何秘方酱作，风干，最后收缩成鹌鹑蛋大小，尤其是蛋白一层，铁硬。显然是天气潮热的地方保存食物的方法，也能看出勤俭刻苦的人们操持家务的情景。

这些吃食真和上海的有点像呢！上海本帮菜，从来不入系，亦不上桌面。那多是浓油赤酱的下饭，供出了大汗的劳力们补充体力。凡见有精致的吃法，考究起来，大约无一不是来自苏、锡、川、扬等外帮。上海城隍庙的"老饭店"，专是经营本帮菜，其中有一味，红烧大肠，肥腻极了，是上海菜的至味。上海人的嗜味厚，应也有着储藏的考虑。处于江南的梅雨带，食物的变质是经常的事情，食物的丰和匮又不均，所以要有存物的本领。从口味来看，上海人亦是性情粗放，以劳动为本。

这还体现在上海的语言方面，上海话是相当粗鲁的语言。它没有敬语，如北方话里的"您"，它没有，老少尊卑统称你为"侬"。"劳驾"这类词也没有，至多说"帮帮忙"，又变得流气了。人去世，不论是仇家的、亲家的，一律为"死掉了"，听起来像骂人。一些礼节性的说法，其实也多是从书面语上搬过，而非本来就有。如我这样，少年时到中原地区插队落户，十分惊讶的是，那些生活简朴的农人竟拥有着如此文雅的言辞。他们称人父母，必缀上"大人"二字。有人敬烟，回说不吸，然后是"别累手了"。"死"字是决不可出口的，天寿之年要说"老"了，夭折则是"坏"了，移尸要说：请走了。骂人话里都含着礼数，比如骂人心急慌忙，骂的是：赶什么？谢吊啊！

我私下以为，看哪种语言好，就看这语言里出的戏种好不好。比如，四川的川剧，就是个大剧种，从它丰富生动的表现，可看出四川话的泼和俏。广东的粤剧，则有古韵，幽深得很，粤语里就有着这样既朴又华的宋遗风。徽班进京，宫廷化和北地化了，与北京语对相教化得堂皇，正直，大道朝天，老舍先生赞它是"清脆的"，大约是说它音节的纯净和有格律。而戏曲的韵白又多是中州调，是大唐之音，照映着洛阳的牡丹。从河南豫剧看，豫音实是铿锵响亮，而且内含婉转，只是近代这地方荒芜了，言语便染了粗蛮相。没听过秦腔，但看过一出电视连续剧，表演西安地方一个大案，剧中人物均操西安语，就为了听这个，一集一集看下去。就觉得这话好听，是北音，可却柔极了，字和字之间，有舒缓的拖腔，用字又那么斯文。听这语音，此地便可建都，而且是大朝廷的都，有帝王气象。

上海地方戏，叫沪剧，说唱小调渐渐变成的市民戏种。唱一段，说一段，并无严格的陈式，唱腔亦极单调，是戏曲里的文明戏。最适合西装旗袍剧，客堂、厢房、亭子间里的男女情怨，流短蜚长。不是说小戏种就不好，小戏种的好是好在朴，就是民间性。像黄梅戏，有一股村情，《女驸马》，乡里人说朝廷故事，流露的是人情之常。沪剧且又俗了。不过，上海还有一个戏种，我倒更情愿它做代表，就是滑稽戏。它是裸露的粗鄙，反是天真了。那热蓬蓬的现世的欲望和性情，很见精神。我插队的地方叫五河，有五条河交汇流过，水产颇丰。可是，在上海人来到之前，品种却很简单。比如螃蟹，无人问津。上海人一到，螃蟹一下子变成宝，自五分一斤涨到五角一斤。上海人的吃劲，如上海话说，"急吼吼"的。那第一个吃螃蟹的，一定是上海人，多少有一点穷极潦倒的狼狈相。不像鲁菜那系的，讲的是一百年、二百年的老汤，多么深的火候渊源！

这就又说到吃上面了，去过山西，那方食谱显现的是富足优渥的衣食饱暖。不说菜，单是面食，就有无数种类与款式，品格特别正。不是讲究味鲜，"鲜"是幽微的气息，而是"香"，质朴而健康的脾胃。定是晋商的享受格调，与其时的资源有关，丰厚。看那应县的木塔，全是宽、厚、长的板子搭成，疏枝阔叶，却结实得多少代不朽，不摇，不动。于是，商人们便手笔大，吃起来也是宽街大路，正味。扬州的盐商口味就要促狭多了，也是地理关系，山水曲折，风情也多是微妙，又多是暴富，就轻佻些。听故事说，有一盐商，每日早餐是二枚鸡蛋，可这鸡蛋不是一般的鸡蛋，是喂食人参的母鸡所下，值一两银子一个。还有那干丝，一块豆腐，横刀竖刀，划成千丝万缕，可不是折腾死人？

上海的吃食，究其底是鱼肉菜蔬，大路货，油盐酱醋，大路作料，紧火慢火地烧就，是粗作人的口味。也是因其没根基，就比较善于融会贯通，到了近代，开放的势所必然，各路菜肴到此盛大集合，是国际嘉年会的前台。要到后台，走入各家朝了后弄的灶披间，准保是雪里蕻炒肉丝、葱烤鲫鱼、水笋烧肉，浓油赤酱的风格，是上海这城市的草根香。

（录自《寻找上海》，学林出版社，2001年版）

昆仑之吃

毕淑敏

谈吃的文章，多半是讲某时某地有某种特殊的吃食或吃法，但我要写的昆仑山之吃，却是普通的东西、普通的吃法，只因了海拔高的缘故，那留在记忆中的味道，便永生永世找不到伴侣。

二十多年前①，我在喀喇昆仑山、喜马拉雅山、冈底斯山交会的藏北高原当兵。如果把高原比作世界屋脊，我们所在的地方就要算屋顶上鸱吻所处的位置，奇异而险峻。从山底下运来的蔬菜，被冰雪冻得像翡翠雕成的艺术品，用手指一碰，发出玻璃一样清脆的声响。给养部门在进行了若干次不成功的尝试之后，终于放弃了给我们运输鲜菜的打算，从此我们天长日久地与脱水菜为友，别无选择。

---

① 指距离作者写作这篇文章的时间。

脱水菜无以辩驳地证明了一个真理：有些东西失去了便永远不能挽回。脱水菜失去的是普普通通的水，但你无论再给它多么充足的水，它都不能再恢复到原来的性状，依旧像柴火一样干涩难咽。

最常用的食谱是脱水菜炒肉。平心而论，二十世纪六十年代末七十年代初时期，全国副食供应匮乏，但昆仑山上的肉食始终很充足。雪白的猪皮上扣着紫蓝色的徽章，标明产地。记得一次炊事班长一菜勺把一块紫色肉皮盛到我碗里，那戳子是紫药水打上的，可以食用。虽然煎炒，仍鲜艳夺目。我仔细端详了一下，认出"郑州"两个字，一张嘴，就把河南的省会咽到肚子里去了。以后记得还吃过几座城市，比如四川的绵阳、河北的石家庄。

山上也养猪。刚开始是从山下运上来的仔猪。猪娃的高原反应比人还严重，它们又不懂事，身上难受，不像人似的知道安静卧床，反倒乱蹦乱跳，很快就口吐血沫，患高山肺水肿死去了。炊事班长每天看着泔水白白扔掉，心疼得不行，立志要在高原上养猪成功。后来，他托人从国境线那边换回来小猪崽，据说是印度种，山地适应性极好。小猪刚断奶，不爱吃食，他就冲了奶粉喂猪。顺便说一句，山上那时奶粉很多，从农村入伍的战士都不爱喝，说没有苞米面糊糊好喝，便眼睁睁地看着奶粉过期。印度猪很适应高原气候，很快长成一只大猪。山上气候恶劣，人们食欲很差，剩饭菜多，印度猪最后肥得肚皮耷拉下来擦着地，皮都磨破了。炊事班长便把它赶到卫生科的外科治疗室，叫护士给猪包扎一下伤口。猪便拖着粘着白纱布的肚子，在营区内悠闲地散步。

炊事班长对印度猪这么有感情，我们猜他一定舍不得杀它。"八一"的前一天，炊事班长却手起刀落，飞快地把印度猪给宰了。大家都问炊事班长怎么舍得，炊事班长奇怪地反问大家：养猪不就是为了吃肉吗！大家都说可惜了可惜了，昆仑山上见个活物不容易，有一口猪每天在外面走一走，也能叫人生出许多感想，怎么就杀了呢！过了"八一"，大家又都说印度猪的肉不好吃，说从小喝牛奶的猪没有农村里吃糠长大的猪味道好。这只普通的来自印度的黑猪，无论它活着还是死后，都使许多年轻的中国士兵想起平原，想起遥远的家乡。

营区附近有一条河，河深丈许，清澈见底。它是著名的印度河的上游，有一个美丽的名字——狮泉河，不知是指狮子像泉水一样地跑过来，还是泉水像狮子一样跑过来。总之这两种意境都美丽而雄奇，让人联想到洁白奔涌的景色。狮泉河使我怀疑一句古老的哲语——水至清则无鱼。狮泉河是高原万古寒冰所融的积水汇合而成，清冽得如同水晶，鱼群繁茂得如同秋天树叶飘落在马路上，有时一片河水被鱼背映得发黑。据老同志说，以前鱼群还要兴盛。汽车沿着河水浅的地方开过去、年轮碾过，便有两道宽宽的鱼带浮起，车辙由碾死的鱼标出。轮到我们戍边的时候，鱼已经没有那么多了，但依然稠密而愚笨。

用曲别针弯个鱼钩，用一块生牛肉条挂在曲别针上，甩进河里，不消片刻，鱼就上钩了。

藏北的鱼不知归于哪一属哪一科目，色黑亮如柏油，肉雪白若膏脂。但不知是高原上人的胃口差，还是这鱼本身的问题，大家都不爱吃鱼。星期天的早晨，常有人披了军大衣在狮泉河畔垂钓。钓到了，便把那挣扎着的鱼从曲别针上摘下来，重新丢入沸沸扬扬滚动着的河水中。许多年后，听一位去过西方的朋友讲，那里的文明人类活得多么潇洒，常常把钓到的鱼再甩回湖里，钓鱼不是为了吃，而是为了消遣。我想早在很多年前，因为寂寞，我们也曾达到过这种境界，原来也曾潇洒过一回。

但是在高原上必须吃。吃了才有体力，才能在高原上生存下去。我们的国家很穷，我们不是凭着强大的国力威慑住想更改国界的邻国，而是凭着人——敢在难以生存的险恶之中生存，以证明我们捍卫这块领土的决心。这便有了几分悲壮，几分苍凉。我们这些边防军，是活的界碑，把身体养得强壮，便有了非同寻常的意义。

总后勤部给我们发了"六合维生素"，就是把六种维生素混淆在一起压成片剂，每一粒都光滑得像子弹。每天我们都一大把一大把地吞药，仿佛病入膏肓的老人。维生素到底有多大的效力，我不敢妄下结论。只知道在吃着维生素的同时，我们指甲凹陷、齿龈出血、口腔溃疡、头发脱落……对于人，最重要的是空气。因为氧气不足而出现的这一系列麻烦，只有用一分钱都不值的空气才能治疗。可惜，空气在高原是定量的。

为了保证大家吃好，挑选炊事班长的严格不亚于挑选一位军事指挥员。要能吃苦，会动脑筋，还需手巧。

我们的炊事班长是甘肃人。方头，两只眼睛的距离很远，身材高大。当我后来看到挖掘出来的秦始皇兵马俑时，自觉得为班长找到了祖先。

班长扛大米，嗨哟哟，一次能扛两麻袋。一袋一百斤，在高原上扛两袋，简直是找死，可他脸不变色心不跳。班长摇压面机，别人两个人握着摇柄，慢慢悠着劲转，高原偷走了小伙子们的力气，把他们变成了举止迟缓的老翁。班长把机器摇得像一架飞速旋转的风车，面页子便像瀑布似的涌垂下来。

班长也很会动脑筋。用高压锅蒸馒头，要先在屉上刷一层油，这样才不粘锅。班长会把蒸锅内的水添得恰到好处，会把四个眼的汽油灶烧得恰到好处，两个恰到好处凑在一处，馒头熟了，水熬干了，高压锅残存的余热，将馒头底子煎得焦黄油润，仿佛北京"都一处"的锅贴。

这项操作是班长的专利。有不服气的炊事员想试一试，结果是差点使高压锅像颗鱼雷似的爆炸。

但班长也有很失算的时候。有一次，早上喝藕粉。昆仑山太阳出得晚，做饭时还得点上煤油灯。班长一手持灯，一手掌勺，灯火将他的半边身子映得锈红，另半边还隐没在黑暗之中。他一俯一仰地围着锅台忙碌，将表层的藕粉汤舀出来，撇进泔水桶里。我看到班长奇怪的举动，问他这是在做什么。他长叹一口气，说藕粉的成色是越来越不行了，看，这里混进了多少草梗！我凑近那灯光，看清漂浮在藕粉中的一小朵一小朵金黄的桂花。原来这是新运上来的桂花藕粉，生在黄土高坡的班长从没见过这种精致的花朵，便以为是异物。

高原上气压低，水不到八十度就开，火候很难掌握。即使是班长挂帅，也常有误饭的事情发生。所以开不开饭，并不是以号声为准，而是看班长的眼色行事。每天到了开饭时间，大家便排着队走到饭厅前，立定、开始唱歌。唱毛主席语录歌、唱"我是一个兵"，等等。通常是三五支歌后，系着白围裙的班长从灶房里钻出来，梧桐叶子一般大的手掌一挥，就解散开饭，大家作鸟兽散了。有一回，不知是出了什么纰漏，我们整整齐齐地列队唱歌，唱了一首又一首，大约过了半个多小时，还不见炊事班长出来挥舞他梧桐叶子一样的大手，大伙都饿得有气无力了。

负责起歌的是一个四川籍小个子兵，他终于卡了壳，再也想不起有什么歌可唱了，说没有歌了，咱们就这么干站着等吃饭吧！大家说，你就随便起个歌吧，不是有那么多革命样板戏唱段吗，你起个头儿，我们一准儿跟你唱就是。小个子兵抖抖嗓子，大声领唱了一句："想当初，老子的队伍才开张……"

革命样板戏的反复灌输，使我们对每一段唱词都倒背如流。大家一听到这熟悉的曲调，不假思索地异口同声地随他引吭高

159

歌起来。于是，样板戏的唱段就在冰峰雪岭之间回荡缭绕。

炊事班长像失火一样从灶房里跑出来，大手刀劈斧剁地往下砍，大吼了一声：唱什么唱！开饭啦！

直到这时，许多人还没意识到大家齐声合唱了一段反面人物的唱词。饥饿终究是世界上最有权威的君王，大家一哄而散了。

后来，听说领导要追查小个子兵的责任。炊事班长晃着眼睛间距很宽的方脑袋说，那天的责任全在他。因为饭开晚了，小个子兵饿糊涂了，完全是昏唱。

因为班长很有人缘，事情就不了了之了。

每天吃中午饭的时候，"解散"的口令一下，最先冲进饭厅的一定是河南兵，像杀敌一样英勇。

河南人大概是最爱吃面食的人。一百斤面粉比一百斤大米要更占地方，运输部队便运来大量的米和少量的面。只有每天早餐恒定是吃馒头，晚上有时吃面条，其余的空白便均由大米所充填。班长在农村是挨过饿的人，最怕做的饭不够大家吃，早上的馒头便总有富余，剩下的中午热了再吃。河南兵就是冲这几个剩馒头去的。班长是个很讲"不患寡而患不均"的人，他觉得馒头总让这几个河南兵抢走了，就是对别人的不公。他没办法阻止河南兵抢馒头，但他有权力使点小计策让河南兵们的努力失败。米饭是一屉一屉蒸的，他把那几个馒头神出鬼没地分散在各屉里，这样晚到的人也可以在最后一屉的角落里突然发现一个馒头。有一次,真不巧,河南兵因为找不到馒头,只得悻悻地填饱了米饭离开饭厅,而当馒头突然出现时,在场的人又恰好都是爱吃米饭的。宝贵的馒头反而像大海中的岛屿一样,孤零零地剩在空屉里了。大家埋怨班长,班长胸有成竹地将剩馒头收起来。晚饭的时候,他把馒头端正地摆在最高一屉。河南兵对馒头的热爱是经得住考验的,他们热烈地欢呼,把剩了两顿的馒头狼吞虎咽地吃光了。

记忆的冰川在岁月的侵蚀下,渐渐崩塌消融。保持着最初的晶莹的往事,已经越来越稀少。班长、四川兵、河南兵们的名字,被我在遥远的人生旅途中遗失,也许永远找不到了。但这些与昆仑之吃有关的片断,像狮泉河底的卵石,圆润可爱,常常带着高原凛冽的寒气,走入我的月夜。

我已经近二十年没有吃到脱水菜了,有时候还真想再吃一回。

(录自《在雪原与星空之间》,湖南文艺出版社,2012年版)

头脑

崔岱远

很多人是从梁羽生的《七剑下天山》里知道明末清初傅青主的。那位三绺长须、面色红润、儒冠儒服的无极派大宗师，令无数武侠迷为之癫狂。不过历史上的他却并不是靠武功扬名立万，而是靠才学、医术、孝顺和民族气节。更有意思的是，他把这四者融而为一发明了一种特色名吃——头脑。他家乡太原的父老们，每到秋冬时节大清早睁开眼的第一件事，必是去"赶头脑"。

"头脑"是种早点，类似于面糊汤。名字听来也许有些恐怖，不过里面并没有稀奇古怪的东西，只不过是用大块的羊肉、羊骨髓、藕根、山药、酒糟和上炒过的面粉慢慢熬成的浓汤。要说特殊，就是里面必须有黄芪和良姜这两味调养脾虚胃寒的中药，加起来一共八种。相传，这种吃食原是傅青主为自己体弱多病的老母亲调配的滋补汤，本名"八珍益母汤"，简称"八珍汤"。

明亡，傅青主悲痛万分，出家当了道士，隐居在故里太原。他总是身披朱红色的长衫以示不忘"朱"明王朝，于是大家叫他"朱衣道人"。因为他医术高明，很多乡亲常来找他看病。傅青主把八珍汤的烹制手法传给了一家小店铺，并且为其题名"清和元"，又特意在边上写了"头脑杂割"四个小字。凡遇体弱者他总会交代："从明天起，赶天未明之时打着灯笼去'清和元'吃'头脑杂割'，吃过了冬天就好了。"病人按他的吩咐每天大清早从家跑到清和元锻炼上这么一遭，再吃上一大碗热乎乎的滋补汤，直吃得从头顶暖到脚心，浑身上下微微冒汗，五脏六腑都通泰。这么吃上俩仨月，自然是活血健胃，精神饱满，步履轻快。于是一传十、十传百，渐渐地，半个太原城的人不等天亮都打着灯笼争先恐后地赶着去吃头脑了。于是，"赶头脑"也就成了太原一景。多数"赶头脑"的人们并未意识到，傅青主是在用这种方式表达对故国的怀念，抒发对亡国的愤恨——寓意要割了"元"和"清"的脑袋，恢复大明的江山。据说傅青主至死依然穿着那件红袍。

转眼三百年过去，他所痛恨的王朝早已不在，但赶头脑的习俗却被传承下来。从深秋到翌年初春，老太原人仍然会天不亮就去"赶头脑"，而那些经营头脑的店铺门前仍然要挂一盏纸灯笼作为标志。

乳白浓润的头脑，盛在大碗里，不稠不稀。尝上一口，绵滑中透着微甜，清淡里带着醇浓，还有股若隐若现的酒香。就上一碟搭配的腌韭菜，咸鲜味出，咀嚼那大块的羊肉、山药和藕块也异常鲜美。

吃头脑要成龙配套，讲究配上一壶温热的黄酒、二两稍梅，外加个帽盒。黄酒要选杏花黄酒或北芪黄酒，浓得像蜜一样才好；稍梅就是烧卖，当然要吃热腾腾的羊肉韭菜馅的；帽盒是一种太原特有的空心烧饼，形似帽盒，味道咸香，掰碎了泡在汤里是越嚼越有味道。一套热乎乎的头脑大餐下肚，肠胃里涌动着热流，暖暖的，带着微醉。

话又说回来，头脑作为吃食的名称，并不是傅青主的创造。《水浒》第五十一回有段话："那李小二人丛里撇了雷横，自出外面赶碗头脑去了。"这里的头脑应该是头脑酒，原写为"酸醪"。"酸"是再酿的酒，"醪"是没去酒糟的甜酒，后来谐音演变成了"头脑"。傅青主发明"头脑"时或许是受了头脑酒的启发也未可知。

（录自《吃货辞典》，商务印书馆，2014年版）

嚼舌记

殳 俏

爱吃舌的人大都是非常挑剔嚼感的吃客。同样是舌，舌跟舌之间给人的感觉却大不相同。比如猪舌是非常紧实而有咬劲的，无论是做成熏猪舌，还是糟门腔，都是越嚼越香的下酒菜。而个头更大的牛舌，若是上品，口感反而是绵密而柔软，切成厚块炖煮，或是稍薄一点在火上炙烤。牛舌与猪舌相比，是更加温厚，更加容易吸收外界味道的。是以，充满了高汤鲜味的煮牛舌，洋溢着炭火气的烤牛舌，或是弥散着黄油香的煎牛舌，一想到这些，也是令人忍不住就要掉口水的。

舌类中最精细者，莫过于鸭舌。鸭舌之妙，则在于一枚小小的物什，你却可以从中找到三种嚼感：前端是玲珑的肥美、柔滑而富有弹性，嚼起来还带着一点点舌尖软骨，最为精彩；后端则是韧与实的结合，从扁平的骨上扒拉下来的这一块，自有一种结实的脂肪香味在那里；最后还不可错过那两根细细小小的舌系带，别看就这么零星的一点可嚼之物，却是整个鸭舌最为入味的一段。嗜鸭舌之人，必要在最后把这两条小须上的肉仔细剔干净了，才算是完美的享受，才能放心伸手向下一只鸭舌。

我长到很大才吃到鸭舌，全因自己家里完全没有吃鸭舌的习惯，以至于第一次看到鸭舌时觉得很有意思，结构极其精巧的一个"Y"字，不像从禽类身上下来的零部件，倒像是一种单体存在的外星生物。很早之前看张爱玲写吃鸭舌："小时候在天津常吃鸭舌小萝卜汤，学会了咬住鸭舌头根上的一只小扁骨头，往外一抽抽出来，像拔鞋拔。与豆大的鸭脑子比起来，鸭子真是长舌妇，怪不得它们人矮声高，咖咖咖咖叫得那么响。汤里的鸭舌头淡白色，非常清腴嫩滑。到了上海就没见这样菜。"

上海果然就是很少有这样的菜，无怪乎我在没吃到鸭舌之前，一直想象鸭舌是张爱玲所说的扁形的一小条，中间有块骨。后来才知道这种想象仅对了三分之一而已。以前的上海人不怎么吃鸭舌，就算有，也会想象鸭舌都是如门腔一样是糟出来的，贾宝玉跟薛姨妈要的用来下酒的"糟鹅掌鸭信"不是？这糟鸭信便是糟鸭舌。而现在，上海的年轻人已经习惯把酱鸭舌当作零食，并且大都来自距离上海不远的浙江温州。如今的温州鸭舌是每天源源不断地发货到全国各地让人解馋的，但用温州人的话来说，不到温州吃新鲜的鸭舌，那还是完全不能领会鸭舌之妙。这我很同意，因为任何吃食经过防腐处理，再来个真空包装，那就基本上已经抹杀了这食物百分之八十的灵气了，何况是鸭舌这么机巧的东西。经过了包装和辗转的鸭舌，拆开一吃，只觉得三处的嚼感皆已失去，吃起来都是些一致的酥软味道，基本上已从迷人坠入无趣了。而本地新鲜制成的鸭舌到底美味，有朋友从温州直接买了自己坐飞机然后直送我家，经过几个小时，鸭舌们虽有些许倦态，但酱香扑鼻，风味犹存。于是就酒，边吃边聊。大家说到了鸭舌的"舌"字在江浙一带跟"蚀"音近，温州商人，最讲吃东西的彩头，"蚀"让人想到"蚀本"，自然是不受欢迎的食物，所以在以前，但凡是做生意的便会一直避而不吃。但后来，有实在嗜好鸭舌的商人想吃，又怕破坏运气，便将音一转，发"蚀"为"赚"（江浙一带发"赚"音也近于"舌"），这么一来，原本那些弃鸭舌不吃的人纷纷又都转头成了鸭舌的拥趸，温州鸭舌之名一天比一天大，最终变成了全国人民都嚼上了这伶俐之舌。这让人想到旧时日本，某种烤鱿鱼干音近"输之干"，于是惨遭那些爱好豪赌的酒客们冷落，后来被生生命名为"赢之干"，立即又恢复了人气，大家有事没事都想用"赢之干"来下下酒，让自己沾染一些好运气。话说亚洲人民，在讨口彩上面都是纠结到了极致的。口舌之快这事，永远不能太单纯了，除了要吃得美味，更要嚼得痛快。吃好吃的与说好听的，必须是得联系在一起，才能放心。

（原载2014年5月7日《三联生活周刊》）

老派中秋

郁　俊

　　小辰光福州路上三样东西最讨我欢喜：书店、台风和月饼票黄牛。喜欢台风，是因为怕热，这个搁起来不讲；黄牛和书店其实是一件事情，家里多出来月饼票，我就拿给黄牛，打个折扣拿了现钱，直接冲进古籍书店，买新印的旧书。台风今年一直不来，有点扫兴。其他两样，书店好比是麻雀、鸽子、鹩哥、斑鸠、鹌鹑，蹲在这个地方一动不动；黄牛呢，像是大雁、燕子、天鹅、拍卖行从业人员，候鸟，时节一到就出动。现在这个天气，大概外面再热，有史以来顶顶热，黄牛伯伯是不能退缩的，都要出来了吧，想你们啊亲。

　　很长的一段时间，家里每逢中秋，各种月饼票纷至沓来，吃不掉发愁。后来父母退休，我辞去公职，每年送月饼的只有忠心耿耿、二十年跟在屁股后面的设计师小朱。于是再也没有和票贩子们打交道的机会，就这么一盒"杏花楼"，自己要留着过节。

吃客,或者按照时髦的说法,炫食族,现在的情形,是人人怕病,又都一怕吃苦,二怕花钱。所以不管吃月饼的,还是做月饼的,都深恶痛绝一个"甜"字。月饼常常被拿出来示众,特别是传统的豆沙、五仁、百果之类。养生达人振振有词,谁谁吃月饼,糖尿病了,急性坏死性胰腺炎了,诸如此类。我就只好摇头不语。对于月饼,就是吃这一口甜,这是我比较老派的思路。那些潮来兮的厂家,把月饼做淡,里面加进去七七八八的海鲜也好水果也好冰沙也好,我一概嗤之以鼻,这,不是月饼。

日本的点心,非常传统的老店铺,源吉兆庵之类,一定是甜得非常纯粹,因为他们沿袭下来的,就是明朝的味道。而且点心要做得品相好,糖这种东西,太关键了。上得厅堂下得厨房,可塑性好,形状色泽可以诸般变化,这一全世界都公认的尤物,一边是防腐,一边是审美,两手抓两手还都挺硬,轻易去做改变,实在令人叹惋。要是一家五六百年的老派点心店,突然贴张告示说对不住大家,今天买的糕点,我们要改口味,本来是豆沙的,即日起改放象拔蚌,顾客会答应么?玻璃窗还想不想要?指责月饼甜的时尚宠儿们,费尽心力花光了半年的积蓄漂洋过海去巴黎,奢侈品以外,也会对 Ladurée 的马卡龙趋之若鹜,站那儿排半天队你吃的是啥么事?一大口糖拌杏仁粉而已。

怕甜，少吃一口就好，但是那一口，得地道。

我心中地道的上海中秋节，四十年以来没有变化。要有几个老店的月饼，广式、苏式倒无妨，应景么还是广式，因为看起来富贵气一些；有一锅芋艿老鸭煲，懒的人也尽可以去广式烧腊店买烤鸭；家人团聚之时，我要给侄女买一根全世界最大的棒头糖，她现在还小，只认得这个。

好了，停，停，先别着急打字幕，还没完呢。专栏类似推理电影，最后五分钟哪怕拉在裤子上也要看完。下来就是上海滩最嗲苏式月饼的时间了，对，西区老大房的鲜肉月饼。愚园路或者南京西路、乌鲁木齐路口口子，几个老大房烘烤鲜肉月饼的摊点前，一年四季都有人排队。一到中秋，排队的人不亚于静安寺买净素月饼的善男信女。鲜肉月饼，分明是吃货们的一种信仰。什么最性感？是炉子上触目惊心写着的"当心烫痛"四个字，是拿到手里欲罢不能的轻软和扎实，更是齿牙间汤汁和肉糜的完美融合，酥皮那就更不谈了，宋词里轻解的罗衫。

（录自《杂馔》，海燕出版社，2017年版）

辑三 古今食典

略谈杭州北京的饮食

俞平伯

不懂烧菜,我只会吃,供稿于《中国烹饪》很可笑。亦稍有可说的,在我旧作诗词中有关于饮食、杭州西湖与北京的往事两条。

· 词中所记

于庚申、甲子间(1920—1924),我随舅家住杭垣,最后搬到外西湖俞楼。东西一小酒馆曰楼外楼,其得名固由于"山外青山楼外楼"的诗句,但亦与俞楼有关。俞楼早建,当时亦颇有名,酒楼后起,旧有曲园公所书匾额,现在不见了。

既是邻居,住在俞楼的人往往到楼外楼去叫菜。我们很省俭,只偶尔买些蛋炒饭来吃。从前曾祖住俞楼时,我当然没赶上。光绪壬辰赴杭,有单行本《曲园日记》于"三月"云:

初八日，吴清卿河帅、彭岱霖观察同来，留之小饮，买楼外楼醋溜鱼佐酒。

更早在清乾隆时，吴锡麒《有正味斋日记》说他家制醋缕鱼甚美，可见那时已有了。"缕""溜"音近，自是一物。"醋缕"者，盖饰以彩丝所谓"俏头"，与今之五柳鱼相似，"柳"即"缕"也。后来简化不用彩丝，名醋溜鱼。此颇似望文生义，或"溜"即"缕""柳"之音讹。二者孰是，未能定也。

于二十年代，有《古槐书屋词》，许宝驯写刻本。《望江南》三章，其第三记食品。今之影印本，乃其姐宝驯摹写，有一字之异，今录新本卷一之文：

西湖忆，三忆酒边鸥。楼上酒招堤上柳，柳丝风约水明楼，风紧柳花稠。

鱼羹美，佳话昔年留。泼醋烹鲜全带冰（"冰"，鱼生，读去声），乳莼新翠不须油。芳指动纤柔。

（《双调望江南》之第三）

此词上片写环境。旧日楼外楼，两间门面，单层，楼上悬店名旗帜，所云"楼上酒招堤上柳"，有青帘沽酒意。今已改建大厦，辉煌一新矣。

下片首两句言宋嫂鱼羹，宋五嫂原在汴京，南渡至临安（今杭州），曾蒙宋高宗宣唤，事见宋人笔记。其鱼羹遗制不传，与今之醋鱼有关系否已不得而知，但西湖鱼羹之美，口碑流传已千载矣。

第三句分两点。"泼醋烹鲜"是做法。"烹鱼"语见《诗经》。醋鱼要嫩，其实不烹亦不溜，是要活鱼，用大锅沸水烫熟，再浇上卤汁的。鱼是真活，不出于厨下。楼外楼在湖堤边置一竹笼养鱼，临时取用，我曾见过。"全带冰（柄）"是款式，醋鱼的一部分。客人点了这菜，跑堂的就喊道："全醋鱼带柄（？）"或"醋鱼带柄"。"柄"有音无字，呼者恐亦不知，姑依其声书之。原是瞎猜，非有所据。等拿上菜来，大鱼之外，另有一小碟鱼生，即所谓"柄"。虽是附属品，盖有来历。词稿初刊本用此字谐声，如误认为有"把柄"之意就不甚妥。后在书上看到"冰"有生鱼义，读仄声，比"柄"切合，就在摹本中改了。可惜读诗时未抄下书名，现已忘记了。

尝疑"带冰"是"设脍"遗风之仅存者，"脍"字亦作"鲙"，生鱼也。其渊源甚古，在中国烹饪有千余年的历史。《论语》"脍不厌细"即是此品，可见孔夫子也是吃的。晋时张翰想吃故乡的莼鲈，亦是鲈鲙。杜甫《姜七少府设鲙》诗中有"饔人受鱼鲛人手，洗鱼磨刀鱼眼红，无声细下飞碎雪，有骨已剁觜春葱"等句，说鱼要活，刀要快，手法要好，将鱼刺剁碎，洒上葱花，描写得很详细。宋人说鱼片其薄如纸，被风吹去，这已是小说的笔法了。设鲙之风，远溯春秋时代，不知何年衰歇。小碟鱼冰，殆犹存古意。日本重生鱼，或亦与中国的鲙有关。

莼鲈齐名，词中"乳莼新翠不须油"句说到莼菜，在江南是极普通的。苏州所吃是太湖莼，杭州所吃大都出绍兴湘湖，西湖亦有之，而量较少。莼羹自古有名。"乳莼"言其滑腻，"新翠"言其秀色，"不须油"者是清汤，连上"烹鲜"（醋鱼）亦不须油。此二者固皆可餐也。《曲园日记》3月22日云：

> 吾残牙零落，仅存者八，而上下不相当，莼丝柔滑，入口不能捉摸，……因口占一诗云："尚堪大嚼猫头笋，无可如何雉尾莼。"

公时年七十二，自是老境，其实即年轻牙齿好，亦不易咬着它，其妙处正在于此。滑溜溜，囫囵吞，诚蔬菜中之奇品，其得味，全靠好汤和浇头（鸡、火腿、笋丝之类）衬托。若用纯素，就太清淡了。以前有一种罐头，内分两格，须两头开启，一头是莼菜，一头是浇头，合之为莼菜汤，颇好。

以上说得很啰嗦，却还有些题外闲话。"莼鲈"只是诗中传统的说法，西湖酒家的食单岂限于此。鱼虾，江南的美味。醋鱼以外更有醉虾，亦叫炝虾，以活虾酒醉，加酱油等作料拌之。鲜虾的来源，或亦竹笼中物。及送上醉虾来，一碟之上更覆一碟，且要待一会儿吃，不然，虾就要蹦起来了，开盖时亦不免。

还有家庭仿制品,我未到杭州,即已尝过杭州味。我曾祖来往苏、杭多年,回家亦命家人学制醋鱼、响铃儿。醋鱼之外如响铃儿,其制法以豆腐皮卷肉焰,露出两头,长约一寸,略带圆形如铃,用油炸脆了,吃起来花花作响,故名"响铃儿"。"儿"字重读,杭音也。《梦粱录》曰:"中瓦子前谓之五花儿中心。"三字杭音宛然相似,盖千年无改也。后来在杭尝到真品,方知其差别。即如"响铃儿",家仿者黑小而紧,市售者肥白而松,盖其油多而火旺,家庖无此条件。唐临晋帖,自不如真,但家常菜亦别有风味,稍带些焦,不那么腻,小时候喜欢吃,故至今犹未忘耳。

· 诗中所记

1952年壬辰《未名之谣》歌行中关于饮食的,杭州以外又说到北京,分列如下,先说杭州。

> 湖滨酒座擅烹鱼,宁似钱塘五嫂无?
> 盛暑凌晨羊汤饭,职家风味思行都。

这里提到烹鱼、羊汤饭。吴自牧《梦粱录》曰:

> 杭城市肆各家有名者,如……钱塘门外宋五嫂鱼

羹，……中瓦前职家羊饭。

（卷十三"铺席"）

钱塘是临西湖三城门之一，非泛称杭州。瓦子是游玩场所，中瓦即中瓦子。

"羊汤饭"须稍说明。这个题目原拟写入《燕知草》，后因材料不够就搁下了。二十年代初，我在杭州听舅父说有羊汤饭，每天开得极早，到八点以后就休息了。因有点好奇心，说要去尝尝，后来舅父果然带我们去了，在羊坝头，店名失忆。记得是个夏天，起个大清早，到了那边一看，果然顾客如云，高朋满座。平常早点总在家吃，清晨上酒馆见此盛况深以为异。食品总是出在羊身上的，白煮为多，甚清洁。后未再往。看到《梦粱录》《武林旧事》，皆有"羊饭"之名，"羊汤饭"盖其遗风。所云"职家"等等疑皆是回民。诗云"行都"，南渡之初以临安为行在，犹存恢复中原意。

北来以后，京中羊肉馆好而且多，远胜浙杭。但所谓"爆、烤、涮"却与羊汤饭风味迥异，羊汤饭盖维吾尔族传统吃羊肉之法，迄今西北犹然，由来已久。若今北京之东来顺、烤肉宛的吃法或另有渊源，为满蒙之遗风欤。

说到北京，其诗下文另节云：

杨柳旗亭堪系马，欲典春衣无顾藉。

>　南烹江腐又潘鱼，川闽肴蒸兼貊炙。

首二句比拟之词不必写实。如京中酒家无旗亭系马之事。次句用杜诗："朝回日日典春衣"，我不曾做官，何"典春衣"之有？且家中人亦必不许。"无顾藉"，不管不顾，不在乎之意，言其放浪耳。

但这两句亦有些实事作影，非全是瞎说。在上学时，我有一张清人钱杜（叔美）的山水画，簇新全绫裱的。钱氏画笔秀美，舅父凤喜之，但这张是赝品，他就给了我，我悬在京寓外室，不知怎的就三文不当两文地卖给打鼓儿的了。固未必用来吃小馆，反正是瞎花掉了，其谬如此，故云"无顾藉"也。如要在诗中实叙，自不可能。至于"杨柳旗亭堪系马"，虽无"系马"事，而"杨柳旗亭"，略可附会。

北京酒肆中有杨柳楼台的是会贤堂。其地在什刹前海的北岸。什刹海垂杨最盛，更有荷花。会贤堂乃山东馆子，是个大饭庄，房舍甚多，可办喜庆宴会，平时约友酒叙，菜亦至佳。夏日有冰碗、水晶肘子、高力莲花、荷叶粥，皆祛暑妙品。冬日有京师著名的山楂蜜糕。我只是随众陪座，未曾单去。大饭庄是不宜独酌的。卢沟桥事变后，就没有再到了，亦不知其何时歇业。在作歌时，此句原是泛说，非有所指。现在想来，如指实说，却很切合，谁也看不出有什么差错来。可见说诗之容易穿凿附会也。

我虽久住北京，能说的饮馔却亦不多，如下文纪实的。"南烹江腐又潘鱼"，谓广和居。原在宣外半截胡同，晚清士大夫觞咏之地。我到京未久，曾随尊长前往，印象已很模糊。其后一迁至西长安街，二迁至四丁字街，其地即今之同和居也。

"南烹"谓南方的烹调，以指山东馆似不恰当，但山东亦在燕京之南，而下文所举名菜也是南人教的。"江豆腐"传自江韵涛太守①，用碎豆腐，八宝制法。潘鱼，传自潘耀如编修，福建人（俗云潘伯寅所传，盖非），以香菇、虾米、笋干做汤川鱼，其味清美。又有吴鱼片汤传自吴慎生中书，亦佳。以人得名的肴馔，他肆亦有之，只此店有近百年的历史，故记之耳。我只去过一次，未能多领略。

北京乃历代的都城，故多四方的市肆。除普通食品外，各有其拿手菜，不相混淆，我初进京时犹然。最盛的是山东馆，就东城说，晚清之福全馆，民初之东兴楼皆是。若北京本地风味，恐只有和顺居白肉馆。烧烤，满蒙之遗俗。

"川闽肴蒸兼貊炙。"说起川馆，早年宣外骡马市大街瑞记有名，我只于1925年随父母去过一次。四川菜重麻辣，而我那时所尝，却并不觉得太辣。这或由于点菜"免辣"之故，或有时地、流派的不同。四川菜大约不止一种。如今之四川饭店，风味就和我忆中的瑞记不同。又四十年代北大未迁时，景山东

---

① 以上三条所记人名俱见夏孙桐（闰枝）《观所尚斋诗存》"广和店记事诗"注，其言当可信。

街开一四川小铺，店名不记得。它的回锅肉、麻婆豆腐，的确不差，可是真辣。

闽庖善治海鲜，口味淡美，名菜颇多。我因有福建亲戚，姊母亦闽人，故知之较稔。其市肆京中颇多。忆二十年代东四北大街有一闽式小馆甚精，字号失记。那时北洋政府的海军部近十二条胡同，官吏多闽人，遂设此店，予颇喜之。店铺以外还有单干的闽厨（他省有之否，未详），专应外会筵席，如我家请教过的有王厨（雨亭）、林厨。某厨之称，来源已久，如宋人记载中即有"某厨开沽"之文，不止一姓。以厨丁为单位，较之招牌更为可靠。如只看招牌，贸贸然而往，换了"大师父"，则昨日今朝，风味天渊矣。"吃小馆"是句口头语，却没有说吃大馆的，也是同样的道理。

"貊炙"有两解，狭义的可释为"北方外族的烤肉"，广义借指西餐。上海人叫大菜，从英文译来的，亦有真赝之别。仿制的比原式似更对吾人的胃口。上海一般的大菜中国化了，却以"英法大菜"号召，亦当时崇洋风气。北京西餐馆，散在九城，比较有地道洋味的，多在崇文门路东一带（路西广场，庚子遗迹），地近使馆区。

西餐取材比中菜简单些。以牛肉为主，羊次之，猪为下。"猪肉和豆"是平民的食品。我时常戏说，你如不会吃带血的牛排，那西洋就没有好菜了。话虽稍过，亦近乎实。西餐自有其优点，如"桌仪"、肴馔的次序装饰，等等，却亦有不大好吃的，自然是个人的口味。如我在国内每喜喝西菜里的汤，但到了英国船上却大失所望。名曰"清汤"，真是"臣心如水"的汤，一点味也没得，倒有些药气味。西洋例不用味精，宜其如此。英国烹调本不大高明，大陆诸国盖皆胜之。由法、意而德、俄，口味渐近东方，我们今日还喜啜俄国红菜汤也。

又北京的烤肉，远承毡幕遗风，直译"貊灸"，最为切合。但我当时想的却是西餐里的牛排。《红楼梦》中的吃鹿肉，与今日烤肉吃法相同，只用鹿比用牛羊更贵族化耳。

我从前在京喜吃小馆，后来兴致渐差，1975年患病了，不能独自出门就更衰了。1950年前《蝶恋花》词有"驼陌尘惊如梦寐""麦酒盈尊容易醉"等句，题曰"东华醉归"，指东华门大街的"华宫"，供应俄式西餐、日本式鸡素烧。近在西四新开张的西餐厅遇见一服务员，云是华宫旧人，他还认识我，并记得吾父，知其所嗜。其事至今三十余年，若我初来京住东华门时，数将倍焉。韶光水逝，旧侣星稀，于一饮一啄之微，亦多怅触，拉杂书之，辄有经过黄公酒垆之感，又不止"襟上杭州旧酒痕"已也。

1982年5月1日北京

（原载1982年第4期《中国烹饪》）

诗味与口味

季镇淮

从前听老师说，作诗要有"诗口"，这位老师是前清秀才，他这句话可能是少时听他老师讲的。现在我们不用"诗口"这个词，它的意思大概是说诗有诗的语言，作诗要像诗，跟说话写文章不同。诗口恐怕还包括"诗味"在里面。作诗先要有诗口，作出来像诗；还须有诗味，才是好诗。清中叶诗人袁枚说："诗，如言也，口齿不清，拉杂万语，愈多愈厌。口齿清矣，又须言之有味，听之可爱，方妙。"（《随园诗话》卷三）袁枚说的正是作诗要有诗口和诗味的问题。

对于作诗，口味是比喻。这个比喻，人人能懂，但人人都说不清楚。好诗难说，好菜佳肴也难说。人人有这样的经验，一种菜人们觉得好吃可口，有味道，但说不清楚。比如我是淮扬人，我吃淮扬菜，觉得好，但说不清楚是如何好。我是淮安人，我觉得淮安菜别具风味。离乡数十年，想起早年在淮安吃的菜，还是觉得别处都没有那样好，只有淮安的最好。从前北平有位同学说，北平的馄饨好极了，没得说的。我心里就在想，你大概没有吃过淮安的馄饨。记得在淮安府上坂街南头，有一条府西大街，街旁有一家馄饨（淮安名小饺子）小店，生意兴隆，人们专门来吃馄饨。这里的馄饨有两种吃法，一种是有汤的；一种是无汤的，只有少许香油和酱油。馄饨一进口不用嚼，皮薄、馅儿细，一口一个，只觉得好吃，有味。而且价钱又便宜，所以这小店总是顾客盈门，人来人往。无汤的那一种，个儿小些，碗也小一点，俗称呛馄饨。自从我吃过家乡的馄饨，到任何地方我对馄饨都无兴趣了。只有昆明北门街南头有家馄饨店做的有点像。又如鳝鱼菜，我认为真是妙绝了。初到北京时，有淮扬饭店，我到那里要鳝鱼菜，炒鳝糊，但总觉得不是味儿，跟淮安的鳝鱼菜不能比。淮安西城外河下镇，有一家专门卖鳝鱼的，无其他菜。这家鳝鱼店，一日三餐都有鳝鱼菜。吃早点，如小笼包子菜，也要配几盘鳝鱼菜，味道不同，绝无吃了一盘即不想再吃之感，盘盘都吃光。一条鳝鱼，粗细不同，炒法也各异。但都要经过"余"这一道工序。把活鳝鱼，往开水锅里倒，盖上锅盖，煮一下，这有技术问题，煮久了不行，煮不够也不行。尔后捞起来，用竹刀子划开，去其脊骨，再切成段或丝，用油爆炒。关键是用油多，火候旺，炒得快，吃时热。炒时要有大蒜，吃时要放胡椒。还有一样，就是肉圆子，这是淮扬菜最普通的一样，逢年过节，嫁娶喜事，满席佳肴之中，总要有肉圆子一样。《随园食单·特牲单》一类中有"空心肉圆""杨公肉圆"等，可见此菜早在乾隆的时候就已为人们乐道了。"杨公肉圆"是指"杨明府"（明府是知府或县令的住所的简称）做的肉圆。其做法，据《随园食单》所记："大如茶杯，细腻绝伦，汤尤鲜洁，入口如酥。大概去筋去节，斩之极细，肥□（当为'瘦'字）各半，用纤（即芡）合匀。"这种做法和我们今天做法，关键处大致相同。从《随园食单》中的《须知单》看来，就是讲做菜必须遵守一定的细则。做肉圆，首先是选肉，肉中筋骨，必须去掉，瘦肉肥肉各半。今天我们做的，有改进，是瘦肉少，肥肉多，大概三七开为宜。确要斩之极细，但又不能成泥。怕下锅后合不起来，要加一个鸡蛋起凝固作用，还要用芡，即豆粉水。此后仍要加水适量，不加水，则不嫩，水多了又合不起来。此外还要加适量的盐。汤和肉圆中加盐适量，这很重要。汤中有盐，肉圆中无盐，肉圆到汤锅中易散成肉末；汤中无盐，肉圆中有盐，肉圆到汤锅中又易结成硬团，这里面有科学道理，在化学上称为"渗透压"。肉圆中还要再加些作料，如切细的生姜、葱、和之均匀。有两种普通做法，一是氽汤，均如鸡蛋大小，吃时可用酱油。另一种是煎，可大可小，煎时用文火，二面都煎，不要太熟，能夹起来就行了。煎好之后，再放酱油烧。煎时未熟，烧后全熟。这样做出的肉圆，确有《随园食单》所记杨明府所做肉圆的好处，很细嫩，入口即酥，食之不腻。大的肉圆子，也称为"狮子头"。记得在昆明清华文科研究所有一年过春节，闻一多先生、朱自清先生都在，年轻的大家动手做菜。我自告奋勇做狮子头，吃饭的时候，吃到刚从锅里盛出来的狮子头，朱先生尝着说"很正统"，意思是说合淮扬狮子头的口味。闻先生因此发议论，大意是说做菜好坏，跟文化有关系；淮扬有这样的名菜，跟淮扬有悠久文化有关。大家也都称赞这道狮子头做得好吃。这次我做的肉圆子是用第二种方法，先煎后红烧，算是成功的一次。

人们有思故乡的感情，因素很多，口味很可能是其中原因之一。我觉得家乡的馄饨、鳝鱼和狮子头，别处确实没有，只有淮安的最好，别有风味。西晋时被称为"江东步兵"的张翰，"因见秋风起，乃思吴中菰菜、莼羹、鲈鱼脍"（《晋书》卷九十二本传），遂辞官回吴中，可能有官场纠纷原因，但家乡口味使他念念不忘，也可能是原因之一。李白诗"举头望明月，低头思故乡"，故乡明月与他乡不同，回忆童年时看的明月，和后来在外地所见明月确有不同。至于口味，则不容分辩，家乡口味最美。

当然，诗味因作家、流派的不同而各成风格；饮食之味，各地有异，自有所长。"人莫不饮食也，鲜能知味也"（《中庸》）。所以，袁枚主张应当向大家多学习，以求饮食之精美适宜。

（原载1986年第1期《中国烹饪》）

从"粥疗"说起

宗 璞

从小便多病,以这多病之身居然维持过了花甲,而且还在继续维持下去,也算不简单。六十年代后期,随着"文化大革命"这场大灾难,我也得了一场重病。年代久了,记忆便淡漠,似乎已和旁人平等了。可能是为了提醒吧,前年底,经历了父丧之痛以后,又是一次重病,成了遐迩闻名的大病号。

病中得到广泛而深厚的关心,让我有点飘飘然。有时卧床而"飘",飘着飘着,想起二十年前,我的夫弟——俗称"小叔子"的,他们只有兄弟二人,不必说明第几位——从上海寄了一本《粥疗法》,是本薄薄的旧书,好像还是古籍出版社一类的地方出版的。书中极称粥食之妙,还介绍了许多食粥之法。有的很普通,如山药粥、百合粥、莲子粥等,不必查书,我也曾奉食老父。有用肉类制作的,就比较复杂。无论繁简,都注明各有所治,"粥效"可谓大焉。不过此书的命运同我家多数小册子一样，在乃兄的管理下，不久就不见踪影，又是"只在此山中，云深不知处"了。

后来又听朋友说，还有一种书，题名为《一百种粥》，所记粥事甚详。可见"粥"在出版界颇不寂寞。

病中不能出门，只在房中行走。体力恢复到能东翻西翻时，偶见陆游有一首食粥诗，"世人个个学长年，不悟长年在目前。我得《宛丘》平易法，只将食粥致神仙"。再一研究，写《宛丘集》的张耒，更有一篇《粥记》。文字不长，兹录如下：

> 张安道每晨起，食粥一大碗，空腹胃虚，谷气便所补不细，又极柔腻，与肠腑相得，最为饮食之良妙。齐和尚说，山中僧每将旦一粥，甚系厉害，如或不食，则终日觉脏腑燥渴，盖能畅胃气，生津液也。今劝人每日食粥，以为养生之要，必大笑。大抵养性命，求安乐，亦无深远难知之事，正在寝食之间耳。

这位张耒是自称"吾苏学士徒也"的，如此再作推理，原来东坡也嗜粥。他说：

> 夜坐饥甚，吴子野劝食白粥，云能推陈致新，利膈养胃。……粥既快美，粥后一觉，妙不可言。

看来宋代便有不少大名士深知粥理。想想我曾那样不重视粥疗,不觉自叹所知太少。

南方人似乎喜吃泡饭胜于粥。幼时在昆明,一度住在梅家,曾和小弟还有从小到大的友伴和同窗梅祖芬三人一起偷吃剩饭。那天的饭是用云南特产的一种香稻做的,用开水泡一下,还有什么人送来自制的腐乳,我们每人都吃了两三碗,直吃到再也咽不下,终于胃痛得起不了床。梅伯母不知缘故,见三人一起不适,甚感惊慌。好在服用酵母片后,个个痊愈。梅伯母现已年近百岁,对于一起胃痛的奥妙,还是不甚了然。当时若吃的不是泡饭而是粥,谅不至于胃痛。

1959年下放在桑干河畔,那里习惯用玉米糁子煮干饭,称为"格仁粥",煮成稀饭,则称"格仁稀粥"。我印象中稀粥比名为粥的干饭容易下咽多了。房东大娘把炒过的玉米、小米和豆类碾碎,煮成粥状,也笼统称为粥。下放回来后,大娘还托人带来一小口袋这种粥的原料,试者无不说好。但若吃久了,这些粥都比不上白米粥。只是大米在北方农村不多,米粥也就难得了。

有一阵子以为广东粥很好。记得那年夜游洛杉矶,午夜到一小吃店吃鱼生粥。只那端上来时的热气腾腾便赶走一半夜寒。碗中隐约现出嫩绿的葱花,浅黄的花生碎粒,略一搅动,翻起雪白的鱼片,喝下去不只暖适而且美味。回来每每念及"广东粥",或外购或内制,总到不了那个水平。这也许和当时的身体情况以及环境有关。

　　陆游还有一首诗云："粥香可爱贫方觉，睡味无穷老始知。要识放翁真受用，大冠长剑只成痴。"食粥的根本道理在于自甘淡泊。淡泊才能养生。身体上精神上都一样。所以鱼呀肉的花样粥，总不如白米粥为好。白米粥必须用好米，籼米绝熬不出那香味来。而且必须粘润适度，过稠过稀都不行。还要有适当的小菜佐粥。小菜因人而异。贾母点的是炸野鸡块子，"咸浸浸的好下稀饭"。我则以为用少加香油白糖的桂林腐乳，或以落花生去壳衣，蘸好酱油和粥而食，天下至味。

　　不知当初东坡食白粥，用的什么小菜。

1992年元月初

（原载1992年第3期《收获》）

文人与鲈脍

邓云乡

秋风起了,忽然想起莼羹鲈脍的典故。北京友人新寄来了《叶圣陶遗墨》,收有一封写给施蛰存先生的信,说的正是鲈鱼。信不长,先照抄在后面:

蛰存先生:承饷鲈鱼,即晚食之,依来示所指,至觉鲜美。前至松江尝此,系红烧,加蒜焉,遂具寻常。俾合家得饷佳味,甚感盛贶。调孚、振铎,亦无如是。今晨得一绝,书博一粲。

红腮珍品喜三分,持作羹汤佐小醺。滋味清鲜何所拟,《上元镫》里诵君文。

弟叶绍钧 十二月廿八日

这信只标月日,未记年份,书中也未注明,看来大概是解放前，圣陶丈在上海时所写。因为信中提到调孚、振铎，是徐调孚、郑振铎，施蛰存先生送鲈鱼，叶老当晚就食之，京沪相隔，比较困难，同在上海，自然方便多了。大概是抗战胜利后，四人都在上海时写的信，甚至是"八·一三"战前的信。送鲈鱼的事很雅，圣丈回信写的又很风趣，小诗一首，也给文坛留下一段馈赠名鱼佳话，亦可想见前辈学人交往之友谊。

为什么说送鲈鱼很雅呢？本来这雅、俗也是相对的，理解的或认为雅。有学识而又有新潮革命思想的或嫌其酸，中国旧式文人的腐朽气，这类帽都可以加上去的。至于现在一般人，无此知识，也就无所谓了。因为这联系到中国悠久的文化知识、风尚。不了解鲈鱼史话及馈赠双方的身份特征，也就不能欣赏这封信了。

苏东坡《赤壁赋》中说："举网得鱼，巨口细鳞，状如松江之鲈……"鲈鱼是淡水鱼中很好吃的鱼，各地均有出产，并不十分珍贵。但是各地鲈鱼并不出名，只有松江的最出名。施蛰存先生是松江人，与上海近在咫尺，而且明、清以来，上海县是松江府的属县，松江鲈鱼在某种程度上也就是上海所产，蛰存先生以名鱼，也就是自己乡间土谊——肯定也不是从菜市场上买来的，或者是乡间亲戚送来的，再郑重赠送叶老，送者殷殷，受者拳拳，这样就写下这封信并这首小诗了。

为什么松江鲈鱼特别出名呢？一因其特征，二因历史名人品题，所谓一经品题，便身价十倍。这样松江鲈鱼便名扬天下了。"莼鲈之思"的故事是最出名的，见《世说新语》及《晋书·张翰传》。张翰是华亭人，即现在松江。在洛阳做官，见秋风起了，因思吴中菰菜、莼羹、鲈脍，叹息道："人生贵得适志，何能羁宦数千里以要名爵乎？"这样就丢官不干，回家吃莼羹鲈脍来了。因张翰的话，"莼羹鲈脍"便成了高人的典故。松江鲈鱼也大大地出名了。

再有据说各地的鲈鱼都只是两鳃，只有松江的鲈鱼是四鳃。而且以松江秀南桥下的最出名，说来物产也很奇怪，为什么水路四通八达，鱼又是活的，而千百年来，只有松江出四鳃鲈，而且守着一个秀南桥不动，也很奇怪。罗贯中写《三国演义》，写左慈在曹操宴会上，墙壁上当场画水，当场钓鱼，说是松江鲈鱼献给丞相，别人不相信，以为他骗人，他当场请大家看，说天下鲈鱼二鳃，只有松江鲈鱼四鳃。大家一看，果然是四鳃，才佩服他是神仙人物……看过《三国演义》的人，对这一段描绘，都会留下深刻的印象。这就是松江四鳃鲈的故事。

我来上海四十年，也只吃过一次松江鲈鱼，而且是偶然吃到的。也算是有缘了。大约在三十年前，即三年自然灾害之后，史无前例的十年浩劫之前，有那么一两年，即六三、六四之间，物价平稳，供应较好，生活还是比较安定的。一天，我下午三点多就由前面办公室回到家中了，正好作早班的内姐也下班回来，在厨房正同隔壁一位师母说话，她家下午在小菜场买到一条鱼，卖鱼的说是名贵鱼，难得到货，她便买一条，回来看表面有些泛红，又没有吃过，不敢吃。问是什么鱼，据卖鱼的说是鲈鱼，我听了心一动，便说卖给我们吧，只要四角钱。我拿过鱼一看，不大，五六寸长，不过半斤多重。很新鲜，刚死不久。我仔细看鳃，真是一边两层，是松江四鳃鲈。真是十分高兴，十岁时在山村煤油灯下深夜看《三国演义》留下的美好印象，时隔数十年，居然无意中亲眼看到四鳃鲈，真是想不到的呀！内姐烹饪技术很高，晚饭时，这条名鱼便被红烧了。晚饭时，一品尝，的确与众不同，第一是其肉特别嫩，鱼肉一般都不老，且当时都是野浜的鱼，没有现在用人工饲料养的那种鱼的怪味，平时鲫鱼、鳊鱼、花鲢等都很好吃，也很嫩，但比之鲈鱼，则无法比。第二是鲜，这就更难用文字表达出来，因为各种鱼红烧，都有一个共同的味道，又有这一种鱼本身的味道，这鲈鱼的本身鲜味，又是十分特殊的，也是我从来没有尝过的，又是使我留下深刻记忆的味道，我只能用这三句话来写鲈鱼的鲜味，恐怕读者还是看不明白的。叶老已作古人，松江鲈鱼味道如何？已无处问矣，施老已望九高龄，仍康强清健，写作不辍，或能说清松江鲈鱼美味，使人透过文字有闻香知味之感。只是施老住在沪西，我在沪东，快一年了也未见面，不能将面谈结果，写在文中了。宋苏舜卿《答韩持国书》中道："清茶野酿，足以消忧；莼鲈稻蟹，足以适口。"现螃蟹已经二三百元一斤，一月工资，只能买三斤螃蟹，无法"适口"了。鲈鱼平生只吃过前面所说的一次，现已见不到，莼菜或可买得起，但也很少吃。只有稻米，天天还离不了它，但由刚放开的八角多一斤，不到几个月，已涨到一块五，翻了一番，我这点刚调整了的工资，又缩短了一小半了。因而莼羹鲈脍之思，今天的寒酸教书匠又怎能比古人乎？

（录自《水流云在琐语》，辽宁教育出版社，1995年版）

中国饮食文化二题

唐振常

· 文人与美食

"饮食男女，人之大欲存焉。"这里说的是人的本能要求，和美食扯不上。然而，好吃似乎也是人的天性。能够吃得好一些，多食美味，就未必安于粗茶淡饭。"食不厌精，脍不厌细"，圣人尚且如此，况凡庸乎？"染指于鼎，尝之而出"（事载《左传》)，贵为公子，见熊掌而忍不住在国君前甘冒大祸出此下着，正说明人性好吃。当然，陈蔡绝粮，三月不知肉味，圣人也就不会追逐于精细了。可见，饮食之道，也因客观条件而异，并取决于经济基础。苏东坡是有名的美食家，对于中国的美食文化有大贡献。他说："宁可食无肉，不可居无竹。"这句话就信不得。他其实是吃饱了肉才陶然于竹林之中的，更可能是一边吃肉一边赏竹。饿着肚皮讲风雅，那是吹牛，或名之曰"矫情"。

所谓经济基础,并非就一定要是巨商大贾方具有。我尝以为,环观国内,凡是以众多美食具盛名之地,大抵都是地主文化高度发达的城市,而非商业城市。其原因在于,商人或资本家忙于经营,无暇营美食;而地主(无论大中)则有闲,良田在乡,到时伸手收租而已,有的是时间去吃,去研究吃。客曰不然,"吃在广州"或如今之所云"吃在香港",以至于上海、扬州等云集众家美食之城又当何说?这也简单。经济发展,城市繁荣,各帮名食自然云集,非商业城市本身之创造美食也。

美食文化的创造,首应归功于厨师,但厨师未必是美食家。即使烧得一手好菜,厨师往往也只是一个匠人。能明饮食文化的渊源,融会贯通,知其然且知其所以然,信手拈来,皆成美味,治大国如烹小鲜,轻而易举,可谓大厨师,可为大师,亦可兼称美食家。这自然是食界众生所仰望的。

另一方面,文人的贡献,不可忽略。苏东坡是一位大美食家,有人称赞东坡写的《菜羹赋》《老饕赋》等文,我以为此类文字似尚不能列入对美食文化有什么创造,那只不过是好吃之徒的食颂。只有东坡就地取材创造了一些吃法与美味,方可列入真正的美食家。"东坡肉"未必为东坡所创,很可能是后人的附会。杭州的"东坡肉"和四川的"东坡肘子",烧法就大不相同。至于东坡墨鱼、东坡豆腐之类,恐怕也是后人所加名目,借以招徕。黄冈有东坡饼,曾在游赤壁时蒙主人专命做成,确为美味,然亦非东坡所创,传说是某寺和尚所做,东坡食之而赞，因以得名。

简言之，食有三品：上品会吃，中品好吃（好读去声），下品能吃。能吃无非肚大，好吃不过老饕，会吃则极复杂，能品其美恶，明其所以，调和众味，配备得宜，借鉴他家所长，化为己有，自成系统，乃上品之上者，算得上真正的美食家。要达到这个境界，就不是仅靠技艺所能就，最重要的是一个文化问题。最高明的烹饪大师达此境界者，恐怕微乎其微；文人达此境界者较多较易，这就是因由所在。

曹雪芹可称为美食家，不然写不出那么细致入微的菜谱。明代状元杨升庵（慎），清末文人李伯元，皆有美食著作传世，二人必为美食家。李劼人以作家、教授的身份而自开饭馆"小雅"，夫妻下厨，烧出精致的美食，简直和他的小说齐名。张大千以善吃著名，尽管有家厨，厨师常听他的提调。"大千鱼"为张所创，至今流传蜀中。旧时文人或官宦之家（也是文人），总有一些家创名货，大千鱼是其一，其他甚多，如前文所举的"宫保鸡丁"之类，不列举了。

文人即使不能创造美食，然天性好食，食后品题点染，就是有力的吹嘘，大有助于美食的扬名。苏州木渎"石家饭店"的"鲃肺汤"，诚然是天下美味，于右任的题诗，使此名菜大增光彩，这是众所周知的事。昔年北京的"烤肉宛""烤肉季"，破屋之中，遍贴著名文士的赞词，也是老食客所熟悉。此是宣传手法，但也应包容在饮食文化之中，比起在店里张贴美女照，有文化得多了。现在唯香港著名的镛记酒家和陆羽茶楼，尚可见一些著名文人题字，可称难得。

写到这里，忽然想到，年前在扬州的菜根香饭店，吃过一菜，名叫"一行白鹭上青天"，那是黑鱼三吃，鱼骨烧汤，面上飘着一行豌豆。菜好，名字美，必是文人起名。

· 饮食文化退化论

周作人慨叹："在北京彷徨了十年，终未曾吃到好点心。"（《北京的茶食》）其实，北京未见得没有好点心。周作人这句话，老北京必不以为然。曹禺的《北京人》中，食客江泰一口气背出了十几二十样北京名店的名吃名点。周作人在另一篇文章《喝茶》里盛赞南京的干丝，尤念念不忘家乡绍兴周德和的豆腐干。看来，周作人的慨叹是和乡情连在一起的。而乡情之兴，往往很容易想到儿时故乡的食物。

成都是饮食之邦，尤以各种小吃负盛名。我每动乡思，除了想到锦城山川故旧，总不免想到遍布街头的名吃名点。在这些名吃名点中，想得最多的，又往往是儿时所常吃者，以为那是世间最佳美食。成年之后吃的东西，倒常常是忘却了。近年每返乡，亲友每问想吃些什么。我报出的名目，便多是儿时常食者。除了其中不少业已失传，对于能吃到的，这才发现并不那么可口。

于此，我逐渐悟出一个道理。乡情所及，感觉并不是那么靠得住的。儿时所食，以为样样皆好，实是感觉所误。儿时自然说不上经世阅历，吃的东西也就是那么几样，日深月久，便成错觉。四十年代，初到上海，菜肴吃不惯，各种点心也觉不好吃。及居住渐久，所食渐多，方悟此间亦有美味。从此，我不再那么褊狭，以为家乡菜点是中国第一。吃不惯是一回事，吃不惯的菜点并非就是不好，口味的改变，是要积渐以成的。我的看法，各地各帮均有美味，只不过程度不同而已。同时，中国饮食诚然在世界享盛名，但也不能说国外就无佳肴美点，要之，中外各有其妙，只是文化生活的不同，饮食文化亦各异而已。

另一方面，一个强烈的感觉，国内的饮食文化日益趋于退化了。近年来，一个普遍的现象，饮食店的装潢愈来愈考究，每装修一次，售价必提高，服务态度不见明显改善，倒是菜点质量日趋下降。最令人奇怪的，是在菜点上追求装饰，动不动搞"雕花"，或摆成一种什么图案。饮食是实用文化，不是工艺美术，为吃而非为看，凡最好看的菜必最不好吃。

所谓退化，不只是高档的名菜名点在退化，最大众化的食品也在退化。以上海言，"蟹壳黄"没有松酥之感，汤包再也没有昔日那种入口一包汤既烫且鲜的感觉，想吃往日四川路上"小常州"那样可口的排骨面，似永不可能得再，真不知道理何在。谁都知道，京帮菜馆有两样价廉物美的菜，一曰"鸡丝拉皮"，一曰"乌鱼蛋"，都是胶东大众化食品（所谓京帮，实由山东帮与河南帮入京衍化而成），如今在北京和上海的京菜馆也绝迹了。饭馆服务员竟也不知此二菜为何物。其实都简单得很，乌鱼蛋乃是墨鱼的子宫，烧成酸辣汤而已。从前我误听了黄佐临的解释，他说乌鱼蛋就是乌龟蛋，有广东人不擅国语，入山东馆，坐下来就连声叫"王八蛋"，致起纠纷。近年看了梁实秋文章，才知非是。也许佐临本知，是因其幽默而云然。至于鸡丝拉皮就更简单，无非鸡丝拌粉皮，但缺了芥末酱不行。吃涮羊肉的理想之地，不是北京的"东来顺"，而是香港的京菜馆，羊肉新鲜与好坏姑且不论，主要在佐料。只有香港，还保持了摆上十几种佐料由顾客自选自掺，非如北京，上海之每人一碗已经掺好又样数不全的佐料，这佐料的分别就决定了涮羊肉的味道。即如通行全国的麻辣豆腐（正名应为"麻婆豆腐"），照说正宗佳口应在成都西玉龙街的"陈麻婆饭馆"了。比起昔年在成都北郊的乡村小店，今日之陈麻婆饭馆，简直是有如皇宫，而看家之菜麻婆豆腐则不能入口，原因在于大锅预先烧成，分置碗中，随叫随得，几乎是冻豆腐了。

以上所举，都是普通饮食，非是"谭家菜"之绝响北京、"周家菜"之绝迹天津乃《广陵散》叹绝，而是极简易办之事。于是乎，众口争说"吃在香港"了。几年以前，香港确可说集中国饮食之大成，要什么有什么，其味一般都较大陆地道。可是，这几年亦复每下愈况了。问香港朋友，说是与厨师相率移民有关。那么，味美可口的中国饮食，将求之于外邦乎？饮食和其他文化一样，一经输出，必与当地文化相掺杂而起变化（是掺杂而不一定是融合），日本的中国菜馆甚多，吃起来都是日本味道。这也许是极而言之。我在澳洲中国饭馆吃过"叫化鸡"，鸡是冰冻鸡，肉粗且不说，鸡先烧好，不用泥封，而包上锡纸，上浇酒精，端上桌来，用火在锡纸上一烧（实际是一种过场，形式而已），揭纸即食，味同嚼蜡。问服务员，说澳洲人嫌泥脏。试问，这还叫叫化鸡吗？还能吃否？常熟烧叫化鸡专家闻之，当笑煞。时迁地下有知，必大骂异国子孙不肖。

中国饮食文化誉满全球，甚至可以引证一句《说文解字序》"古者庖羲氏之王天下也"（按：庖羲即伏羲，相传教民稼穑，可以算作中国饮食文化的祖先）来自鸣得意。我则以为，如果中国仅以饮食文化著称，绝非可以骄傲之事。但如经济飞，文化兴，人民不再贫穷，则饮食文化不应停留于实质的退化。

（录自《饕餮集》，辽宁教育出版社，1995年版）

说粥

李庆西

近来陆续读到王蒙的几篇说粥文字,觉得这是一个有趣的题目。时下吃的穿的用的玩的五花八门各色风物,许多都被赐以"文化"的名目大加谈论,想来粥食也当列入此类话题。粥是地道的国粹。既然"酒文化""茶文化""紫砂文化""蜡染文化"等已成定例,乃至鼻烟壶、蛐蛐罐之类都已成了"文化"而纳入议事日程,"粥文化"一题理应隆重推出,刻不容缓。民以食为天,这无论如何是一桩大事。曾见报载,近年各地纷纷举办诸如"武术节""风筝节""西瓜节"一类民间活动,既弘扬了民族文化又活跃了地方经济,可谓一举两得。可是,一直未见何处举办过"粥节"。这是一桩憾事。按说,饮食文化是当今显学之一,却不知什么道理,竟很少有人作粥的文章。

大概以为粥太简单了。蠢妇有米也能熬出粥来,似乎不值一说。其实,真要说起来,这玩意儿并不那么简单。譬如,粥的历史、品类、烹作乃至其养生作用,等等,其中无一不是学问,都是一时片刻抓挠不着的东西。中国人喝粥的历史怕是要追溯到上古三代以前,《周书》称"黄帝始烹谷为粥",大约是有关粥的最早的文字记载。此说也许跟仓颉造字一般未尽可信,但《礼记》亦有"馈粥之食"一说,可为映证。总之,粥食的兴起不会晚于周代。既是如此历史悠久,且以中国幅员之广物产之丰,古往今来,南北各地粥食之作想必品类迭出而又各有擅场。如今见称于各地的"腊八粥""皮蛋粥""绿豆粥""莲子粥""鸡粥""鱼粥""肉骨头粥"等,只是如今尚存的花色,未能相信粥中妙品俱在此矣。自近代以来,中国传统文化毁弃速度之快令人瞠目。举其物质形态者,大如城墙、寺庙,小如各种工艺秘方,说没有就没有了。同样,不少粥食品种亦如《广陵散》已成绝响。清人黄云鹄于光绪年间编《粥谱》一书,尚收载各地粥食二百四十余谱。其中虽有不少为医家用于治病的药粥,但可作家常食用者仍不在少数。可见古时的粥食要比现在丰富得多。如今家常粥食,一般就是大米粥、小米粥、大楂子(玉米)粥之类,很少佐以别的材料,更不在烹作上动脑筋。真是"现在简单了"。

粥食的衰落大约有多方面原因。其中之一,现代人的生活节奏加快,没有充裕的时间耗费在早餐上边。尤其城市人,清晨起来要赶着上班,熬粥费时,省事的办法就是对付一些现成的早点。俗话说"心急吃不了热粥",其实,急忙之中何来现成热粥？现在许多家庭的早餐主食,是将前晚的剩饭加水煮一煮,这当然不能称之为粥,江浙人把它叫作"泡饭"。真正所谓粥,做起来绝对不能马虎。古人对粥的烹制颇有讲究,如清人袁枚的《随园食单》上边就专拟一条标准,其曰:"见水不见米,非粥也,见米不见水,非粥也。必使米水融合,柔腻如一,而后谓之粥。"这样做来,当然是适口。但粥要熬到这个程度,须得慢火细烹的功夫,实在不是现在一般家庭所能办到。按说粥是百姓寻常食物,而如今也怕要成为一份奢侈的享受了。

当然,现在许多人不以喝粥为口福。粥之所以衰落,其原因之二,便是西式早餐的引进。譬如,订两份牛奶,备一只三明治烤炉,既省事又一举解决了早餐现代化问题。城市里不少年轻小家庭就已采取了这种方案。舍粥而取牛奶面包,不能说没有赶新潮的意思,但除此也有出于营养学上的考虑。这就是王蒙小说《坚硬的稀粥》里边以"儿子"为代表的一种意见。据说,有人认为王蒙那篇小说另有含义,似乎稀粥象征保守的本位文化,而牛奶面包不啻是西方文化云云(真是云里雾里)。倘按此道理,这里大谈其粥也犯嫌疑。其实说正经的,营养学上的比较未可忽略,自然不必将氨基酸、维生素、锌铁磷钙之类都扯到西方资本主义那儿。就是文学作品中,也不像某些人臆想的那样触处皆是象征。正如海明威一次在回答记者关于《老人与海》的提问时说:"老人就是老人,孩子就是孩子,鲨鱼就是鲨鱼……"所以,言归正题:粥就是粥,面包就是面包。

人们从营养价值上选择牛奶面包,不能说不是一种科学的态度。就是赶赶新潮也未必就是崇洋媚外。然而,事情倒也不是只有一面的道理。粥食营养上固然亏输一筹,但这东西却具有牛奶面包所不能替代的养生和食疗的作用。如今人们一般只认食物的营养价值,多不识营养学之外的养生摄卫之功。其实,说到粥食的养生作用,古人很早就有所发现和总结。我国古代典籍和医学文献中,有关粥食之用的记载很多,这里不妨略举一二:

《史记·扁鹊仓公列传》:"阳虚侯相赵章病",太仓公诊其脉曰"'法五日死'。后十日乃死。所以过期者,其人嗜粥,故中藏实,中藏实故过期,师言曰'安谷者过期,不安谷者不及期。'"据此例知,食粥于人体内脏大有裨益。

《史记·扁鹊仓公列传》记仓公另一医案:"齐王故为阳虚侯时,病甚,众医皆以为蹶。臣意诊脉,以为痹,根在右肋下,大如覆杯,令人喘,逆气不能食。臣意即以火齐粥且饮。六日气下,即令更服丸药,出入六日,病已。"可见粥不仅用于摄生自养,且能治病,西汉时已作为临床手段。按:火齐粥,即以不文不猛之火烹煮的粥。

《素问·玉机真藏论》:"粥浆入胃,泄注止,则虚者活。"

《伤寒论》:"……服已须臾,啜热稀粥一升余,以助药力。"

《金匮要略》:"……取微汗,汗不出,食顷,啜热粥发之。"

《普济方》:"米虽一物,造粥多般,色味罕新,服之不厌。……治粥为身命之源，饮膳可代药之半。"

止泄、发汗，助药力……看来粥在古代临床上的应用相当广泛，这几乎有点像现代医疗中常用的葡萄糖盐水。

唐代以后，由于医学家普遍重视粥的食养食治作用，一些配以药物的药粥逐渐大行其道。所谓药粥，是在粳米或粟米中加进某些中草药一同煮制的粥食，如唐代名医孙思邈所著《千金方》《千金翼方》两书收载的"谷皮糠粥""羊骨粥""防风粥"等就属这一类。从现存的一些古代药粥方来看，其中不少品种跟一般家常粥食并无区别，无非是掺了蔬菜（或野菜）、豆类、干果等物。按本草之说，许多蔬菜瓜果乃或某些肉类都可入药，在老百姓看来是食物，医家眼里却是药物。所以，像"绿豆粥""菠菜粥""红薯粥"之类，是医家所谓药粥，也是民间家常粥食。药粥方见载于医学文献，大约自唐代开始，如孟诜的《食疗本草》（敦煌残卷）、昝殷的《食医心鉴》等，都收录了当时流行的药粥方。以后宋元明清各代，一些重要的医书药典对民间粥方不断进行广收博采，推陈出新而每每有所创意。如宋代官方组织编纂的《太平圣惠方》和《圣济总录》二书，均收载粥方上百条；而明代朱橚的《普济方》，李时珍的《本草纲目》，既大量载录粥方，又专门敷文阐述药粥治病养生之妙义，给后人留一份宝贵遗产。

不过，药粥所用之药，相当一些并非通常可食之物。如《太平圣惠方》所载"龙骨粥"一方，有安神、收敛之效，此粥须以龙骨煮制。所谓龙骨，即古代剑齿象、三趾马、犀牛等哺乳类动物的骨骼化石。这听上去绝对不会是"味道好极了"。另如"苦楝根粥""车前叶粥""牛蒡子粥"之类，想来也跟家常粥食大相异趣。所以，药粥虽有妙用，一些难以适口的还是不大容易推广。

饮粥有摄生自养之功，不仅为古代医家所知，许多文人也颇识此意。北宋诗人张耒（文潜）曾作《粥记》一文，劝人食粥自养，其云："张安道每晨起，食粥一大碗。空腹胃虚，谷气便作，所补不细。又极柔腻，与脏腑相得，最为饮食之良。妙齐和尚说，山中僧每将旦一粥，甚系利害，如或不食，则终日觉脏腑燥渴。盖能畅胃气，生津液也。"张耒出苏轼门墙，而苏轼本人亦深谙食粥之道。宋人费衮《梁溪漫志·卷九》引苏轼一帖云："夜坐饥甚，吴子野劝食白粥，云能推陈致新，利膈养胃。僧家五更食粥，良有以也。粥既快美，粥后一觉，尤不可说，尤不可说！"

今观宋人笔墨，见记粥食一事颇多，揣想当时文人喝粥大约也是一种时尚，亦属风雅之措。如南宋诗人陆游赋诗道："世人个个学长年，不悟长年在目前。我得宛丘平易法，只将食粥致神仙。"诗中所称"宛丘平易法"，即张耒《粥记》中倡言的食粥摄养之法。陆游活了八十五岁，在当时的保健条件下，不枉为一世"神仙"矣。

以食粥为养生要义，其中恐怕不止是养生之意。从儒家士子的行为上看，养生庶几等于养性，或者说这是相为表里的两件事。食粥，因其俭朴、平易，很容易让人联想到颜回的"箪食瓢饮"之乐。对比之下，这跟道家炼丹采药以求长生的做派截然相反。以平易致久远，这里边多少寄寓着某种人格、品藻。君子行谊，常在衣食居行之间，所以，古时文人很少在文章里炫示吃鱼吃肉，却爱说粥食之类。而且说到此事，笔端每见情趣。如郑板桥尺牍《范县署中寄舍弟墨第四书》叙说晨起食粥之态："暇日咽碎米饼，煮糊涂粥，双手捧碗，缩颈而啜之。霜晨雪早，得此周身俱暖。"读来真觉憨朴自在，宛如目前。换作如今早餐喝牛奶咖啡吃面包三明治，恐怕谁也写不出这等好文字。

闻粥事生訾，忽有感而论之。

1991年2月29日杭州翠苑

（录自《寻找手稿》，辽宁教育出版社，1996年版）

食物与蛋白酶

阿 城

我们都有一个胃，即使不幸成为植物人，也还是有一个胃，否则连植物人也做不成。

玩笑说，中国文化只剩下了个"吃"。如果以为这个"吃"是为了中国人的胃，就错了。这个"吃"，是为了中国人的眼睛、鼻子和嘴巴的，所谓"色、香、味"。

嘴巴这一项里，除了"味觉"，也就是"甜、咸、酸、辣、辛、苦、膻、腥、麻、鲜"，还有一个很重要的"口感"，所谓"滑、脆、黏、软、嫩、凉、烫"。

我当然没有忘掉"臭"，臭豆腐，臭咸鱼，臭冬瓜，臭蚕豆，之所以没有写到"臭"，是我们并非为了逐其"臭"，而是为了品其"鲜"。

说到"鲜"，食遍全世界，我觉得最鲜的还是中国云南的鸡枞菌。用这种菌做汤，其实极危险，因为你会贪鲜，喝到胀死。

我怀疑这种菌里含有什么物质，能完全麻痹我们脑里面下视丘中的拒食中枢，所以才会喝到胀死还想喝。

河豚也很鲜美，可是有毒，能置人死命。若到日本，不妨找间餐馆（坐下之前切记估计好付款能力），里面治河豚的厨师一定要是有执照的。我建议你第一次点的时候，点带微毒的，吃的时候极鲜，吃后身体的感觉有些麻麻的。我再建议你此时赶快作诗，可能此前你没有作过诗，而且很多著名诗人都还健在，但是，你现在可以作诗了。

中国的"鲜"字，是"鱼"和"羊"，一种是腥，一种是膻。我猜"鲜"的意义是渔猎时期记下来的，之后的农业文明，再找到怎样鲜的食物，例如鸡枞菌，都晚了，都不够"鲜"了，位置已经被鱼和羊占住了。

鱼中最鲜的，我个人觉得是广东人说的"龙利"。清蒸，蒸好后加一点葱丝姜丝，葱姜丝最好顺丝切，否则料味微重，淋清酱油少许，料理好即食，入口即化，滑、嫩、烫，耳根会嗡的一声，薄泪泅濡，不要即刻用眼睛觅知音，那样容易被人误会为含情脉脉，低头心里感激就是了。

羊肉为畜肉中最鲜。猪肉浊腻，即使白切肉；牛肉粗重，即使是轻微生烤的牛排。羊肉乃肉中之健朗君子，吐雅言，脏话里带不上羊，可是我们动不动就说蠢猪笨牛；好襟怀，少许盐煮也好，红烧也好，煎、炒、爆、炖、涮，都能淋漓尽致。我最喜欢爆和涮，尤其是涮。

涮时选北京人称的"后脑",也就是羊脖子上的肉,肥瘦相间,好像有沁色的羊脂玉,用筷子夹入微滚的水中(开水会致肉滞),一顿,再一涮,挂血丝,夹出蘸料,入口即化,嚼是为了肉和料混合,其实不嚼也是可以的。料要芝麻酱(花生酱次之),豆腐乳(红乳烈,白乳温),虾酱(当年产),韭菜花酱(发酵至土绿),辣椒油(滚油略放浇干辣椒,辣椒入滚油的制法只辣不香),花椒水,白醋(黑醋反而焦钝),葱末,芫荽段,以个人口味加减调和,有些人会佐食腌糖蒜。京剧名优马连良先生生前到馆子吃涮羊肉是自己带调料,是些什么?怎样一个调法?不知道,只知道他将羊肉真的只是在水里一涮就好了,省去了一"顿"的动作。

涮羊肉,一般锅底放一些干咸海虾米和干香菇,我觉得清水加姜片即可。料里如果放了咸虾酱,锅底不放干咸海虾米也是可以的,否则重复;香菇如果在炭火上炙一下再入汤料,可去土腥味儿;姜是松懈肌肉纤维的,可以使羊肉更嫩。

蒙古人有一种涮法是将羊肉在白醋里涮一下,"生涮"。我试过,羊肉过醋就白了,另有一种鲜。这种涮法大概是成吉思汗的骑兵征进时的快餐吧,如果是,可称"军涮"。

中国的饮食文化里,不仅有饱的经验,亦有饿的经验。

中国在饥馑上的经验很丰富,"馑"的意思是蔬菜歉收,"饥"另有性欲的含义,此处不提。浙江不可谓不富庶,可是浙江菜里多干咸或发霉的货色,比如萧山的萝卜干、螺丝菜,杭州、莫干山、天目山一带的咸笋干，义乌的大头菜，绍兴的霉干菜，上虞的霉千张。浙江明明靠海，但有名的不是鲜鱼，奇怪却是咸鱼，比如玉环的咸带鱼，宁波的咸蟹，咸鳗鲞、咸乌鱼蛋、龙头烤、咸黄泥螺。

宁波又有一种臭冬瓜，吃不惯的人是连闻都不能闻的，味若烂尸，可是爱吃的人觉得非常鲜，还有一种臭苋梗也是如此。绍兴则有臭豆。

鲁迅先生是浙江人，他怀疑浙江人祖上也许不知遭过多大的灾荒，才会传下这些干咸臭食品。我看不是由于饥馑，而是由于战乱迁徙，因为浙江并非闹灾的省份。中国历史上多战乱，乱则人民南逃，长途逃难则食品匮乏，只要能吃，臭了也得吃。要它不坏，最好的办法就是晾干腌制，随身也好携带。到了安居之地，则将一路吃惯了的干咸臭保留下来传下去，大概也有祖宗的警示，好像我们亲历过的"忆苦思甜"。广东的客家人也是历代的北方逃难者，他们的食品中也是有干咸臭的。

中国人在吃上，又可以挖空心思到残酷。

云南有一种"狗肠糯米"，先将狗饿上个两三天，然后给它生糯米吃，饿狗囫囵，估计糯米到了狗的"十二指肠"（狗的这一段是否有十二个手指并起来那么长，没有量过），将狗宰杀，只取这一段肠蒸来吃。说法是食物经过胃之后，小肠开始大量分泌蛋白酶来造成食物的分化，以利吸收，此时吃这一段，"补得很"。

还是云南，有一种"烤鹅掌"，将鹅吊起来，让鹅掌正好踩在一个平底锅上，之后在锅下生火。锅慢慢烫起来的时候，鹅则不停地轮流将两掌提起放下，直至烫锅将它的掌烤干，之后单取这鹅掌来吃。说法是动物会调动它自己最精华的东西到受侵害的部位，此时吃这一部位，"补得很"。

这样的吃法已经是兵法了。

相较中国人的吃，动物，再凶猛的动物，吃起来也是朴素的，表情平静。它们只是将猎物咬死，然后食其血或肉，然后，就拉倒了。它们不会煎炒烹炸熬煸炖涮，不会将鱼做成松鼠的样子，美其名曰"松鼠桂鱼"。你能想象狼或豹子挖空心思将人做成各种肴馔才吃吗？例如爆人腰花、炒人里脊、炖人手人腔骨、酱人肘子、卤人耳朵、涮人后脖子肉、腌腊人火腿，干货则有人鞭？

吃，对中国人来说，上升到了意识形态的地步。"吃哪儿补哪儿"，吃猪脑补人脑，这个补如果是补智慧，真是让人犹豫，吃猴脑则是医"羊痫疯"也就是"癫痫"，以前刑场边上总有人端着个碗，等着拿犯人死后的脑浆回去给病人吃，有时病人亲自到刑场上去吃。"吃鞭补肾"，如果公鹿的性激素真是由吃它的相应部位就可以变为中国男人的性激素，性这件事也真是太简单了。不过这是意识形态，是催眠，所谓"信"。海参、鱼翅、甲鱼，都是暗示可以补中国男女的性分泌物的食品，同时也就暗示性的能力的增强。我不吃这类东西，只吃木耳，植物胶质蛋白，而且木耳是润肺的，我抽烟，正好。

我在以前的《闲话闲说》里聊到过中国饮食文化的起因：

> 中国对吃的讲究，古代时是为祭祀，天和在天上的祖宗要闻到飘上来的味儿，才知道俗世搞了些什么名堂，是否有诚意，所以供品要做出香味，味要分得出级别与种类，所谓"味道"。远古的"燎祭"，其中就包括送味道上天。《诗经》《礼记》里这类郑重描写不在少数。
>
> 前些年大陆文化热时，用的一句"魂兮归来"，在屈原的《楚辞·招魂》里，是引出无数佳肴名称与做法的开场白，屈子历数人间烹调美味，诱亡魂归来，高雅得不得了的经典，放松来读，是食谱，是菜单。
>
> 咱们现在到无论多么现代化管理的餐厅，照例要送上菜单，这是古法，只不过我们这种"神"或"祖宗"要付钞票。
>
> 商王汤时候有个厨师伊尹，因为烹调技术高，汤就让他做了宰相，烹而优则仕。那时煮饭的锅，也就是鼎，是国家最高权力的象征，闽南话现在仍称锅为鼎。
>
> 极端的例子是烹调技术可以用于做人肉，《左传》《史记》都有记录，《礼记》则说孔子的学生子路"醢矣"，"醢"读如"海"，就是人肉酱。
>
> 转回来说这供馔最后要由人来吃，世俗之人嘴越吃越

刁，终于造就一门艺术。

现在呢，则不妨将《招魂》录出：

室家遂宗	食多方些
稻粢穱麦	挐黄粱些
大苦醎酸	辛甘行些
肥牛之腱	臑若芳些
和酸若苦	陈吴羹些
胹鳖炮羔	有柘浆些
鹄酸臇凫	煎鸿鸧些
露鸡臛蠵	厉而不爽些
粔籹蜜饵	有餦餭些
瑶浆蜜勺	实羽觞些
挫糟冻饮	酎清凉些
华酌既陈	有琼浆些
归来反故室	敬而无妨些

这样的食谱，字不必全认得全懂，但每行都有我们认得的粮食，家畜野味，酒饮，烹调方法。如此丰盛，魂兮胡不归！

这个食谱，涉及了《礼记·内则》将饮食分成的饭、膳、馐、饮四大部分。先秦将味原则为"春酸、夏苦、秋辛、冬咸"，这个食谱以"大苦"领首，说明是夏季，更何况后面还有冰镇的"冻饮"，也就是我们现在说的冷饮。

难怪古人要在青铜食器上铸饕餮纹。饕餮是警示不要贪食，其实正暗示了所盛之物实在太好吃了。

说了半天都是在说嘴，该说说胃了。

食物在嘴里的时候，真是百般滋味，千般享受，所以我们总是劝人"慢慢吃"，因为一咽，就什么味道也没存了，连辣椒也只"辣两头儿"。嘴和肛门之间，是由植物神经管理的，这当中只有凉和烫的感觉，所谓"热豆腐烧心"。

食物被咽下去后，经过食管，到了胃里。胃是个软磨，将嚼碎的食物再磨细，我们如果不是细嚼慢咽，胃的负担就大。

经过胃磨细的食物到了十二指肠，重要的时刻终于来临。我们千辛万苦得来的口中物，能不能化成我们自己，全看十二指肠分泌出什么样的蛋白酶来分解，分解了的，就吸收，分解不了吸收不了的，就"消化不良"。

消化不良，影响很大，诸如打嗝放屁还是小事，消化不良可以影响到精神不振，情绪恶劣，思路不畅，怨天尤人。自己烦倒还罢了，影响到别人，鸡犬不宁，妻离子散不敢说，起码朋友会疏远你一个时期，"少惹他，他最近有点儿精神病"。

小的时候，长辈总是告诫不要挑食，其中的道理会影响人一辈子。

人还未发育成熟的时候，蛋白酶的构成有很多可能性，随着进入小肠的食物的种类，蛋白酶的种类和结构开始逐渐形成以至固定。这也就是例如小时候没有喝过牛奶，大了以后凡喝牛奶就拉稀泻肚。我是从来都拿牛奶当泻药的。亚洲人，例如中国人、日本人、韩国人到了牛奶多的地方，例如美国，绝大多数都出现喝牛奶即泻肚的问题，这是因为亚洲人小时候牛奶喝得少或根本没有得喝，因此缺乏某种蛋内酶而造成的。

牛奶在美国简直就是凉水，便宜，新鲜，管够。望奶兴叹很久以后，我找到一个办法，将可口可乐掺入牛奶，喝了不泻。美国专门出一种供缺乏分解牛奶的蛋白酶的人喝的牛奶，其中掺了一种酶。这种牛奶不太好找，名称长得像药名，总是记不住，算了，还是喝自己调的牛奶吧。

不过，"起士"或译成"起司"的这种奶制品我倒可以吃。不少中国人不但不能吃，连闻都不能闻，食即呕吐，说它有一种腐败的恶臭。腐败，即是发酵，动物蛋白质和动物脂肪发酵，就是动物的尸体腐败发酵，臭起来真是昏天黑地，我居然甘之如饴，自己都感到不可思议。我是不吃臭豆腐的，一直没有过这一关。臭豆腐是植物蛋白和植物脂肪腐败发酵，比较动物蛋白和动物脂肪的腐败发酵，差了一个等级，我居然喜欢最臭的而不喜欢次臭的，是第二个自己的不可思议。

分析起来，我从小就不吃臭豆腐，所以小肠里没有能分解它的蛋白酶。我十几岁时去内蒙古插队，开始吃奶皮子，吃出味道来，所以成年以后吃发酵得更完全的起士，没有问题。

陕西凤翔人出门到外,带一种白土,俗称"观音土",水土不服的时候食之,就舒畅了。这白土是碱性的,可见凤翔人在本乡是胃酸过多的,饮本地的碱性水,正好中和。

所以长辈"不要挑食"的告诫会影响小孩子的将来,道理就在于你要尽可能早地、尽可能多地吃各种食物,使你的蛋白酶的形成尽可能的完整,于是你走遍天下都不怕,什么都吃得,什么都能消化,也就有了幸福人生的一半了。

于是所谓思乡,我观察了,基本是由于吃了异乡食物,不好消化,于是开始闹情绪。

我注意到一些会写东西的人到外洋走了一圈,回到中国之后发表一些文字,常常就提到饮食的不适应。有的说,西餐有什么好吃?真想喝碗粥,就咸菜啊。

这看起来真是朴素,真是本色,读者也很感动,其实呢?真是挑剔。

我就是这样一种挑剔的人。有一次我从亚利桑纳州开车回洛杉矶。我的旅行经验是,路上带一袋四川榨菜,不管吃过什么洋餐,嚼过一根榨菜,味道就回来了,你说我挑剔不挑剔?

话说我沿着十号州际高速公路往西开,早上三明治,中午麦当劳,天近傍晚,路边突然闪出一块广告牌,上写中文"金龙大酒家",我毫不犹豫就从下一个出口拐下高速公路。

我其实对世界各国的中国餐馆相当谨慎。威尼斯的一家温州人开的小馆,我进去要了个炒鸡蛋,手艺再不好,一个炒蛋总是坏不到哪里去吧？结果端上来的炒鸡蛋炒得比盐还咸。我到厨房间去请教，温州话我是不懂的，但掌勺儿表明"忘了放盐"我还是懂了。其实，是我忘了浙江人是不怕咸的，不过不怕到这个地步倒是头一次领教。

在巴黎则是要了个麻婆豆腐，可是什么婆豆腐都可以是，就不是麻婆豆腐。麻婆豆腐是家常菜呀！炝油，炸盐，煎少许猪肉末加冬菜，再煎一下郫县豆瓣，油红了之后，放豆腐下去，勾芡高汤，盖锅。待豆腐腾地涨起来，起锅，撒生花椒面、青蒜末、葱末、姜末，就上桌了，吃时拌一下，一头汗马上吃出来。

看来问题就出在家常菜上。家常菜原来最难。什么"龙凤呈祥"，什么"松鼠桂鱼"，场面菜不常吃，吃也是为吃个场面，吃个气氛，吃个客气，不好吃也不必说，难得吃嘛。家常菜天天吃，好像画牛，场面菜不常吃，类似画鬼，"画鬼容易画牛难"。

好，转回来说美国西部蛮荒之地的这个"金龙大酒家"。我推门进去，站柜的一个妇人迎上来，笑容标准，英语开口，"几位？"我觉得有点不对劲，因为从她肩上望过去，座上都是牛仔的后代们，我对他们毫无成见，只是，"您这里是中国餐馆吗？"

"当然，我们这里请的是真正的波兰师傅。"

到洛杉矶的一路上我都在骂自己的挑剔。波兰师傅怎么了？波兰师傅也是师傅。我又想起来贵州小镇上的小饭馆，进去，师傅迎出来，"你炒还是我炒？"中国人谁不会自己炒两个菜?"我炒。"

所有佐料都在灶台上,拣拣菜,抓抓码,叮当五四,两菜一汤,吃得头上冒汗。师傅蹲在门口抽烟,看街上女人走路,蒜瓣儿一样的屁股扭过来又扭过去。

所以思乡这个东西,就是思饮食,思饮食的过程,思饮食的气氛。为什么会思这些?因为蛋内酶在作怪。

老华侨叶落归根,直奔想了半辈子的餐馆、路边摊,张口要的吃食让亲戚不以为然。终于是做好了,端上来了,颤巍巍伸筷子夹了,入口,"味道不如当年的啦"。其实呢,是老了,味蕾退化了。

老了的标志,就是想吃小时候吃过的东西,因为蛋白酶退化到了最初的程度。另一个就是觉得味道不如从前了,因为味蕾也退化了。七十岁以上的老人对食品的评价,儿孙们不必当真,我老了的话,会三缄吾口,日日喝粥就咸菜,能不下厨就不下厨,因为儿孙们吃我炒的蛋,可能比盐还咸。

与我的蛋白酶相反,我因为十多岁就离开北京,去的又多是语言不通的地方,所以我在文化上没有太多的"蛋白酶"的问题。在内蒙古,在云南,没有人问过我"离开北京的根以后,你怎么办?你感觉如何?你会有什么新的计划?"现在倒是常常被问到"离开你的根以后,你怎么办?你感觉如何?你适应吗?"我的根?还不是这里扎一下,那里扎一下,早就是个老盲流了,或者用个更朴素的词,是个老"流氓"了。

你如果尽早地接触到不同的文化，你就不太会大惊小怪。不过我总觉得，文化可能也有它的"蛋白酶"，比如母语，制约着我这个老盲流。

1996年2月加州洛杉矶

（录自《常识与通识》，作家出版社，1999年版）

油

朱 伟

《黄帝内传》:"王母授帝以九华灯檠,注膏油于卮,以燃灯。"这是一种说法,油是西王母授给黄帝的。另一种说法见《渊鉴类函》:"黄帝得河图书,昼夜观之,乃令牧采木实制造为油,以绵为心,夜则燃之读书,油自此始。"按这种说法,是黄帝从河图书中得到的启示,采木实为油,显然已是榨油。而黄帝时还无书也无榨油技术,故此说不可信,乃后人伪托。为见《事物绀珠》,则为神农作油,按此说法,油则又始于炎帝。

其实,初有文字时,并无"油"字,早时称油为"膏"或"脂"。按《释名》曰:"戴角曰脂,无角曰膏。"早时的油都是从动物身上提取出来。最早的称谓,有角者提炼出来称脂,无角者提炼出来称膏。《大戴礼记·易本命》曰:"戴角者无上齿,谓牛无上齿,触而不噬也。无角者膏而无前齿,谓豕属也。无前齿者,齿盛于后,不用前。有羽者脂而无后齿,羽当为角,谓羊属也，齿盛于前不任后。"《考工记》郑注："脂者，牛羊属；膏者，豕属。"古人之称谓，分别得非常清楚。同是荤油，牛油羊油必称脂，猪油必称膏；同是脂，在脊又曰"肪"，在骨又曰"䏰"。而兽脂聚，又曰"䐜"。

《周礼·天官·庖人》："凡用禽献，春行羔豚，膳膏香；夏行腒鱐，膳膏臊；秋行犊麛，膳膏腥；冬行鱻羽，膳膏膻。"庖人是掌天子膳馐时供应肉食的官。禽献，禽在这里指鸟兽的总名，也就是献给天子煎和的四时鸟兽。古人杀牲谓之用，煎和谓之膳，所以这里指的是熟食。羔、豚：小猪小羊。腒鱐：腒，干雉；鱐，干鱼。犊麛：犊，牛犊；麛，麋鹿。鱻：鱼、鳖蟹之属。羽：雁、鹅。煎和这些东西所用膏油，一物配一物，也是有规定的。按东汉郑众注，"膏香，牛脂也，膏臊，豕膏也。"按东汉杜子春注，则"膏臊，犬膏。膏腥，豕膏也。……膏膻，羊脂也"。

《礼记·内则》记，当时烹饪，"脂用葱，膏用韭"。陈澔注："肥凝者为脂，释者为膏。"脂指凝固的油，膏指融化的油。

早时烹饪都用这种提取的荤油。提取方法，按《齐民要术》的记载，乃"猪肪煼取脂"。煼也就是炒。把动物的油脂剥下来切成块炒，炼出膏再凝而为脂。

早在周代，脂膏的使用，一种是放入膏油煮肉，一种是用膏油涂抹以后将食物放在火上烤，还有一种就是直接用膏油炸食品。《续晋阳秋》记："桓灵宝好蓄法书名画。客至，曾出而观。

223

客食寒具，油污其画，后遂不设寒具。"当时的寒具，就是用膏油炸的面食。

使用相当长时间的动物油后，因为榨油技术的诞生，才始有素油。素油的提炼，大约始于汉。刘熙《释名》有"柰油，捣柰实和以涂缯上，燥而发之形似油也。杏油亦如之"。柰是果木，也就是林檎的一种，也称"花红"和"沙果"。缯是当时丝织物的总称，古谓之"帛"，汉谓之"缯"。将沙果和杏捣烂搅和后涂在丝织物上，待干后好像是油一样，其实并非真正的油。按《天中记》中说法，早时的素油是从"乌臼"中提炼出来的："荆州有树，名乌臼，其实如胡麻子，捣其汁，可为脂，其味亦如猪脂。""乌臼"，实际为"乌桕"，落叶乔木，有种子，外面包白色蜡质。种壳和仁确实都可榨油，但榨出的油现在都只能作工业原料。

《三国志·魏志》："孙权至合肥新城，满宠驰往，赴募壮士数十人，折松为炬，灌以麻油，从上风放火烧贼攻具。"这里以芝麻油作为照明燃料。晋人张华《博物志·卷四·物理》中，已记："煎麻油，水气尽无烟，不复沸则还冷。可内手搅之。得水则焰起飞散，卒不灭。"可见，芝麻油是最早的素用食油。张华的《博物志》上已记有用麻油制豆豉法："外国有豆豉法：以苦酒浸豆，暴令极燥，以麻油蒸讫，复暴三过乃止。"

按《汉书》所说，芝麻乃张骞从西域带回的种子，所以芝麻初名"胡麻"。《梦溪笔谈》："汉史张骞始自大宛得油麻种来，故名'胡麻'。"大宛是古西域国名，今独联体中亚费尔干纳盆地。汉时，芝麻已有大量生产，榨油技术如何发明，早期如何操作，却并无文字记载。《齐民要求》记有"白胡麻""八稜胡麻"两种品种，注明"白者油多"。陶弘景《本草》："生榨者良，若蒸炒者，止可供食及燃灯耳。"但都无具体说明，芝麻油在唐宋成为极普遍的烹饪用素油。唐孟诜《食疗本草》："白麻油，常食所用也。"《梦溪笔记》："如今之北方人喜用麻油煎物，不问何物，皆用油煎。庆历中，群学士会于玉堂，使人置得生蛤蜊一篑，令饔人烹之，久且不至。客讶之，使人检视。则曰，煎之已焦黑，而尚未烂。坐客莫不大笑。"

宋庄季裕《鸡肋编》中有一节专记油，详述宋代各种植物油的提取，认为诸油之中，"胡麻为上"。庄季裕记，当时河东食大麻油，陕西食杏仁、红蓝花子、蔓菁子油，山东食苍耳子油。另外还有旁昆子油（疑乃蓖麻油）、乌桕子油。婺州、频州沿海食鱼油。"宣和中，京西大歉人相食"，又"炼脑为油，以食贩于四方莫能辨也。"

至明代，植物提取的素油品种日益增多。《天工开物》记："凡油供馔食用者，胡麻、莱服子（莱服即萝卜）、黄豆、菘菜子为上；苏麻、芸台子次之；茶子次之，苋菜子次之；大麻仁为下。"《天工开物》记当时榨油，"北京有磨法，朝鲜有舂法，以治胡麻，其余则皆从榨也。"其记榨各种菜籽油的方法是："取诸麻菜子入釜，文火慢炒，透出香气，然后碾碎受蒸。凡炒诸麻菜子宜铸平底锅，深止六寸者，投子仁于内，翻拌最勤。若釜底太深，翻拌疏慢，则火候交伤，灭丧油质。炒锅亦斜安灶上，与蒸锅大异。凡碾埋槽土内，其上以木竿衔铁陀，两人对举而推之。资本广者，则砌石为牛碾，一牛之力可敌十人。亦有不受碾而受磨者，则棉子之类是也。既碾而筛，择粗者再碾，细者则入釜甑受蒸。蒸气腾足取出，以稻秸与麦秸包裹如饼形，其饼外圈箍或用铁打成或破篾绞刺而成，与榨中则寸相稳合。凡油原因气取，有生于无出甑之时，包裹急缓则水火郁蒸之气游走，为此损油。能者疾倾疾裹而疾箍之，得油之多。""包内油出滓存名曰'枯饼'，凡胡麻、莱菔、芸台诸饼皆重新碾碎，筛去秸芒，再蒸再裹而再榨之，初次得油二分二次得油一分。若柏桐诸物则一榨已尽流出，不必再也。若水煮法，则并用两釜，将蓖麻、苏麻子碾碎入一釜中，注水滚煎，其上浮沫即油，以勺掠取倾于干釜内，其下慢火熬干水气，油即成矣。然得油之数毕竟减杀。北磨麻油法，以粗麻布袋揿绞。"《天工开物》说，用榨油法，胡麻每石得油四十斤，莱服子每石得油二十七斤，芸台子每石得三十斤，苿莱、苋菜子每石得三十斤，茶子得一十五斤，黄豆得九斤。但《天工开物》却没提到花生油。花生油是诞生得最晚的植物油。

清檀萃《滇海虞衡志》才始记花生油："落花生为南果中第一，以其资于民用者最广。宋元间，与棉花、蕃瓜、红薯之类，粤估从海上诸国得其种归种之。呼棉花曰'吉贝'，呼红薯曰

'地瓜'，落花生曰'地豆'……落花生以榨油为上。故自闽及粤，无不食落花生油。"檀萃所记之时乃清乾隆年间。但作于清嘉庆十八年的《调疾饮食辨·油》篇中，却只记植物油四种：脂麻油（芝麻油）、豆油、芸台油（菜子油）、吉贝油（棉花子油），并无花生油。李调元《粤东笔记·油》篇记，"榄仁（橄榄）油、菜油、吉贝仁油、火麻子油皆可食。然率以茶子油白者为美，曰'白茶油'。黑色炒焦以为小磨香油名曰'秧油'"，也没提花生油。

《调鼎集》亦有《油论》："菜油取其浓，麻油取其香，做菜须兼用之。麻油坛埋地窖数日，拔去油气始可用。又，麻油熬尽水气，即无烟，还冷可用。又，小磨将芝麻炒焦磨，油故香，大车麻油则不及也。豆油、菜油入水煮过，名曰'熟油'，以之做菜，不损脾胃，能埋地窖过更妙。"

还是没提花生油。

（录自《考吃》，中国书店，1997年版）

莼鲈盐豉的诱惑
——文人与吃

赵 珩

常常有人出题,让我写一点关于中国文人与吃的文字,我想这个题目着实难写。首先是中国文人的概念本身就很难界定,文人或文化人历来不是一种职业,也不是一种文化程度和出身的划分,又有着入仕与不仕、富贵与贫贱、得意与失意的不同境遇。尤其是隋以后的一千多年以来,科举为读书人提供了平等竞争、晋身仕途的机会,文人这一社会群体就变得更为复杂和多样了。其次是口腹之欲人皆有之,文人也是人,焉能例外。我一向认为,文人的口腹之欲没有什么特别的,几乎与普通人别无二致,荤素浓淡,各有所钟,咸酸甜辣,各有所适,至于那些做了大官,掌了大权,穷奢极欲,暴殄天物的恶吃,是历来为人所不齿的。

饮食之道,说来也极为简单,正如《礼记》"人饥而食,渴而饮"那样直白。但是如何食，如何饮，往往又反映了不同的思想和情操。

"君子远庖厨"和"食不厌精，脍不厌细"，历来有着很多不同的解释，甚至成为批判的对象。在三十年前的荒诞年代，曾说"君子远庖厨"是看不起炊事工作，"食不厌精，脍不厌细"是追求糜烂的资产阶级生活方式，现在看来很可笑，可那确是事实。也有人说，"君子远庖厨"是说君子不要沉湎于对饮食的欲望和追求。其实，"君子远庖厨"的意思是说君子最好不要看到肢解牲畜那血淋淋的景象，也就是类似"见其生不忍见其死，闻其声不忍食其肉"的一种回避，大抵不视则不思，不思也就食之安心了。"食不厌精，脍不厌细"应该是指对饮食的恭敬，对生活的认真，对完美的追求，与修身、齐家、治国、平天下也并不冲突。

说到文人与吃，我们不妨这样认为，文人以食为地，以文为天，饮食同文化融洽，天地相合，才呈现出一个丰富多彩的世界，于是才有了中国优秀传统文化的昨天、今天和明天。

中国的文人对饮食是认真的，远的不说，北宋的苏东坡和南宋的陆游就是两位大美食家，苏东坡自称老饕，有《老饕赋》《菜羹赋》这样的名篇，且能身体力行，躬身厨下，于是后来民间就杜撰出什么"东坡肉"之类的菜肴。陆游更是一位精通烹饪的诗人，在他的诗词中，咏叹美味佳肴的就有上百首之多。无论身在吴下还是蜀中，他都能发现许多美食，不但能在厨下操作，就是采买，也要亲自选购，"东门买彘骨，醯酱点橙薤；蒸鸡最知名，美不数鱼鳖"。又如"霜余蔬甲淡中甜，春近灵苗嫩不莶；采掇归来便堪煮，半铢盐酪不须添"。"彘骨"就是猪排骨，从陆游这两首诗中，我们没有看到什么山珍海味，不过是排骨、鸡和春秋两季的时蔬而已，正说明了和普通人一样，文人也过着平常与恬淡的生活，却无不渗透着对生活的挚爱。

清代的大文人朱彝尊和袁枚也都不愧为美食家，之所以称之为美食家，并非仅指他们好吃、懂吃，做到这两点并不难，大抵多数人都能达到。朱、袁两位难得的是在多种著述之外，还为我们留下了《食宪鸿秘》与《随园食单》两部书，其中不但记载了许多令人垂涎的菜肴，还有相当大的篇幅记录了菜肴的技法、佐料的应用和饮食的规制。清代戏剧家李渔也是一位美食家，他最偏爱笋，认为是菜中第一品，主张"从来至美之物，皆利于孤行"，若伴以他物，则食笋的真趣皆无。《聊斋志异》的作者蒲松龄是山东人，一生最爱的是"凉拌绿豆芽"和"五香豆腐干"，曾撰有《煎饼赋》和《饮食章》，他最钟情的也不过是最普通的食品。

清代也有许多文人兼官僚的家中能创造出脍炙人口的特色菜，像山东巡抚丁宝桢家的"宫保鸡丁"，扬州、惠州知府伊秉绶家的"伊府面"，清末潘炳年家的"潘鱼"，吴闺生家的"吴鱼片"，乃至后来谭宗浚、谭篆青父子创出的"谭家菜"，等等，我想大抵是他们的家厨所制，与其本人不见得有十分密切的关系。

文人对于饮食除了烹饪技法、食材搭配、佐料应用、滋味浓淡的要求之外，可能还有一种意境上的追求，比如节令物候，饮馔环境以及文化氛围等。春夏秋冬、风霜雪雨都成为与饮食交融的条件，春季赏花，夏日听雨，重阳登高，隆冬踏雪，佐以当令的饮宴雅集，又会是一种别样情趣的氤氲，这种别样的情趣会长久地浸润在记忆里，弥漫在饮食中，于是才使饮食熏染了浓浓的文化色彩，产生一种挥之不去的眷恋。白居易曾企盼着"绿蚁新醅酒，红泥小火炉；晚来天欲雪，能饮一杯无"那样一种意境的享受；当代作家柯灵也在写到家乡老酒时有过"在黄昏后漫步到酒楼中去，喝半小樽甜甜的善酿，彼此海阔天空地谈着不经世故的闲话，带了薄醉，踏着悄无人声的一街凉月归去"的渲染。尽管相隔千年，世殊事异，但那种缱绻之情，却有着异曲同工之妙。

记得读过钱玄同先生一些关于什刹海的文字，所写好像是1919年前后什刹海北岸的会贤堂，乘着雨后的阴凉，听着蛙鸣蝉唱，剥着湖中的莲藕，悠然地俯视那一堤垂柳、一畦塘荷，是何等闲适。我想那大约是在会贤堂午餐后的小憩。深秋时分的赏菊食蟹，是文人雅集最好的时令，有菊、有蟹、有酒、有诗，又是何等的惬意。寒冬腊尽围炉炙肉、踏雪寻梅则又是一种气氛，凡是读过《红楼梦》的人，都会对这两次饮宴有着极为深刻的印象，曹雪芹能如此生动地描绘其场景，自然来源于他自己的生活经历，应该说曹雪芹也是位美食家，否则，《红楼梦》中俯拾即是的饮食场面不会如此之贴切和生动。

文人对饮食的钟爱丝毫不因其文学观点和立场而异。正如林语堂所说"吃什么与不吃什么，这完全取决于人们的偏见"。鲁迅对某些事务的认识是有些褊狭的，例如对中医和京剧的态度，但他在饮食方面却还是能较为宽泛地接受。在他的日记中，仅记在北京就餐的餐馆就达六十五家之多，其中还包括了好几家西餐厅和日本料理店。大概鲁迅是不吃羊肉的，我在六十五家餐馆中居然没有发现一家清真馆子。周作人也有许多关于饮食的文字，近年由钟叔河先生辑成《知堂谈吃》。周作人虽与鲁迅在文学观点和生活经历上有所不同，但对待中医、京剧的态度乃至口味方面却极其相似，如出一辙，而对待绍兴特色的饮撰，有比鲁迅更难以割舍的眷爱。至于梁实秋就不同了，《雅舍谈吃》所涉及的饮食范围很宽泛，直到晚年，他还怀念着北京的豆汁儿和小吃，我想这些东西周氏昆仲大抵是不会欣赏的。

文人与吃的神秘色彩则是炒作者赋予的，尤其是餐饮商家，似乎一经文人点评题咏立刻身价倍增。于右任先生是陕西三原人，幼时口味总会有些黄土高坡的味道，倒是后来走遍大江南北，才能不拘一格。于右任先生豪爽热情，从不拒人千里之外，所以不少商家求其题字，从西安的"陈记黄桂稠酒"题到苏州木渎的"石家饭店"，直至台湾的许多餐馆，都有他老人家客居时所留下的墨宝。张大千先生也算一位美食家,家厨都是经过他的提调和排练,才能技艺精致,创出如"大千鱼""大千鸡"这样的美味。我曾去过他在台北至善路的"摩耶精舍",园中有一烤肉亭,亭中有一很大的烤肉炙子,一侧的架子上还有许多盛佐料的坛坛罐罐,上面贴着红纸条,写着佐料名称。台北人口稠密,寸土寸金,比不了他在巴西的"八德园",可以任意呼朋唤友来个 barbecue,于是只能在园中置茅草小亭炙肉,以避免烟熏火燎的烦恼。张大千客居台湾期间也不时外出饮宴,据说在台北凡是他去过的饭店生意就会特别好,我想这大概就是名人效应吧。

文人美食家除了是常人之外,更重要的首先是"馋人",之后才能对饮食有深刻的理解、精辟的品评。汪曾祺先生是位多才多艺的文化人,对饮食有着很高的欣赏品位,其哲嗣汪朗也很会吃。我与他们父子两人在一起吃过多次饭,饭桌上也听到过汪曾祺先生对吃的见解,其实都是非常平实的道理。汪氏父子都写过关于饮食的书,讲的都不是什么山珍海味,但确是知味之笔,十分精到。

王世襄先生是位能够操刀下厨的学者,关于他的烹调手艺,许多文章总爱提到他的"海米烧大葱",以讹传讹,其实真正吃过的并无几人,我因此事问过敦煌兄(王世襄先生的哲嗣),他哈哈大笑,说那是他家老爷子一时没辙了,现抓弄做的急就章,被外界炒得沸沸扬扬,成了他的拿手菜。先生晚年早已不再下厨，一应饮食都是敦煌说了算，做什么吃什么，我常在饭馆中碰到敦煌，用饭盒盛了几样菜买回去吃，我想他一定是不会很满意，只能将就了。每逢旧历年，总做几样家中小菜送过去，恐怕也不见得合他的胃口。

朱家溍先生和我谈吃最多，常常回忆旧时北京的西餐。有几家西餐馆我是没有赶上的。我印象最深的是他说当时西餐馆中做的一种"鸡盒子"，这种东西我也听父亲多次提到，面盒是黄油起酥的，上面有个酥皮的盖儿，里面装上奶油鸡肉的芯儿，后来我也曾在一家餐馆吃过，做得并不好。朱家溍先生还向我讲起一件趣事，他在辅仁上学时与几个同学去吃西餐，饭后才发现大家都没有带钱，只好将随身的照相机押在柜上，回去取钱后再赎回来。当然，那时的朱先生还没有跨入"文人"的行列。

启功先生也不愧为"馋人"，记得七十年代末，刚刚恢复了稿酬制度，彼时先生尚居住在小乘巷，每当中华书局几位同仁有拿了稿费的，必然大家小聚一次。我尚记得那时他们去得最多的馆子是交道口的"康乐"、东四十条口的"森隆"，稍后崇文门的马克西姆开业，启先生也用稿费请大家吃了一顿。那个时代还不像今天，北京城的餐馆能选择的也不过几十家而已。

上海很有一批好吃的文化人，他们经常举行小型的聚餐会，大家趁机见个面，聊聊天，当然满足口腹之欲也是必不可少的。如黄裳、周劭、杜宣、唐振常、邓云乡、何满子诸位都是其中成员。上海是有这方面传统的，自二三十年代以来，海上文人就多以聚餐形式约会，这也是一种类似雅集的活动。上海的饮食环境胜于北京，物种、食材也颇为新鲜和多样，不少久居上海的异乡人也被同化，我很熟悉的邓云乡先生、陈从周先生、金云臻先生都是早已上海化的异乡人。他们也都讲究饮食，家中的菜肴十分出色。我至今记得在陈从周先生家吃过的常州饼和邓云乡先生家的栗子鸡，那味道实在是令人难忘。

文人中也不尽是好吃的，不少人对饮食一道并无苛求，也不是那么讲究。张中行先生是河北人，偶在他的《禅外说禅》等书中提到的饮食多为北方特色。他曾到天津一位老友家中做客，吃到一些红烧肉、辣子鸡、香菇油菜之类的菜，以为十分鲜丽清雅，比北京馆子里做的好多了。1999年5月，我因开会住在西山大觉寺的玉兰院，恰逢季羡林先生住在四宜堂，早晨起来我陪老先生遛弯儿聊天，他见到我第一句话就说："这里的扬州点心很好吃。"其实，我对大觉寺茶苑中的厨艺水平十分了解，虽然那几日茶苑为他特意做了几样点心，但其手艺也实在不敢恭维。聊天中老先生与我谈起他的饮食观，他说一生之中什么都吃，没有什么特殊的偏爱，用他的话说是"食无禁忌"，也不用那么听医生和营养学家的话。

居家过日子，平时吃的东西终究差不多，尤其是些家常饮食，最能撩起人的食欲。我记得最清楚的是有一年冬天，天气特别冷，我到灯市口丰富胡同老舍故居去看望胡絜青先生（那时还没有成为纪念馆），聊了不久，即到吃饭时间，舒立为她端来一大碗热气腾腾的拨鱼儿,她慢慢挪到自己面前对我说:"我偏您啦!"(北京话的意思是说我吃了,不让您了)然后独自吃起来。那碗拨鱼儿透着葱花儿包锅和洒上香油的香味儿,真是很诱人,我突然产生了一种前所未有的食欲,嘴上却只好说"别客气,您慢慢吃",可实在是想来一碗,只是不好意思罢了。

文人与吃的关系或许可以这样理解:文人因美食而陶醉,而美食又在文人的笔下变得浪漫。中国人与法国人在很多方面都有相通之处,左拉和莫泊桑的作品中都有不少关于美食的描述,生动得让人垂涎。法兰西国家电视二台有个专题栏目叫作"美食与艺术",它的专栏作家和编导就是颇具盛名的兰风(Lafon)。2004年,我曾接受过兰风的采访,谈的内容就是美食的文化与艺术,所不同的是,在法国只有艺术家这样一个群体,却没有"文人"这样一种概念。

"千里莼羹,末下盐豉",是陆机对王武子夸赞东吴饮食的典故,虽然对"千里"还是"干里","末下"还是"未下"历来有着不同的看法,但莼羹之美,盐豉之需确为大家所公认,也许远没有描绘的那么美好,只是因为有了情趣的投入,才使许多普通的饮食和菜肴诗化为美味的艺术和永不消逝的梦。

(录自《旧时风物》,广西师范大学出版社,2009年版)

猪的肥肉

钟叔河

肥肉好像只属于猪。人们也吃肥牛、肥羊、肥鸡，吃时却不见有猪这样厚这样油的肥肉。这种肥肉如今已很少人吃，但在"三年自然灾害"时却是求之不得的美食。那时的我已成右派，父亲则仍为"民主人士"，每月还能凭券去某处食堂买一份"特供菜"。我去买时，总想多要肥肉，越肥越好。

有回风闻特供"扎肉"，此本长沙名菜，系将"肥搭精"的大块肋条肉连皮带骨用蓆草扎紧，酱煮极烂而成。这次因为肋条肉不够，部分以净肥肉代之。老先生们择肥而噬心情迫切，来者极多，都按规定先坐好位子，连食堂旁边放旧桌椅的杂屋也坐满了。黄兴的儿子黄一欧时已七十多岁，进了杂屋却没争得座位，只好将就坐在屋角的酱菜坛子上。谁知坛子的口并未盖妥，及至扎肉到手，黄老先生起身，叨陪末座的我才发现，他的旧西装裤屁股上已被酱汁浸湿，颜色变得跟真正的酱煮扎肉差不多了。

幸运得很，我买得的竟是一块净肥肉。肥肉不易着色，煮成了半透明的浅黄，很像烟熏腊肉的厚肥膘，更是诱人，加上油香扑鼻，害得我直吞口水。一路小跑着回家，老母已将"计划饭"蒸好，熟肉本无须再下锅，匆匆分切成片，每月一次的家庭会餐立即开始。母亲细声细气讲了几句："真没见过这样的扎肉，无皮无骨，也不见一点精的。"父亲却满心欢喜："肥搭精哪有这样香，精肉还会嵌牙齿哩，没有骨头更好，可食部分不是还多些吗？"

这真是我印象最深的一块肥肉啊。

提供此种肥肉的猪，古时叫豕。马牛羊鸡犬豕，是为"六畜"，均系野生驯化而成。马牛羊鸡犬还多少保存了一些野性，只有豕到屋顶下成了"家"，变得不像山林中的野猪了。宋人笔记《癸辛杂识》说野猪"最犷悍难猎，其牙尤坚利如戟，虽虎豹不及"；日本人用汉文写的《和汉三才图会》，也说它"被伤时则大忿怒，与人决胜负，故譬之强勇士"。前几天长沙本地的报纸上，还登载过猎人被野猪咬成重伤的新闻。我不曾遇见过活野猪，但吃过它的肉，都是结实的精肉，一点也不肥。如今猪皮下这一寸多两寸厚的肥膘，完全是猪投降人后被豢养的结果。

古农书《齐民要术》总结农家养猪的经验是："圈不厌小，处不厌秽。"这两句话下原来都有注释，译成白话便是：猪圈越小，猪活动少，便越容易肥；猪圈越泥泞污秽，猪日夜滚在污泥中，便越容易平安过夏。后来《兽经》介绍有人养大豕，亦云："豕也，非大圂不居，非人便不珍。"意思是得将猪养在厕中，让它吃它最爱吃的人粪。周作人在《养猪》一文中，讲他1934年11月初和俞平伯同游定县，大便时听到"坑里不时有哼哼之声，原来是猪在那里"；还讲到孙伏园（时在定县平民教育会工作）请客，席上有一碗猪肚，同席的孙家小孩忽然说道，"我们是在吃马桶"，弄得"主客憬然不能下箸"。可见从古至今，猪的食性一直如此，难怪世界上很多人不吃猪肉。回想起当年自己买得"特供"肥肉时那副馋而又傻的宝相，真是既可笑，又可怜。

人利用野猪贪吃和"恋凶"的弱点，将其改造成家猪；猪也自愿接受了改造，于是"坚利如戟"的牙渐渐退缩，一身肥膘渐渐长成，终于成为食用油脂的供给者。其肉作为肴馔原料的地位却一直不高，元代宫廷食谱《饮膳正要》将其列为第十八，排在牛、羊、马、驼、驴、犬各种肉之后，说它"主闭血脉，弱筋骨，虚胞人（使人发胖，妨碍运动），不可久食"。

但是，对腹中饥饿或油水不足的人来说，肥猪肉仍然是富有吸引力的。苏东坡诗云：

黄州好猪肉，价贱如粪土。
富者不肯吃，贫者不解煮。

慢着火,少着水,火候足时他自美。

每日起来打一碗,饱得自家君莫管。

似乎可以作我这则小文的佐证。猪肉"富者不肯吃",只求"饱得自家"的苏东坡却是要吃的,不仅要吃,还肯用心考究煮的方法,"慢着火,少着水"六字,至今仍是烹制东坡肉的不二法门。因而又想,那回"特供"的如果不是扎肉而是东坡肉,少了几根蒲草,还能多点汤水,父亲岂不会更加高兴了么。

(录自《记得青山那一边》,海豚出版社,2011年版)

满汉何来全席

汪 朗

中国筵席中,名气最大的大约就是满汉全席了。一是花样多,各种佳肴美点加在一起,多的有一百八十二种,少的也有六十四种,据说可以连吃三天不重样;二是出身好,据说源自清朝宫廷,皇上太后朝廷大员享用过的。因此,不少人一听说满汉全席,便会全身僵直,肃然起敬。由于满汉全席来头颇大,各地因此繁衍出不少版本,有扬州版、广东版、四川版、香港版,当然更少不了北京版。前两天,一家饭馆还在做广告,声称可制作满汉全席,而且还是"正宗"的。

了解内情的人却知道,这种说法纯粹是老虎闻鼻烟——没影儿的事。宫中从来就没有过满汉全席。

清朝宫中的饭局确实很多。每逢朝廷大典,重要节日,皇上都要宴请文武百官。这类宴会一向分为"满席筵桌"与"汉席筵桌",各有规格,互不相混。满席定六等,汉席分五级。一等满席，一般用于帝后大殡之后的答谢招待会。大家辛苦操劳了不少的时候，得来上一顿以示慰问。其标准为每桌白银八两。一等汉席，主要用于朝廷开科时宴请主考官。为国取士，责任非同一般，也得来一顿。一等汉席没说用多少银子，但上菜则有规定，每桌内馔二十三碗，另有果食八碗，蒸食三碗，蔬食四碗。内馔用料，不过鱼、鸡、鸭、猪等平常之物，至于燕窝鱼翅之类，想都甭想。

无论从花费还是从原料看，清朝宫中的满席汉席，实在平常。更何况这些菜肴还不是现做现吃，在宴会举办的前一天便要制作停当，用盘盘碗碗盛好，放在红漆矮桌上，待膳食主管部门光禄寺的官员亲自验看之后，再"按桌缠红布，覆以红袱"，指派专人把守一夜，第二天才送到宴会举办地点。只等圣上令下，大家一起开吃。这种大路菜本来就稀松，又是隔夜货色，不闹你个跑肚拉稀，就算不错，哪里还有滋味可言。对这种"宫廷大宴"，当时的北京人已经将其列入京城"十可笑"之首。"十可笑"是：光禄寺茶汤，太医院药方，神乐观祈禳，武库司刀枪，营缮司作场，养济院衣粮，教坊司婆娘，都察院宪纲，国子监学堂，翰林院文章。这"十可笑"，几乎都具有官方色彩。

尽管清代的满席汉席就是这么一种货色，众多饱餍山珍海味的官员却仍以一赴宫廷大宴为人生最高目标。食客之意不在吃，在于品尝浩荡之皇恩也。他们所咂摸的，是政治待遇，饭菜味道其实并不重要。古今中外，人同此心，心同此理。当然，不是所有人。

清代朝廷宴会从未见满汉全席，不过皇上太后们的一日三餐，倒确乎是满汉一体，不分轩轾。吃的也较外廷的大锅饭精致。据说，慈禧太后吃过一道"清汤虎丹"，是用小兴安岭雄虎的睾丸制成的，有小碗口大小。制作时需要将虎丹在微开不沸的鸡汤中浸泡三个小时，然后剥去皮膜，放在调有作料的汁水中渍透，再用特制的利刃平片成纸一样的薄片，在盘中摆成牡丹花状，佐以蒜泥、香菜末食之。但这只是外界传说，即便有之，也不可能经常进用——上哪儿找那么多公老虎去？就算有那么多公老虎，老佛爷的身子骨也消受不起。

其实，清宫帝后日常吃喝固然花样不少，但不少还是挺"家常"的。像光绪七年（1881年）的正月十五，是个大节，皇上进膳按例要添加菜肴。就是这一天，光绪皇帝的晚膳，连菜带汤也不过四十道左右。其中虽有荸荠制火腿、鸡丝煨鱼翅、口蘑溜鸡片这些较为精致的菜肴，但也不乏肉片炖白菜、肉片焖豇豆、油渣炒菠菜、豆芽菜炒肉、醋溜白菜……这些菜，与普通百姓所吃并无大异，很难上得席面。此时光绪还没有与老佛爷撕破脸，在饮食上不至受到克扣，因此这个膳单应该具有代表性。

至于各地满汉全席中的鲜蛏萝卜丝羹、梨片拌蒸果子狸、糟蒸鲥鱼、西施乳、凤肝拼螺片、奶油鲍鱼、婆参蚬鸭、松子烩龙胎等，实在于宫中找不到根据。有些则纯粹是瞎掰。像港式满汉全席中有一松子烩龙胎,也就是炖鲨鱼肠。皇上自称龙子龙孙,哪能够用这样的菜名?自己吃自己?再如扬州满汉全席中的蒸鲥鱼,也不可能源自清宫。鲥鱼确实曾入贡宫廷,为保其鲜,还要快马从江南连夜驰赴京城,三千里路程限三日赶到。后来有官员奏明此举实在劳民伤财,康熙皇帝于是一纸令下,"永免进贡"。以后的皇上便再也没有鲥鱼可吃了。

虽说满汉全席于史无证,不过是"拉大旗作虎皮"的作品,但各种版本的满汉全席毕竟荟萃了当地的饮食精华,较之宫廷吃喝要高出几筹,因此不可全盘否定。去其虚名而求其美味,如此就算吃通了"满汉全席"。

(录自《衣食大义》,中国华侨出版社,2013年版)

辑四 名家食谭

吃的5W

王　蒙

有些餐馆的环境给我留下的印象比那里的食物留下的印象还深。不知道这算异化、移情、升华？

1957年春节刚过，新婚的我俩去北海仿膳吃饭。那时的仿膳在北海后门附近。像个安静的小院子，顾客不多，十分雅致。你叫过了菜，他一点一点地从头做，上一个菜要等老半天。我当时年轻，土包子，嫌他们上菜慢，啧有烦言。后来明白了，找一个清雅的地方，上菜慢的地方吃饭，痛痛快快地边吃边谈它两个钟头容易吗？

五十年代北京苏联展览馆建成，莫斯科餐厅开始营业，在北京"食民"中间还引起过小小的激动。份饭最高标准十元，已经令人咋舌。基辅黄油鸡卷、乌克兰红菜汤、银制餐具、餐厅柱子上的松鼠尾花纹与屋顶上的雪花图案，连同上菜的一丝不苟的程序……都引起了真诚的赞叹和艳羡。曾几何时，莫斯科餐厅的名称依旧，您点完菜，一股脑儿把乌里乌涂的凉菜热菜汤面包咖啡五分钟内全给你端来，还喊一声"齐了！"，倒是不会招引我上菜太慢的抱怨了。

四川饭店和同和居后院的环境我也喜欢。像居家，像府第，庭院深深，院里有树木花草，室内有中式字画，都给人一种安谧和幽古的感觉。五年前一次在四川饭店用饭，同桌的有某国驻华大使，还有一位外国老作家，可惜，饭还没吃完，服务员之间发生了摩擦，这个也不管了，那个也不来了，一桌食客被晒了一段时间，使我知道这家餐馆的厉害了。

国外的餐馆也是十分注意环境特色、情调氛围的。在美国费城，我去过一家墨西哥餐馆，它力求提供一种墨西哥农家的气氛，一间一间的餐室，有的墙壁是裸露的红砖，有的墙壁是抹了一半而且凹凸不平的泥巴。在衣阿华市，一家餐馆名"衣阿华电力"，它就是在发电厂的旧址上修的。依我们的一般想法，发电厂改餐馆，那就非得彻底改变面貌不可。可这家餐馆呢，各种电缆管道、防护设备、调试装置，基本上不予拆除，而且涂上油漆使之醒目，明明白白地名副其实，让你跑到"电力"里去吃饭。在这里吃饭使你痛感一种工业文明的几何图形的美，例如可以使你联想到巴黎的蓬皮杜中心，蓬皮杜中心的电梯也是安装在曲曲弯弯的"玻璃管道"中的，上上下下的人活像循环变化的化学药液在管道中运行一样。再说洛杉矶有一家餐馆，充分利用了一节古老的有轨电车，电车放在餐厅中，成为装饰也成为特间，"车厢"里布置着几张餐桌，到车厢特桌去吃饭，要多付钱的。餐厅大柱子上还贴着一张三十年代的演戏广告，此广告、此有轨电车车厢，大可以满足一些老年人的思古之幽情的。

墙壁上或糊顶棚上贴报纸，在我国的贫穷的农村是比比可见的，无庸置疑，它哪里比得上例如上了油漆的天花板，刷白了的灰顶子，贴着塑料壁纸的墙壁；但偏偏纽约有一家咖啡馆，墙上，天花板上横七竖八地贴满了第二次世界大战期间的旧报纸，外刷一层透明漆。您在那里喝着饮料，吃着小吃，一抬头，兴许看见丘吉尔，要不就是希特勒的新闻图像。这样一种想象力确是值得称道的。

比较起来，海外的中国餐馆多半是红艳艳的，灯笼是红的，墙饰是红的，女服务员身穿也是一身大红。反显贫乏单调。为什么不能把例如四合院式的餐馆与中国书画、硬木家具式的国货出口到海外餐馆去呢？重庆有一家餐馆，房、墙、桌、凳用具，全部是竹子的，何等地喜人！

除了硬件，当然还有软件。一些餐馆一到晚上就有人弹钢琴，有的还演奏竖琴。当然也有上乐队的，至少有录音音乐在放送。一些餐馆有意地把灯光调得比较暗，大概是追求一种朦胧美吧，可能与在"公开性"中照顾"隐私权"的考虑也有关。好的餐馆还有一个共同的特点，不催客人，除非你特别提出要求，否则他总是不慌不忙地请你点菜，上菜。本来么，吃并不是唯一的目的，如果只着眼于胃，大可不必上餐馆来。换个环境，休息休息，找个说话的机会和说话的地方，这才使餐馆业大大兴盛起来的。

国外有些餐馆很注意宣传本店当年曾招徕过什么名人雅士。如某个餐馆是海明威、马克·吐温常去的地方；某个餐馆夏目漱石是那里的常客。我还去过一家伦敦的古老餐馆，据说是狄更斯在那里吃过饭呢。可惜我没有把这些餐馆的名字记住。我们为什么不可以也这样做呢？

看来不仅新闻需要"5W"，餐馆也要讲"5W"的，那不仅问（吃）什么，而且问何时、何地、何人，为何与如何（吃）的。说到如何，我不免想起中餐里的"桃花泛"，就是锅巴。把热锅巴端到餐桌上，把桃花色的调料当众一浇，"滋拉"一响，也算个游戏。据说这个菜抗日时期在重庆叫作"轰炸东京"，吃菜抗日，这样的命名真不知道是太痴诚还是太虚伪矫情。

这种上菜的戏剧性表演不免使我想起西餐的一种做法，上一种热菜特别是鱼与配菜时，每个大盘子上扣着一个大如钢盔的铜帽子，全部菜上好，上来一组服务员，每人抓住两个铜帽子的顶端，一、二同时掀开，露出热气腾腾的鱼块。这种表演贵在新鲜感，如果熟知其路数，就没意思了。

吃饭的讲究往往不仅表现在吃什么上，更表现在如何吃上。如中餐的吃螃蟹，吃完螃蟹用菊花水洗手，另换一桌进正餐。如西餐的喝酒，吃开胃菜时喝啤酒或香槟，吃水产时喝白葡萄酒，吃肉菜时喝红葡萄酒，饭后喝白兰地之类的助消化酒，各种酒用的酒杯各有特色，各有一套说法，如白兰地杯肚口小，以收拢香味，啤酒杯口大以利顶着泡沫。中国人出国往往只用一种啤酒贯彻始终，这和几十个人饭后要甜食全部要冰激凌一样，比较不了解西餐。

当然，讲"5W"，绝不仅限于餐馆。老乡炕头，盘腿而坐，红薯粥，贴饼子，其乐何如？行军途中，蹲在树荫下，扒几口炒米，喝口凉水，就个蒜瓣解毒，也是甘之若饴。天山南都，维族老乡赶"巴扎"，中午饿了，把腰里揣的"馕"掏出，扔向大渠水流上方，待水将馕冲下，捡起，再扔上，再冲下，再捡再扔再冲再捡，最后，"馕"也软了，水也吸足了，眼不见泥沙净，在蓝天与黄沙之间食之，还不是十分淳美？至于各地方小吃，庙会排档，牛肉线粉，开封炸糕，宁夏羊杂，卤煮火烧，宁波汤元，四川抄手，大众食品，物美价廉，优越性也多着呢！

总之，谈吃不恋吃，广用博闻，能上能下。一箪食一瓢饮，不改其乐；稀奇古怪，不惧其异；讲究排场，不失其志；以吃会友，意不在吃，不吃亦友；庶几可以言吃。吃之为吃之，不吃为不吃，是吃也。

（录自《知味集》，中外文化出版公司，1990年版）

"涮庐"闲话

陈建功

我喜欢"大碗筛酒,大块吃肉"那句话。当然,如果把"大块"改成"大筷",则更适合于我,因为我喜欢"涮"。

写小说的人和写诗的人大概确有别材别趣,对屈原老先生"朝饮木兰之坠露""夕餐秋菊之落英"的境界,一直不敢领教。即便东坡先生那句"宁可食无肉,不可居无竹"吧,似乎也不太喜欢,总觉着有点"宁长社会主义的草,不要资本主义的苗"的味道,尽管我对先生向来尊崇备至。我猜东坡先生其实也并不是真的这么绝对,而是"两个文明一起抓"的,所以才有"东坡肘子""东坡肉"与"大江东去"一道风流千古。跟先贤们较这个"真儿",实在是太重要了,不然吃起肉来,名不正、言不顺。而我,尤其是"不可一日无肉"的。妻子曾戏我:一日无肉问题多,两日无肉走下坡,三日无肉没法儿活。答曰:知我者妻也。为这"理解万岁"白头偕老,当坚如磐石。

爱吃肉，尤爱吃"涮羊肉"。有批评家何君早已撰文透露，经常光顾舍下的老涮客们称我处为"南来顺"，当然是玩笑。京华首膳，"涮羊肉"最著名的馆子，当推"东来顺"。东来顺似乎由一丁姓回民创建于清末。百十年来以选料精，刀工细，作料全面蜚声中外。据说旧时东来顺只选口外羊进京，进京后还不立时宰杀，而是要入自家羊圈，饲以精料，使之膘足肉厚，才有资格为东来顺献身。上席之肉，还要筛选，唯大、小三叉，上脑、黄瓜条等部位而已。刀工之讲究就更不用说了。记得刘中秋先生曾撰文回忆，三四十年代，常有一老师傅立之东来顺门外，操刀切肉。桃李不言，下自成蹊。过往人等看那被切得薄如纸片、鲜嫩无比的羊肉片，谁人不想一涮为快？如今的东来顺已经不复保留此种节目，不过老字号的威名、手艺仍然代代相传。我家住在城南，朋友往来，每以"涮"待之，因得"南来顺"谑称。手艺如何，再说，涮之不断，人人皆知，由此玩笑，可见一斑。

我之爱"涮"，还有以下事实可为佐证：

第一，家中常备紫铜火锅者三。大者，八九宾客共涮；中者，和妻子、女儿三人涮；小者，一杯一箸独涮。既然有买三只火锅的实践，"火锅经"便略知一二。涮羊肉的火锅，务必保证炉膛大、炉箅宽，才能使沸水翻滚，这是人所共知的。但挑选者往往顾此失彼，注意了实用，忽略了审美。其实，好的火锅，还应注意造型的典雅：线条流畅而圆润，工艺精致而仪态古拙。当然，还不应忽视配上一个紫铜托盘，就像一件珍贵的古瓶，不可忽视紫檀木的瓶座一样。西人进食，讲究情致，烛光、音乐，直到盛鸡尾酒的每一只酒杯。中国人又何尝不如此？簋、盨以装饭，豆、笾以盛菜，造型何其精美。我想这一定是祖先们的饮食与祭礼不可分割，便又一次"两个文明一起抓"的结果。继承这一传统，我习惯于在点燃了火锅的底火之后，锅中水将开未滚之时，把火锅端上桌。欣赏它红光流溢，炭星飞迸，水雾升腾，亦为一景。我想，大概是这一套连说带练的"火锅经"唬住了朋友们，便招来不少神圣的使命：剧作家刘树纲家的火锅，即由我代买；批评家何志云、张兴劲去买火锅，曾找我咨询；美国的法学博士，《中国当代小说选》的译者戴静女士携回美国，引得老外们啧啧羡叹的那只火锅，也是由我代为精心选购的。我家距景泰蓝厂仅一箭之遥，该厂虽不是专产火锅的厂家，却因为有生产工艺品的造型眼光，又有生产铜胎的经验，在我看来，作为他们副产品的紫铜火锅，仍远超他家。散步时便踱入其门市部，去完成那神圣的使命。想到同嗜者日多，开心乐意。特别是那些操吴侬软语的江南朋友们，初到我家，谈"涮"色变，经我一通"大碗筛酒，大'筷'吃肉"的培训之后，纷纷携火锅和作料南下，不复"杨柳岸晓风残月"，而是一番"大江东去浪淘尽，千古风流人物"气概，真让人觉得痛快！

第二，我家中专置一刀，长近二尺，犀利无比，乃购自花市王麻子刀剪老铺，为切羊肉片而备也。当今北京，店铺街集，卖羊肉片者触目皆是，我独不用之。卫生上的考虑是个原因，更主要的原因是：嫌其肉质未必鲜嫩，筋头未必剔除，刀工更未必如我。我进城一般路过红桥自由市场，每每携一二绵羊后腿归。休息时剔筋去膜，置之冰室待用。用时取出，钉于一专备案板上，操王麻子老刀，一试锋芒。一刻钟后，肉片如刨花卷曲于案上，持刀四顾，踌躇满志，不敢比之东来顺师傅，似至少不让街市小贩。曾笑与妻曰：待卖文不足以养家时，有此薄技，衣食不愁矣！有作家母国政前来做客，亦"涮"家也，因将老刀示之，国政笑问吾妻：我观此刀，森森然头皮发紧。你与此公朝夕相处，不知有感否？吾妻笑答曰：如履薄冰，战战兢兢。不知无可切时，是否会以我代之。

第三，我涮肉的作料，必自备之。如今市面上为方便消费者，常有成袋配好的作料出售。出于好奇，我曾一试，总觉水准差之太远。我想大概是成本上的考虑，韭菜花、酱豆腐者，多多益善，芝麻酱则惜之若金，此等作料，不过韭菜花水儿或酱豆腐汤儿而已，焉有可口之理？每念及此，常愤愤然，糟蹋了厂家声誉事小，糟蹋了"涮羊肉"事大。因此，我是绝不再问津的。我自己调作料，虽然也不外乎老一套：韭菜花、酱豆腐、芝麻酱、虾油、料酒、辣椒油、味精，等等，然调配得当，全靠经验，自认为还算五味俱全，咸淡相宜，每次调制，皆以大盆为之，调好后盛入瓶中，置之冰箱内，用时不过举手之劳。

第四，北京人吃"涮羊肉"，"大约在冬季"。独我馋不择时。北京人在什么季节吃什么，甚至什么日子吃什么，过去是颇讲究的。涮羊肉至少是八月十五吃过螃蟹以后的事。要说高潮，得到冬至。冬至一到，否极泰来，旧京人家开始画消寒图：或勾八十一瓣的梅花枝，或描"亭前垂柳珍重待春风"，一日一笔，八十一笔描完，便是买水萝卜"咬青"，上"河边看杨柳"的日子了。与这雅趣相辉映的，便是"涮"。冬至中午吃馄饨，晚饭的节目，便是"涮羊肉"了，一九一涮，二九一涮，依次下来，九九第一天涮后，还要在九九末一天再涮一次，成了个名副其实的"十全大涮"。当然高贵人家的花样会更多些，譬如，金寄水先生回忆睿亲王府的"十全大涮"时，便举出有"山鸡锅""白肉锅""银鱼紫蟹蜊蝗火锅""狍、鹿、黄羊、野味锅"，等等。不过打头儿的还是"涮羊肉"。我观今日老北京人家，此风犹存。当然不至于如此排场。想排场，又到哪里去弄山鸡紫蟹、狍鹿黄羊？使"吃"成为一种仪式，是十分有趣的文化现象，除了读过张光直先生在《中国青铜时代》一书中的一篇文章以外，尚不知有谁做过研究，我相信这一定会引起文化人类学爱好者们的兴趣，自然我也是其中一个。不过，真的让我照此实践，待到冬至才开"涮"，又如何打熬得住？我是广西人，南蛮也，只知北京涮羊肉好吃，论习惯该何时开涮，是北京人的事，我辈大可自作主张。反正家中有火锅、大刀、作料、羊腿侍候，"管他春夏与秋冬"！前年有一南方籍友人赴美留学归来，上京时暂住我家。时值盛夏，赤日炎炎。问其想吃点什么，以使我尽地主之谊。答曰：在大洋彼岸朝思暮想者，北京"涮羊肉"也，惜不逢时。我笑道：你我二人，一人身后置一电扇，围炉而坐，涮它一场，岂不更妙？当其时也，当其时也。言罢便意气扬扬，切肉点火。

迷狂至此，不知京中有第二人否？

（录自《从实招来》，广东旅游出版社，1992年版）

食家与家食

唐振常

先求生存，再谋温饱，鲁迅的话到此为止。我想，温饱之余，就要吃得好一些，即讲求饮食之道。饮食之道生，便有了饮食文化之学。世人喜谈美食家一词，而对于这个头衔的赠与，又往往过于慷慨。于是，美食家只不过成了好吃之徒的同义语。即使吃遍天下美味，舌能辨优劣，往往也还只是个老饕。关键在于文化二字。凡文化，必自成系统，饮食文化亦然，亦自成系统；而这个系统，又从属于所在国家的文化大系统中。中国饮食文化从属于中国文化，是以各区各地各帮之饮食有其大同，而各区各地各帮之饮食，又密切联系于其所在之区域文化，是以有其小异。此即所谓共性与个性之同与异也。明其统属，知其渊源，解其所以，方足以言饮食文化，此其一。其二，饮食文化之研究非孤立之学，实是一门大学问，非博通专精之士不能为之。

写此一段话，实有感于中国饮食文化日趋表面热闹实质退化之途，乃泛言之。别有《饮食文化退化论》一文，在此不做分析。

文章题目所谓食家，兼指饮食之家与饮食专家二义。前者与后者可以有联系，但更多的情况下是分别。任何家庭都要谋饮食，恕我杜撰，称为饮食之家，非一定意味着考究饮食的家庭，更不一定和钟鸣鼎食之家相瓜葛。又请恕杜撰，简称之为食家，并不一定就是饮食专家也。

美味并不一定在著名饭馆，家庭中日常所吃，称为家常菜。家常菜中亦多有美菜，此即本文"食家与家食"本义所在。一般食家中有高厨，可以制出美肴。即使无高厨，甚或是无厨，只不过是主妇下厨，经之营之，积经验而为学问，亦往往有美味，被誉为这一家庭的家食精品，并往往由此而进入饭馆厅堂，声名大噪。

举一些随手可得的例子。现在驰名全国的四川菜麻辣豆腐，当其创始之时，不过是成都北郊一个姓陈的麻皮妇女，善烧此菜。后来开了一个乡村小店，专卖此菜，叫作麻婆豆腐，大约是顾客随口所称。其时她只是代烧，豆腐与牛肉（现在用猪肉，大失其味）要顾客自己买了带去。不要以为麻辣豆腐唯此独佳，前几年，在一个四川同乡家吃他夫人烧的麻辣豆腐，烧法迥异。将豆腐切为许多正方形片子，每两片之中夹佐料（辣椒、花椒、牛肉末等）合为一方，蒸而食之。豆腐既整齐可观，吃来每一个都其味透骨。我的这位朋友只是一个报社普通职员，这个菜可称其独到家食。惜乎让陈麻婆豆腐独占市场而不传。

炒（黄）豆芽，是四川家居最大众化的菜。幼时常在我两位亲戚家吃决然不同的炒豆芽，一家炒法是佐料样数极多，豆芽入锅时间甚久，全呈深黄色，入味甚浓，嚼之甚绵。一家是以盐淡炒，入锅即起，装碗后在面上略浇辣油（红辣椒粉所熬之油，不能见辣椒粉），其味清淡而略辣，入口极松脆。同样一菜，风格两般。今已五十余年不知此味了。我家亦喜食，母亲吃素，然为儿女锐意经营各色菜肴，尽管她只做提调，不动手，又不能尝食，皆指挥厨师为之，亦多美味，今已忘之矣。只记得家中泡菜一项极考究，有坛十余个，所泡各种菜均有专坛，绝不能乱。泡菜佐食，极佳。清脆的泡豇豆炒肉末，略加胡辣椒入锅，食之饭量大增。

写至此，饶舌为四川菜正名。人皆以为川菜必辣，此误解也。家常川菜诚然有辣，考究之家正式宴客，往往无一菜有辣味，只不过用小碟置辣，供客自选为佐料而已。至于以毛肚火锅为川菜必辣之证明，更是错了。毛肚火锅源于重庆，乃川江船夫所食，由于劳动太艰苦，乃食此奇辣巨麻之食，饮烧酒，以解其乏，虽盛暑亦然。后虽渐盛，终非川菜之正途。

我的大舅父经学大师龚向农先生，亦精于食，厨师姓袁，舅父尊称之为袁大师。所做菜均清雅宜人，绝无辣味。大舅父每食，佐饮黄酒，说是这才调和，饮白酒就破坏了清雅的气氛。

去年，台湾著名学者潘重规先生（黄季刚大师之婿）来上海，谈起抗战时期在四川大学教书时，常在著名诗人、川大教授林山腴（思进）先生家吃到最好的菜，远过于饭馆。我送他一本厚厚的林先生遗著《清寂堂集》，潘老甚乐。

向农舅父、山腴先生家都有极美之家食，惜不传。四川人皆知的大千鱼，从张大千家传了出来，成都饭馆有此菜，惜不佳。前两年，我的外甥为我烧此菜，极可口。他家与张大千有深交，张大千一家曾住其家，他其时虽幼，已习知大千厨师烧法，难怪其可口了。著名作家李劼人精于食，善烹调，必有多种美味家菜，因此才能开饭馆"小雅"，夫妇同烹美味。

家食之源久矣。红楼宴自然极多世间美味，那只不过是美食文化家曹雪芹所创造的贾府家食，虽然其源有自。悬想文士苏东坡、杨升庵等之家必有美食，此亦远矣。只要回想五十年代天津的周家菜、北京的谭家菜，就可知家食往往优于市食。周家菜饭馆坐落于精巧小洋房内，仍如同家居，菜皆无锡味，听说原为书香之家，主人曾留学国外，我时见其黄发碧眼之异国夫人出来招呼客人。谭家菜是广东菜，而能享盛名于在饮食上流于保守的北京，其菜亦必不与市上粤菜馆同。以家菜而开办饭馆，其规模绝不宜大，一旦扩充门面，大增座位与厨师，也就是末日到了。北京康乐的迁居扩充，也就只有大锅菜了。以至于昔日上海银行楼上的莫有财莫家菜演变而为堂而皇之的扬州饭店，亦有今不如昔之感。

我不敢说今之家食定不如昔，交游不广所限耳。但四十年代所遇两次家宴恐怕是广陵散了。一在1994年，在四川自贡市某大盐商家得与盛宴，菜均精品。一在1947年，在南通张状元（謇）家，张敬礼举行盛宴，平生口腹之享此其极矣。张家之宴，清雅高洁，多了一种书卷味。这就是本文开头所说的文化问题了。中国饮食文化要发展，绝不能只靠营业性的饭馆，更不能为上海今日之家家"生猛海鲜"所能达，食家与家食亦当担大任。

(录自《饕餮集》，辽宁教育出版社，1995年版)

吃喝之外

陆文夫

我写过一些关于吃喝的文章。对于大吃大喝,小吃小喝,没吃没喝也积累了不少经验。弄到后来,我觉得许多人在吃喝方面只注意研究美酒佳肴,却忽略了吃喝时的那种境界,或称为环境、气氛、心情、处境,等等。此种虚词菜单上当然是找不到的,可是对于一个有文化的食客来讲,虚的往往影响着实的,特别决定着对某种食品久远、美好的记忆。

五十年代,我在江南的一个小镇上采访。时过中午,饭馆都已封炉打烊,大饼油条也都是凉的。忽逢一家小饭馆,说是饭也没有了,菜也卖光了,只有一条鳜鱼养在河里,可以做个鱼汤聊以充饥。我觉得此乃上策,便进入那家小饭馆。

这家饭馆临河而筑,正确点说是店门在街上,小楼是架在湖口的大河上,房屋下面架空,可以系船或作船坞,是水乡小镇上常见的那种河房。店主先领我从店堂内的一个窟窿里步下石码头,从河里拎起一个扁圆形的篾篓,篓内果然有一条活鳜鱼(难得),约两斤不到点。按理说,鳜鱼超过一斤便不是上品,不嫩。可我此时却希望越大越好。如果是一条四两重的小鱼,那就填不饱肚皮了。

买下鱼之后,店主便领我从一架吱嘎作响的木扶梯上了楼。楼上空无一人,窗外湖光山色,窗下水清见底,河底水草摇曳;风帆过处,群群野鸭惊飞,极目远眺,有青山隐现。"青山隐隐水迢迢,秋尽江南草未凋。"鱼还没吃呐,那情调和味道已经来了。

"有酒吗?"

"有仿绍。"

"来两斤。"

两斤黄酒,一条鳜鱼,面对碧水波光,嘴里哼哼唧唧,"落霞与孤鹜齐飞,秋水共长天一色"。低吟浅酌,足足吃了两个钟头。

此事已经过去了三十多年,三十多年间我重复啖过无数次的鳜鱼,其中有苏州的名菜松鼠鳜鱼、麒麟鳜鱼、清蒸鳜鱼、鳜鱼雪菜汤、鳜鱼圆,等等。这些名菜都是制作精良,用料考究,如果是清蒸或熬汤的话,都必须有香菇、火腿、冬笋作辅料,那火腿必须是南腿,冬笋不能用罐头里装的。可我总觉得这些制作精良的鳜鱼,都不及三十多年前在小酒楼上所吃到的那么鲜美。其实,那小酒馆里的烹调是最简单的,大概只是在鳜鱼里放了点葱、姜、黄酒而已。制作精良的鳜鱼肯定不会比小酒楼上的鳜鱼差，如果把小酒楼上的鳜鱼放到得月楼的宴席上，和得月楼的鳜鱼（也是用活鱼）放在一起，那你肯定会感到得月楼胜过小酒楼。可那青山、碧水、白帆、闲情、诗意又在哪里……

有许多少小离家的苏州人，回到家乡之后，到处寻找小馄饨、血粉汤、豆腐花、臭豆腐干、糖粥等这些儿时或青年时代常吃的食品。找到了以后当然也很高兴。可吃了以后总觉得味道不如从前，这"味道"就需要分析了。一种可能是这些小食品的制作不如从前，因为现在很少有人愿意花大力气赚小钱，可是此种不足还是可以加以恢复或改进的，可那"味道"的主要之点却无法恢复了。

那时候你吃糖粥，可能是依偎在慈母的身边，妈妈用绣花挣来的钱替你买一碗糖粥，看着你站在粥摊旁边吃得又香又甜，她的脸上露出了笑容；看着你又饿又馋，她的眼眶中含着热泪。你吃的不仅是糖粥，还有慈母的爱怜，温馨的童年。

那时候你吃豆腐花，也许是到外婆家做客的，把你当作宝贝的外婆给了一笔钱，让表姐表弟陪你去逛玄妙观，那一天你们简直是玩疯了。吃遍了玄妙观里的小摊头之后，还看了出猢狲把戏。童年的欢乐，儿时的友谊，至今还留在那一小碗豆腐花里。

那一次你吃小馄饨，也许是正当初恋，如火的恋情使你们二位不畏冬夜的朔风,手挽着手,肩并着肩,在苏州那空寂无人的小巷里,无休止地弯来拐去。到夜半前后,忽见远处有一簇火光,接着又传来了卖小馄饨的竹梆子声,这才使你们想到了饿,感到了冷。你们飞奔到馄饨摊前,一下子买了三碗,一人一碗。还有一碗推来让去,最后是平均分配。那小馄饨的味道也确实鲜美,更主要的却是爱情的添加剂。如今你耄耋老矣,他乡漂泊数十年,归来重游旧地,住在一家高级宾馆里,茶饭不思,只想吃碗小馄饨。厨师分外殷勤,做了一客虾肉、荠菜配以高汤的小馄饨。老实说,此种小馄饨要比馄饨担上的高几倍。担子上的小馄饨只抹了一点肉馅,主要是一团馄饨皮,外加肉骨头汤和大蒜叶,可你还是觉得宾馆里的小馄饨不如担子上的小馄饨有滋味。老年人的味觉虽然有些迟钝,但也不会如此地不分泾渭。究其原因不在小馄饨,而在环境、处境、心情。世界上最高明的厨师,也无法调制出那初恋的滋味。冬夜、深巷、寒风、恋火,已经共酿成一缸美酒,这美酒在你的心中、在你的心灵深处埋藏了数十年,酒是愈陈愈浓愈醇厚,也许还混合着不可名状的百般滋味。心灵深处的美酒或苦酒,人世间是无法买到的,除非你能让时光倒流,像放录像似的再来一遍。

如果你是一个在外面走走的人,这些年来适逢宴会之风盛行,你或是做东,或是做客,或是躬逢盛宴,或是恭忝末座;山珍海味,特色佳肴,巡杯把盏,杯盘狼藉,气氛热烈,每次宴会都好像有什么纪念意义。可是当你"身经百战"之后,对那些宴会的记忆简直是一片模糊,甚至记不起到底吃了些什么东西。倒不如那一年你到一位下放的朋友家里去,那位可怜的朋友的荒郊茅屋,家徒四壁,晚来雨大风急,筹办菜肴是不可能的。好在是田里还有韭菜,鸡窝里还有五只鸡蛋,洋铁罐里有两斤花生米,开洋是没有的,油纸信封里还有一把虾皮,有两瓶洋河普曲,是你带去的。好,炒花生米,文火焖蛋,虾皮炒韭菜。三样下酒菜,万种人间事,半生的经历,满腔的热血,苦酒合着泪水下咽,直吃得云天雾地,黎明鸡啼。随着斗换星移,一切都已显得那么遥远,可那晚的情景却十分清晰。你清清楚楚地记得吃了几样什么东西,特别是那现割现炒的韭菜,肥、滑、香、嫩、鲜,你怎么也不会忘记。诗人杜甫虽然有时也穷得没饭吃,但我可以肯定,他一定参加过不少丰盛的宴会,说不定还有陪酒女郎、燕窝、熊掌什么的。可是杜老先生印象最深的也是到一位"昔别君未婚"的卫八处士家去吃韭菜,留下了"夜雨剪春韭,新炊间黄粱"这脍炙人口的诗句。附带说一句,春天的头刀或二刀韭菜确实美味,上市之时和鱼肉差不多的价钱。

近几年来,饮食行业的朋友们也注意到了吃喝时的环境,可对环境的理解是狭义的,还没有向境界发展,往往只注意饭店的装修、洋派、豪华、浮华,甚至庸俗,进去了以后像进入了国外的二三流或不入流的酒店。也学人家的服务,由服务员分菜,换一道菜换一件个人使用的餐具,像吃西餐似的。西餐每席只有三四道菜，好办，中餐每席有十几二十道菜，每道菜都换盘子、换碟子，叮叮当当忙得不亦乐乎，吃的人好像在看操作表演，分散了对菜肴的注意力。有一次我和几位同行去参加此种"高级"宴会，吃完了以后我问几位朋友："今天到底吃了些什么？"一位朋友回答得很妙："吃了不少盘碟子和杯子。"

1990年4月

（录自《陆文夫文集》第4卷，古吴轩出版社，2006年版）

民间有滋味

岱 峻

在成都,那些挂老字号铜牌的餐馆酒楼,其实揭示了传统川菜百年老店的"式微"。路边大排档,小巷深处的"苍蝇馆子",民宿中的"私房菜",却人潮涌动。一冷一热,表明"程式化"的川菜再难拴住当代人的胃口。逝者如斯,川菜的生命不在保守经典,而在推陈出新。

过去川菜主料是家禽,海产品多为干货或盐渍、冰冻品。蔬菜受运输条件制约,随时令供应,多千篇一律。而今,一个大市场就可以买到生猛海鲜和天南地北不同时令的时鲜果蔬。电磁炉、微波炉、电烤箱、电汤煲……减轻了炊事劳作,改变了烹调方式和饮食结构。货畅其流,促进市场调味品的丰富。蚝油、蒸鱼豉油、芥末膏、咖喱粉、孜然粉、木姜籽油、叉烧酱、照烧酱、沙拉酱,举不胜举。有了这些个性独具的调味品,川菜味型也就面目一新。

往昔，"你吃了没有"，近乎川人见面招呼的发语词。而今同事之间交流的重要话题已为厨艺。于是，就像专职司机越来越少，人人也都成了厨师。罗宋汤，在俄罗斯人盘中是甜津津的发腻，而经集体加工改造，牛腩汤或牛尾汤，加番茄、土豆，再撒盐和胡椒粉，上桌前漂几尾芫荽，色香味毕现。老广做叉烧，原料多是猪肉和鸡鹅。改用鱿鱼，水焯过，抹叉烧酱和生抽，码味两小时，烤箱烤半小时，出炉切条，盛盘再烤几分钟。有嚼头，香味长。

十多年前，土家族作家冉云飞迁新居，宴请本埠美食家车辐，邀我作陪。其时，冉妈厨房打杂，夫人小王掌灶。云飞信口开河报菜名，介绍菜品。印象深的是"鲊海椒回锅肉"。鲊海椒粉子是糯玉米，在倒罐中匋过，辣中带酸。这道菜既有粉蒸肉的糍糯，又有回锅肉的焦香，起锅几叶蒜苗，宛如一幅土家族蜡染。车老那天胃口大开，微醺出门，大赞："小冉家的菜，神品！"话出口又收回半句："吃人嘴软嘛！"而今，冉妈与车辐老早已驾鹤西去，唯有一家"川东老家"的餐馆，还挂着冉妈年轻时的照片，门口大酒坛还叫"冉妈红"，当家菜就有"鲊海椒回锅肉"。

民间私房菜，就像大树进城，迅速占据了大街小巷的好口岸：资中鱼溪的大蒜鲢鱼、新津黄辣丁、李庄白肉、连山回锅肉、璧山来凤酸菜鱼、重庆歌乐山辣子鸡、古蔺棒棒鸡、内江梓木镇毛血旺、贵州辣子鸡、苗家酸汤鱼……这些百姓屋檐下的燕子，也飞入高墙深院，给那些沉闷的、千篇一律的"官府菜""老字号"，带去新的竹枝词。

（原载1996年第7期《中国烹饪》）

天桥的现做地摊小吃

新凤霞

解放前,我们在天桥南下洼子住时有个邻居,人称烧饼丁。带芝麻的叫烧饼,不带芝麻的叫火烧。如,褡裢火烧,是长条形,里边有肉馅,讲究吃热的;芝麻酱圆形,多层的小烧饼;大圆形,两层面上有芝麻,下层是平底,这叫马蹄烧饼。丁大伯老两口在天桥卖烧饼、火烧可忙了。夜里两点起来,无论烧饼、火烧都是发面制作。他们夜里起来揣碱、揉面,做出各种火烧、烧饼,推着小铁车,车上有炉子,平底锅,圈一圈烧饼,做好了的烧饼放在草编的篓子里。褡裢火烧是在摆好摊现卖、现做、现烤。

天桥的买卖是靠气氛。各种小吃都是现做现吃。他们手拿锹铲敲打着锅边,同时,还有把式棚的洋鼓洋号声,戏院的锣鼓声,小摊叫卖声,鸟市的种种鸟声,女人、男人喊叫声……丁大伯卖烧饼摊旁边配摊的是炸油条、糖饼、薄脆,热烧饼、火烧夹新炸的薄脆、油条，再旁边是卖豆浆、豆皮、豆腐干，这三个配套摊，都是夫妻摊，两口子做生意，自制自卖，顾客吃热烧饼加热油条、薄脆，喝热豆浆。

天桥的买卖扎堆配套，吆喝也吸引顾客："来了，褡裢火烧芝麻香啊！""您瞧瞧这油条糖饼啊！刚出锅的呀！""别干吃了，您喝碗白豆浆、糖豆浆啊！"他们吆喝是造气氛吸引顾客的手段。有声有色也是做买卖的艺术魅力。这几个摊主都是住在天桥南下洼子，他们跟我母亲都是很好的邻居。天桥的小买卖人有个好处，护热团结。晚上收了摊，坐在院子里聊大天，交流经验，买卖好坏，顾客吃了有哪些意见，在聊天中就解决了。有时谁在做买卖时受了气，相互帮助，解劝开了心。天桥这地方市场都是配套的，为了养家糊口，在天桥这个风来停、雨来散的地方找饭吃真是不易呀！就靠人缘。

（录自《舞台上下》，河北人民出版社，1997年版）

素食主义

苇 岸

《简明不列颠百科全书》给素食主义这样下定义："由于道德、禁欲或营养的原因而推崇以蔬菜、水果、谷物和坚果为主食的理论或习惯。"

基于宗教信仰的素食，在亚洲广大的印度教与佛教地区，自古有之。这里所说的素食主义，主要指出现于十九世纪英国，并随后扩展到其他国家和地区的一项素食运动。他们成立素食者协会，出版《素食者》专刊，开设素食馆，宣传和推广自己的观点。

素食主义者从各个方面探讨过人类的饮食问题。在道德方面，他们认为，人之所以超越下等动物，并不在于前者必须以后者为食，而是高级动物必须保护低级动物，两者之间须有互助，一如人与人之间的关系。在科学方面，他们得出结论，人体结构无可辩驳地证明，人不是宜于撕碎和吞咽别的动物的野兽，他没有食肉野兽那样尖利的分得很开的牙齿，他的肠子也比野兽的长得多。在生活方面，他们向世人表示，素食最节俭，最省钱。最后他们指明一个道理：人们之所以饮食并不是为了享受，而是为了生存。

素食主义有一个核心问题，即对素食的界定。对此，各地的素食主义者多少有些分歧。大体有三种：第一种认为素食指不吃禽兽的肉，但可以吃鱼和蛋；第二种认为素食即指不吃一切动物的肉，但仍可以吃鸡蛋、喝牛奶；第三种是最彻底的素食主义，它禁食一切动物的肉及包括蛋奶的内在的所有的附产品。

对人类而言，饮食不单涉及生存和健康，它天然与个人的信念和自我完善有关。十九世纪的美国作家梭罗讲："我在我内心发现，我有一种追求更高的生活，或者说探索精神生活的本能。"为了这种生活，他不沾烟酒，不喝咖啡，不喝牛奶，不吃牛油，也不吃兽肉。他说，这样我就不必为了要得到它们而拼命工作，而因为我不拼命工作，我也就不必拼命吃。梭罗认为，每一个想把他更高级的、诗意的官能保存在最好状态中的人，必然是特别地避免吃兽肉，还要避免多吃任何食物的。他以昆虫学家的研究说明，昆虫世界的一个一般性规则是，成虫时期的昆虫吃得比它们在蛹期少得多。因此，大食者是还处于蛹状态中的人。"有些国家的全部国民都处于这种状态，这些国民没有幻想，没有想象力，只有一个出卖了他们的大肚皮。"

梭罗相信人类的发展必然会逐渐地进步到把吃肉的习惯淘汰为止，就像野蛮人和较文明的人接触多了之后，把人吃人的习惯淘汰掉一样。

梭罗是在素食主义运动之外的，当素食主义在美国兴起时，他早已出版了他那部名为《瓦尔登湖》的沉思著作。但素食主义确是影响了愈来愈多的人，其中包括一些伟大的人，如列夫·托尔斯泰和萧伯纳（圣雄甘地在自传中也谈到了素食主义对他的意义）。

1885年，终止了打猎，戒掉烟酒，放弃财富，试图用道德准则与个人榜样影响和改变社会的托尔斯泰，又接触了素食主义。托尔斯泰的传记说，一天，一个名叫弗雷的人，从美国来看望他，这个人大约五十岁，但外貌是容光焕发的、年轻的，这是一个素食主义者，十年来甚至连盐也没有尝过。正是从来者这里，托尔斯泰第一次听到鼓吹素食主义，并且从他身上第一次看到一个有意识地弃绝杀生的人。从此托尔斯泰成了一个终生坚定的素食主义者。这一年，托尔斯泰已年近六旬。享年九十四岁的萧伯纳，将他的高龄归功于素食主义。1933年萧伯纳曾访问中国，在上海，有人问过他素食的原因，他回答："是我的健康所需要的，而且素食本是英雄和圣人的食物。"

除了对一切生命悲悯的爱以外，自觉的素食主义本质就是节制与自律。

关于节制，这是现代文明进程中迟早会被提起的问题。《历史研究》的著者汤因比即认为，工业革命以来被刺激的人类贪欲和消费主义，短短二三百年间，便导致了地球资源趋于枯竭和全面污染。面对未来，人类不能再心存科学无敌的幻觉，科学虽有消除灾害的一面，但（现实已经表明）一种新的科学本身又构成了一种新灾害的起因。人类长久生存下去的曙光在于：实现每一个人内心的革命性变革，即厉行节俭，抑制贪欲。

而在自律方面，曾严厉抨击西方社会的实利主义的索尔仁尼琴，反对"贪婪的文明"和"无限的进步"，提出应把"悔过和自我克制"作为国家生活的准则。因为纯洁的社会气氛要靠道德的自我完善来造成，稳定的社会只能在人人自觉地进行自我克制的基础上建立。托尔斯泰也曾讲过，人类不容置疑的进步只有一个，这就是精神上的进步，就是每个人的自我完善，人类如果没有内心精神上的提高，那么徒有外部体制上的改革，也是枉然的。

1994年9月

（录自《太阳升起以后》，中国工人出版社，2000年版）

纸上得来味更长
——《文学的餐桌》序

陈平原

日本著名中国学家竹内实来北大访问，我在勺园设宴款待。席间，竹内先生对一道普普通通的"宋嫂鱼羹"大加赞叹，说是年轻时在京都大学念中国文学，就记得了这个菜名，没想到几十年后，竟能在北大品尝到，真是奇妙。看老先生如此陶醉，一脸幸福的感觉，我们这些"身在福中不知福"的，也只好跟着频频点头。几个月后，《竹内实文集》中文版在京发行，竹内先生见到我，又提起那无法忘怀的宋嫂鱼羹！我当然知道，不是北大勺园厨艺高超，而是因这道菜，勾起了他对于少年生活的美好记忆。

宋嫂鱼羹是杭州名菜，主要原料是鲈鱼、火腿、竹笋、香菇等，以鲜嫩滑润，味似蟹肉著称。俞平伯在《略谈杭州北京的饮食》中，提及自家二十年代所撰《双调望江南》，其中有这么几句:"楼上酒招堤上柳,柳丝风约水明楼,风紧柳花稠。鱼羹美,佳话昔年留。"前面描写西湖楼外楼,后面提及"鱼羹美",当然说的就是宋嫂鱼羹了。俞文称:"宋五嫂原在汴京,南渡至临安(今浙江杭州),曾蒙宋高宗宣唤,事见宋人笔记。其鱼羹遗制不传,与今之醋鱼有关系否已不得而知,但西湖鱼羹之美,口碑流传已千载矣。"所谓"鱼羹遗制不传",可能不太准确。因为,所有关于浙江菜(或杭州菜)的介绍,都会对这道名菜言之凿凿,而梁实秋《瓦块鱼》也提及京城里的广和居菜肴丰美,但"百年老店,摹仿宋五嫂的手艺,恐怕也是不过尔尔"。不敢保证北大勺园的宋嫂鱼羹味道正宗,但北京城里很早就引进了这道杭菜,应该不成问题。

我相信,对北大勺园的宋嫂鱼羹赞不绝口的竹内先生,没有兴趣分辨这鱼羹到底是八百年前的"遗制"呢,还是今人想当然的"再创造"。对于很多文化人来说,菜好不好,能不能给他留下极深的印象,一是口感,二是氛围,三是联想。因此,能让文人眉飞色舞的菜,往往都有典故——既含"古典",也含"今典"。也就是说,不只隐藏着历史传说,还与自家的生活经历有某种联系。这样的美味,才值得你再三咀嚼与赞叹。

对于职业的美食家来说,我的说法过于武断;但如果将其限制在不只喜欢美味,而且喜欢谈论美味的文人学者,这"定律"大概可以成立。不能说美味跟金钱毫无关系,但美味确实羼杂了很多人文因素——历史记忆、文学想象、人生况味、审美眼光等，都严重制约着你的味觉，更不要说关于美味的陈述与表彰。

就拿宋嫂鱼羹来说，俞平伯所说的"事见宋人笔记"，大概是指吴自牧的《梦粱录》与周密的《武林旧事》。前者在卷十三"铺席"中，列举"杭城市肆各家有名者"，其中就有"钱塘门外宋五嫂鱼羹"；而后者的记载更为精彩。淳熙六年（1179年）三月十五日，宋高宗赵构登御舟闲游西湖，来至钱塘门外：时有卖鱼羹人宋五嫂对御自称："东京人氏，随驾到此。"太上皇特宣上船起居，念其年老，赐金钱十文，银钱一百文，绢十匹，仍令后苑供应泛索。（《武林旧事》卷七"乾淳事亲"）如此佳话，关键不在宋五嫂的手艺，而在太上皇的心理。为何赏金赐银？你以为真的因鱼羹格外鲜美，龙颜大悦？不，是宋五嫂之"自称东京人氏，随驾到此"，勾起了孤家寡人的满腹心思。南渡之初，朝廷犹存恢复中原之意，否则国都怎么会叫"临安"呢。这里奖励的，既是厨艺，也是故国之思——起码作者周密有这个想法。周密（1232—1298年），字公谨，号草窗，原籍济南，后居湖州（今浙江吴兴）。《武林旧事》之描摹都市风情，记录先朝旧事，以及表达"时移物换，忧患飘零"的感慨，尤为后人所称道。《四库总目提要》除表彰其"'近雅'之言不谬"外，更欣赏其别有幽怀："遗老故臣，恻恻兴亡之隐，实曲寄于言外，不仅作风俗记、都邑簿也。"

不只宋嫂鱼羹如此，不少名菜都有类似的经历——当初的创作者确有寄托，只是在流传过程中，逐渐被人淡忘了。几年前，编《中国散文选》(百花文艺出版社，2000年版)，我曾打破常规，选录了宋人林洪的《山家清供》。《山家清供》不仅是"食谱"，其强调乡居中的"粗茶淡饭"，蕴涵着某种文化精神。在介绍具体饮馔时，作者不限于烹调方法，而是插入诗句、清言、典故，甚至自家生活见闻，如此夹叙夹议，大有情趣。其实，这正是中国谈论饮食的文章及书籍的共同特色：不满足于技术介绍，而是希望兼及社会、人生、文学、审美等。也正因如此，能否产生众多关于美食的美文，不只关乎作家的学识与才情，更受制于整个大的文化氛围。十几年前，我和钱理群、黄子平为人民文学出版社编十卷本的"漫说文化丛书"，《闲情乐事》一册由我负责，其中就选了若干谈论饮食的文字。当时的感觉是，抗战军兴，此类文章便基本绝迹；偶尔有，也是嘲讽"前方吃紧，后方紧吃"。五十年代以后，大陆的政治环境，显然不适合于此类文章的生存。直到改革开放的八十年代，才有了汪曾祺、陆文夫的美食文章，以及张贤亮的饥饿记忆。

相对来说，台湾作家比我们幸运，以美文写美食，这条线，半个多世纪以来一直没断。不管是早年的侧重怀人怀乡，还是后来的突出文化差异与审美感受，都有上乘的表现。此前也曾拜读过梁实秋的《雅舍谈吃》，唐鲁孙的《中国吃》《天下味》《故园情》，逯耀东的《肚大能容——中国饮食文化散记》，以及林文月的《饮膳札记》等，感觉极好；对于焦桐那饮食＋男女＋

政治+诗、亦正亦邪的《完全壮阳食谱》，也是叹为观止。但即便如此，翻阅二鱼文化出版社的这两册《台湾饮食文选》，还是让我大开眼界。真没想到，竟然有这么多作家精于此道，也乐于此道。

于是，回到北京后，逢人说项，希望促成此书简体字版的问世。眼看"大功告成"，新书出版在即，我这牵线搭桥的，除了代拟书名，还必须"友情出演"。说什么好呢？我不像焦桐，不敢说是美食家；加上人在国外，手头没有足够的参考资料，只好在"文章"上下功夫了。记得焦桐在本书的绪言中，有这么一句："天下的桌子以餐桌最迷人，坐在餐桌前，往往充满了幸福感。"假如这餐桌是由文字构成的，你坐在前面，还感觉幸福吗？我想是的，"文学的餐桌"，很可能比真实的餐桌更迷人。

念及此，妄改陆游诗句：纸上得来味更长。

2004年3月30日于巴黎国际大学城之英国楼

（原载2004年5月26日《中华读书报》）

芥末堆

李国文

北京人说芥末堆的时候,我总在想,"堆",应该是"垛",或者是"墩",由于儿化韵的缘故,才读成这种样子的。这是北京独有的餐间小菜,也属北京风味小吃的一种。老北京一说这三个字,就咂牙花子,露出很来劲,很过瘾的神气。

芥末堆的做法,似乎不复杂,在秋天大白菜开始上市的时候,价格比较公道,水分比较饱满,取那种白帮白叶,包裹紧绷的菜,去掉根蒂,往上十五厘米处,整棵切下来,上段留作别用,下段洗净,用开水略一焯,浇上芥末,置于器皿中,隔日即可食用。储存大白菜,总是秋深季节,早晚已经很有凉意,中午阳光充足时,还是蛮暖和的。饭桌上,有这一碟冷得冻牙,脆嫩可口,香辣冲鼻,直奔脑儿门的芥末堆,再来上一口"小二",也可算是一件赏心乐事了。

芥末堆是平民食品、家常食品,尤其是大杂院内能够冬储大白菜的老百姓，而且必须是原住民，才有功夫和闲心，才有经验和体会，做出这道惠而不费的吃食。芥末堆上不了大场面，满汉全席没有它列席的资格。我也不记得北京哪家上档次的饭店酒楼里的菜单上，有芥末堆这一品。

林斤澜先生常常自诩，他在北京已经住了五十年，深信自己怎么算，也是地道的北京人了。这恐怕是属于他个人的自我感觉，即使他再住五十年，在旁人眼里，也还是个温州老乡。正如他写了不少他那种京味小说一样，大家最记得住的，还是他的《矮凳桥》系列。北京有矮凳，绝无矮凳桥，那种桥，只是在他浙东老家那里，许多小溪流上才架着的。

汪曾祺先生也在北京住了许多年，还写过革命样板戏，京腔京韵，应该是没有问题的。别人也许听不出来，我原籍是苏北人，最初几次见面，汪先生那一口高邮西北乡卖梨膏糖的韵调，依稀可辨，马上产生出来"乡音无改鬓毛衰"的亲切感。乡土，对作家来讲，如小孩的胎记一样，是一辈子也抹煞不掉的。

可以这样认为，芥末堆是北京特味小吃。来京住久了的外来移民，若是也属于小胡同、大杂院、旧平房、筒子楼的民众，对卤煮火烧、麻豆腐、羊杂碎、炒肝、灌肠、艾窝窝、驴打滚、茶汤、油饼、果子（如今已不多见）、薄脆（现在似乎专门用于从天津引进的煎饼，不单独出售了）等等佳味，也会渐渐地接受，习惯，发展到欣赏，留恋，而且吃起来和原住民一样地香。

与芥末堆相匹配的另一特味，大概就是豆汁了。这是老北京人的可口可乐，一个外来移民，要是能够吃芥末堆时，甘之如饴，喝豆汁就焦圈时，如饮醍醐，这说明他在北京住的年头够多，口味已相当程度的北京人化，但一口气能喝下三大碗豆汁，也不等于就是地道的北京人。

地域的隔膜，至少得三代五代以后，才会完全消除。在巴尔扎克的小说里，怯生生的外省人，是被社交场合中的那些巴黎人，看成乡巴佬的。可笑话外省人的首善之区的绅士淑女，上数一百至二百年，老祖宗不也是从外省来到巴黎闯世界的吗？中国也如此，晋人南渡，像王、谢这样的豪门望族，在江南贵族眼里，蔑称之为"伧"，认为他们粗野卑陋，饮食是不堪入口的。有一次，南人到北人家做客，喝了一口乳酪，回到家，恨不能洗肠。但到了后来，这种地域差别也就逐渐淡化了。

北京的小吃，说实在的，我不敢恭维，就以早点来说，万变不离其宗的豆浆油饼，我也快有半个世纪的"吃龄"了。尽管那厚如毯，软如棉，时常炸不透的大油饼，营养价值和卫生状况，都不十分理想，但却是北京上班族的至爱。一路走，一路吃，有时还举得高高地往公共电汽车上挤，那没有沥尽的油珠，从纸上往下滴，真够呛。

小吃，由于地域所形成的特点，人们对它的癖嗜，说到底，是感情，而不完全由胃口起作用。尤其当你离得生你养你的这块地域很远，想吃而吃不上的时候，更觉得那是一份无与伦比的美味。

于是，我想起了曹禺先生的《北京人》里的江泰，一位志大才疏，好吃懒做，夸夸其谈，还抱着满腹经纶，无人赏识，而怨天尤地，深感委屈的北京人，是当年北京城、小胡同、四合院中吊儿郎当大少爷的典型。他的本事就是好吃，懂吃，知道到什么地方去吃。他认识北京任何一家馆子的掌柜，也认识任何一家馆子的跑堂，他能一口气说出北京城里十七种风味饮食："正阳楼的涮羊肉，便宜坊的挂炉鸭，同和居的烤馒头，东兴楼的乌鱼蛋，致美斋的烩鸭条……灶温的烂肉面，穆柯寨的炒疙瘩，金家楼的汤爆肚，都一处的炸三角，以至于月盛斋的酱羊肉，六必居的酱菜，王致和的臭豆腐，信远斋的酸梅汤，二庙堂的合碗酪，恩德元的包子，沙锅居的白肉，杏花村的花雕。"说实在的，我在北京也待了半个多世纪，江泰心向往之的这些京城美食，大部分也欣赏过，不过如此而已。

抗战胜利后，我在南京读国立剧专，很诧异那里的教职员工，和高班的同学，一律亲昵地称呼曹禺大师为万先生，原来，曹禺先生曾在这座学校内迁重庆北碚和江安时教过书。教我们理论编剧课的沈蔚德老师，在当年《蜕变》首次演出中，曾担任主要角色丁大夫，讲了一些曹禺先生在学校教书写作的情况，于是，我也渐渐理解剧作家的一番苦心孤诣了。

显然，沦陷了的古都北平，对万先生而言，那思亲返乡之念，那国破家亡之感，是流亡在大后方的北京人，或相当程度北京人化的北京人，一个共同的解不开的心结。所以，他才在剧本中,如数家珍地,一五一十地报出菜谱。这对每一位吃过,尝过,听说过,见识过的人来讲,那被拨动的心弦,会久久不能平静下来的。

所以,小吃虽小,它是一种文化,一种感情,一种地域的独特精神,一种使人们燃起生活欲望的催化剂。小吃蓬勃,证明生活美好,小吃丰富,说明日子充实,假如北京的小吃,花样翻新,层出不穷,如同巴黎人那样夸耀他们有上千种奶酪而自豪,我想,芥末堆一定会像朝鲜泡菜一样走向世界。

芥末堆,的确是道可口的小吃。

(原载2006年第8期《海内与海外》)

话说鲍鱼

邓　刚

鲍鱼不是鱼，却比鱼的名气大多了。随着经济浪潮的升腾，鲍鱼就成了各种宴席上的大菜，什么清蒸鲍鱼、红烧鲍鱼、沙拉鲍鱼、五彩鲍鱼、酱焖鲍鱼、滑熘鲍鱼、麻酱鲍鱼、香菇鲍鱼……请客的或被请的都感到一种高档的品位。然而在我小的时候，辽东半岛沿岸的任何一个海湾，只要憋一口气扎进半个多人深的水里，就可以捉到鲍鱼。用渔刀将壳里的鲍肉剜出来，放在火堆上烤得滋啦啦冒油汤，然后就胡乱地嚼着，稀里糊涂地咽下肚去。为此，我们敲击鹅卵石打拍子，抻着脖颈高唱：我们都是穷光蛋，口袋里没有一分钱；我们都是阔大爷，鲍鱼海参就干饭！……

那个年代好像总是饿，只要能下咽的东西都发了疯般地往嘴里塞，但最珍贵的还是粮食，只有粮食才能真正垫饥（吃饱），所以，要是一斤鲍鱼肉能换一斤大米，那就是求之不得的好事。现在，一斤鲍鱼肉能换一百斤乃至一千斤大米还要倒找钱呢。为什么呢？人们的口袋里有钱了。饿惯了或饿怕了的中国人有了钱，首先就想到吃，从低级吃到高级，一路吃下去，最终吃到山珍海味也就吃到鲍鱼。会挣大钱的商人也就趁热打铁，大力宣扬鲍鱼的营养——鲍鱼富含丰富的球蛋白，营养价值是核桃的七八倍；鲍鱼的肉中还有一种神奇的"鲍素"，能够破坏癌细胞生成。医学界也擂鼓助阵，说鲍鱼具有滋阴补阳功效，平肝，固肾，调整肾上腺素分泌，具有双向性调节血压的作用。补阴补阳的食物一般是有着严格区分的，如果你阴虚吃人参，更会升腾燥火甚至大流鼻血，而鲍鱼却阴阳并用，补而不燥，绝无副作用。锦上添花的是五彩缤纷的鲍壳还是著名的中药材石决明，因为有明目的功效，我们的老祖宗称它为千里光，在千里光中间包裹的鲍鱼肉，那真正是了不得的绿色食品。渔村里的人对鲍鱼不太有华丽的形容词，但却有着朴实而精彩的评价：鲍鱼不塞牙。细细想想，这可谓极致的表扬了，什么高级的鱼呀肉呀，吃了都塞牙，而既富有弹性又有咬劲儿的鲍鱼肉，却不塞牙，绝对妙不可言。令鲍鱼更上一层楼的光彩是上世纪七十年代，美国总统尼克松访华，这是冷战以来中美两国第一次打开坚冰的超级外交。周恩来总理亲自布置交办给国务院的任务，招待外宾的国宴上要用辽东半岛的鲍鱼。因为北纬三十九度的海水不冷也不热，最适于鲍鱼的生长。任务下达到黄海的獐子岛后，人们备感光荣和自豪，尽管鲍鱼在冬季都深藏到礁石深处"冬眠",很难寻找足迹,但年轻的潜水员王天勇鼓起勇气,在零下二十多度的严寒中,潜进砭骨的海水里寻找和捕捉质量高档的鲍鱼。每一次浮出水面,他的潜水衣就被冻成一层玻璃状的明盔亮甲,用棍子敲,咔嚓咔嚓地往下掉冰碴儿。他先后奋战多天,下潜一百多次,终于捕捉到一千多公斤高质量的鲍鱼,火速送到北京。《中美公报》发表后,周恩来为此致电,表扬为这次重大外交成功奋战过的劳动者是"幕后英雄"。至今,王天勇的照片还高挂在獐子岛英雄谱上。

然而,越高级的东西就越少。现在,几乎就是全民吃鲍鱼了,鲍鱼也就一百倍地稀有和珍贵。于是,所有见钱眼红的人都拼了命地跳进海里,剃光头般地将海底刮了个精光,连鲍鱼崽子也斩尽杀绝。鲍鱼身价倍增,等级已经按每斤"头"数计,有二头、三头、五头,至十头二十头不等,"头"数越少说明个头越大,价钱越贵;一段时间,日本吉品鲍鱼的市场价为每克十元左右。再发展下去,可以摆到黄金柜台上了。

前面说过,鲍鱼不是鱼,其实是贝类,但一般贝类都是双壁壳,将自己包裹得严严实实。可怜的鲍鱼却是单壁壳,另一面空荡荡地暴露出一大片嫩肉,所以它只好将嫩肉一面紧贴在礁石上,即使是走动,也是相当谨慎地贴着石面滑行。一旦遇到天敌,它立即就拼死地吸附在礁石上,你就是将鲍鱼壳砸得粉碎,那块嫩肉也像铸就在礁石上,岿然不动。不过,人类是绝顶聪明的,我当"海碰子"那阵,就有不锈钢做成的鲍鱼铲子，手持这亮闪闪的武器，任我在水下大开杀戒，无论鲍鱼怎样抵抗，也会百分之百地被铲下礁石。看到裸露出嫩肉的鲍鱼在水波里无可奈何地翻滚，我得到一种征服的满足。长久的捕捉更使我经验丰富，因为鲍鱼愿吃海藻菜，又爱在光秃秃的礁石上滑行和晒太阳，所以上半部光亮、下半部长满海藻菜的"和尚头"式的礁石上肯定会有鲍鱼。我只要潜进水里，就瞪大眼珠子寻找"和尚头"，为此收获丰厚。

可当我成为一个写作者时，当我懂得一些生态失衡的科学道理之后，我才意识到我曾经是多么的愚蠢可恨。上个世纪当我再度潜进辽东半岛的浪涛里，再次穿行于曾令我恐惧和欣喜的暗礁丛，我发现以往丰富多彩的水下世界，竟变得空空如也。我仿佛漫游在月球或火星的山谷里，四周一片死寂。失去生命的礁石更加沟壑纵横，俨然一张张皱纹密布的老脸，上面刻满了哀怨……无论我怎样寻找，哪怕是找到一百个一千个"和尚头"礁石，也看不到丁点鲍鱼的影子。永远的清冷似无形的利剑，不断穿透我的身体我的心胸我的大脑，我感到我的灵魂在打哆嗦。因为我曾是杀害这里生命的一员干将，我怕成千上万海的鬼魂对我进行报复。我开始哀鸣：没有鲍鱼的大海还能叫海吗？

进入二十一世纪后，突然，人类餐桌上的鲍鱼多起来，不单是豪华的酒店，连最不起眼的小店也堆满了五彩缤纷的九孔花壳鲍鱼。而且鲍鱼的个头越来越大，鲍肉越来越肥，这使我疑心并忧心。因为聪明绝顶的人类，什么损招儿都能想出来，说不定又发明了什么化学药剂，催化和催胖了可怜的鲍鱼。带着疑心和忧心，我趁作家协会到辽东半岛中的獐子岛采风时，全身披挂，戴上水镜，穿上鸭蹼，以当年"海碰子"的姿势，一个猛子扎进海里。我当真感到我回到童话中的童年里，抬头看，天蓝得令你心动，低头瞧，海清得令你心慌，憨厚的黑鱼还是朝我瞪着莫名其妙的大眼睛，金色的黄鱼还是匍匐在礁石上觅食、粉红色的海蚕（水母）舞姿翩翩地游过来，有节奏地伸缩着大蘑菇脑袋，真是绝妙之美！看来，在远离人类的地方，大自然还是能保持人类童年的童话。但我潜进更深的海底时，不禁大吃一惊，前面竟然是一大片白花花的花岗岩，一方挨一方的巨石，像宽阔的草原般铺开。细细一看，原来是岛上的渔人给鲍鱼海参修建的"住宅小区"，在深深的水下，布满了七彩光色的鲍鱼和梅花刺儿的海参。

经过更进一步的了解，我才知道，这些在人类掌控下的鲍鱼到了冬季休眠之时却依然清醒并茁壮成长。原来人类给它们来了个大搬家，搬到南方的海里。因为冬季南方海水恰好是北方海水夏季的温度。也就是说，寒冷的季节里，人们将鲍鱼千里迢迢地送到南方温暖的海域里；等到北方变暖时再千里迢迢地拉它们回家，这样鲍鱼就会永远在北纬三十九度上下的水温中生活，这就是著名而巧妙的"北鲍南养"。所以本该四年才长成的鲍鱼，两年就可以收获了。

那天我望着波涛起伏的海面,还有蓝天上那一轮金红色的太阳,想到人类确有许多可恨可怕而又可爱的智慧,可是,在如此浩瀚的大自然面前,这到底是大智慧还是小聪明?它所带来的,到底会是一个什么样的结果呢?

(原载2010年9月13日《文汇报》)

饥饿惯性

南　帆

• 一

　　这是一段欧洲的海滩，落日将沙粒晒得微微发烫。我猜外面是大西洋的北海，湛蓝的海面上阳光斑斑点点地闪烁。L君的车子在停车场兜了几圈，终于觅到一个空车位小心翼翼地塞进去。他坚持要在这里停一阵，让我有机会亲身体验一下欧洲的闲适。他已经在欧洲游荡了十多年，不想重新返回中国西北的那个内陆城市。L君的工作是松散型的，没有固定的时间，休闲时常常到海滩上晒太阳。这一份工作收入不算高，但是心情松弛，他已经相当满足。坐在柔软的沙子上，太阳温暖地照射着脊背，涛声澎湃如同一声一声舒缓的长叹，远处几张风帆飘荡在海面。什么也不用多想，这即是无边的快乐。他说已经过不惯昔日的机关生活了。钩心斗角，飞短流长，时时揣测周围的脸色,见了领导唯唯诺诺,欠着身子半个屁股挨在椅子上聆听教诲……总之,他劝我一定要到欧洲的海滩上坐一坐,卸下一些堆积在胸中的垃圾。

大西洋的涌浪一阵一阵轻柔地舔着沙滩,一堆又一堆的人群密密麻麻地分散在各处。男人们赤裸上身,穿一条沙滩裤,戴一副墨镜;女人们穿着花花绿绿的比基尼,抹上防晒霜,趴在沙滩上专心地享受阳光;一些孩童尖叫着到处奔跑,偶尔会突然停下来,亮晶晶的眸子一动不动地盯住大人。L君竭力奉劝我入乡随俗,剥下披在身上的西装,否则我们就会成为沙滩上最引人注目的傻瓜。

或许是为了褒奖我敢于在欧洲的沙滩上赤膊,L君开始虚伪地恭维我的身材。他说,胖是胖了些,但是,到健身房里锻炼一段时间,练出几块腹肌,还是有望赢得欧洲女人的注目。我打趣地问他,是否知道我的腰围尺寸?有人说,超过两尺五的腰围就不要想勾引女人。哪一个女人向两尺五以上的腰围献媚,看上的肯定是金钱或者权力。

那一阵哄笑抛在了欧洲的沙滩上,但是,腰围还是一天一天不可遏止地膨胀起来,大腹便便。体检时血脂超标,脂肪肝。医生斜着眼睛说:吃多了吧?可是,询问了饮食情况和日常运动量之后,医生的脸上浮出了迷惑的表情——不至于呵?

现代医院的医疗器械愈来愈发达。古代的郎中背负药囊走街串巷,望、闻、问、切的诊病方式令人想到了生产作坊里的手艺人。现今的许多医生大量依赖医疗器械提供的检查数据，有些医生更像是操作机器的工程师。计算机和影像技术带来了令人惊异的医学革命。我曾经在一个计算机屏幕上看到了心脏的多维数码图像：正面的，反面的，某些血管即使隐藏在心脏内部，计算机也可以精确地算出血管的宽度。尽管如此，这些医疗器械仍然没有找到肥胖的确切原因。相反，另一种奇怪的解释愈来愈吸引我。这种解释认为，我们这一代的日子里，肌体器官仍然处于紧张的防范状态。它自作主张地把一切多余的营养收藏到肝脏里，转换成脂肪，以备不时之需。久而久之，这些脂肪进入血管，血脂开始上升。我不知道这种解释拥有多少医学依据，但是，解释之中的历史气氛迅速地打动了我。

二

除了说话之外，嘴巴要做的事情就是吃与接吻。接吻是一件快乐的事情，但是机会不多。吃也是一件快乐的事情，酒足饭饱，鼓腹而游，这种惬意甚至曾经让庄子他老人家点头称善。尽管如此，许多当家人并不乐意鼓励吃的乐趣。例如，鲁迅的小说《风波》之中，那一位著名的"九斤老太"时常咬牙切齿地咒骂她的孙女——"吃穷了一家子"。许多时候，吃是一件让人头痛的事情，一张嘴怎么会如同填不满的无底洞？

一日三餐，相聚而食，众人温文尔雅地坐在餐桌上，使用筷子或者刀叉端庄地将鸡蛋或者牛排送入嘴巴。这种形式已经与动物时代的狼吞虎咽相距很远了。经过文明卓有成效的改造和训练，吃喝的意义从维持身体的存活演变为口腹之乐，继而孵化出各种艺术、社会仪式和历史典故。从《最后的晚餐》到"鸿门宴"，从"青梅煮酒论英雄"到"劝君更尽一杯酒，西出阳关无故人"，混饱肚子仅仅是各种故事背后一个微不足道的原点。时至如今，围绕吃喝所积累的丰富知识令人叹为观止。我曾经听到一个贵人讲解葡萄酒品鉴，葡萄的年份、种植的土地和气候、酒瓶塞的木质以及酒窖里的贮藏，许多知识闻所未闻。嘴巴的享受如此重要，人们愿意为每一个细节倾注大量的心血。从盛宴、小吃到山珍、海味，无数天才始终孜孜不倦地开拓舌头味蕾形成的口感空间，竭力把餐桌改造为极乐世界。《红楼梦》之中的王熙凤曾经详细地向刘姥姥叙述怎么烧"茄鲞"：茄子的切割、加工和鸡丁、肉末、香菌等各种作料的配制，以及特殊的烹调和收藏工序，一道菜肴背后的想象力和探索精神完全有资格与伟大的科学实验媲美。为艺术而艺术曾经是一个惊世骇俗的口号，一帮狂妄的艺术家胆敢宣称抛开了各种社会目的而专注地享受艺术的快乐。许多富于责任感的思想家对于这种享受主义的姿态深感不满。然而，为吃而吃早就开始了。吃的目的是享用，而不是抵御饥饿。据说，古罗马的贵族竟日泡在筵席上，吃饱了离席呕吐一阵，然后回到餐桌上再接再厉——这种状况甚至赢得了一个专门的术语"罗马式的呕吐"。某些时候，吃喝产生的巨大快乐甚至可以蔑视死亡——我想到的可不是"拼死吃河豚"之类的俗谚，而是记起一个有趣的传说：问斩金圣叹的时候，这个玩世不恭的家伙招招手叫过刽子手耳语一番，告诉他盐菜与黄豆一起吃，嚼得出核桃的滋味。

可是，我所熟悉的生活之中，围绕吃喝所积累的大量知识是哄骗嘴巴和胃，减缓饥饿制造的恐慌，提供一些快乐的幻象。我曾经在乡村的餐桌上见到木头雕刻的鱼和鸡。喜庆节日或者招待客人的时候，这些木制模具外面裹上一层面粉下到锅里蒸熟，这即是大鱼大肉了。乡村的几个酒鬼聚在一起喝烧酒，下酒菜是他们口袋里的一根铁钉。呷一口火辣辣的烧酒，喉咙里发出一声满足的长叹，然后用铁钉蘸上酱油舔一口，据说有猪头肉的香味。饥荒时代临近之际，所有的人都在研究一个尖端课题：如何用最少的食物对付胃的不懈需求。听说"双蒸饭"即是清华大学贡献的一项伟大发明。"双蒸饭"的诀窍是，将蒸熟的米饭泡上水再蒸一回，这时，饭钵里米饭的体积似乎膨胀了一些。"双蒸饭"吃起来松软绵烂，满嘴渣滓，体积的增加无非是水分而已。尽管家家户户费尽了心机，但是，最后一粒米还是被搜刮干净，空空的米缸发出哐哐的回声。这时，人们开始采集野果、野菜，继而是树叶和树皮。树叶和树皮不仅难以下咽，而且难以排泄，口腔与肛门双双都无法适应。这时，吃喝已经急速地回到了原点：吃喝就是维持生命，别无他意。多数人的心思无不收缩到一个具体的问题之上：下一顿吃什么。饥肠辘辘的时间如此之长，慌慌张张的胃不仅消化了所有的入口之物，而且消化了日常的矜持和礼貌。古代的"嗟来之食"成了一个过于奢侈的典故，没有人还可以施舍得出多余的食物。张贤亮的小说《绿化树》之中，对付饥饿成了智慧与爱情的主题。主人公巧妙地揽到了糊窗纸的活计，把糊窗纸的"糨子"放在铁锹上摊成煎饼，这是智慧对于胃的最高奖赏；当时，撩起主人公情欲的不是女人的花容月貌，而是她留在馍馍上的指纹。当然，食物与爱情对决的时候，前者必定是最终的赢家。李昂的《杀夫》之中，一个女人用性换取食品。一个惊心动魄的色情场面是，这个女人一边躺在地上的草堆里性交，一边迫不及待地往嘴里塞白米饭。阎连科的小说《四书》之中出现过类似的情节：一个饥饿的女人在性交时大把大把地吞咽黄豆，一口气没有换过来竟然噎死了。即使是丰收的季节，老一辈再三叮嘱的还是珍惜粮食，饭粒洒在餐桌上是要遭雷劈的。我在童年时记住的第一个故事即是，一个大户人家时常将剩饭剩菜倾倒入水沟，邻居尽量捞起，洗净之后晒干贮存。日后大户人家破落，邻居接济他们子弟的第一顿饭就是先前从水沟捞起来的。

然而，现在似乎没有人为填饱肚子发愁了。报纸上倡导的养生诀窍是，四十岁之后的男人少吃一些肉，每顿饭只能七成饱；女人彼此交换的私密话题多半是如何减肥，肥胖的躯体有损身材之美，并且撑裂了衣橱里的一件件时装，几个年轻人叽叽喳喳地讨论动漫故事或者新版的网络游戏，然后相约上"必胜客"或者吃韩国烤肉，哪一个家伙胃口好一些就会赢得一个昵称"大胃王"。一个孩子向母亲示好的时候说："妈妈，我现在有一点乖了，开始想吃饭了。"电视里的许多广告即是推荐孩子消食的药品。总之，饥饿成了一个发霉的话题，似乎是上一辈子的事情，或者早就丢弃到了遥远的非洲。我怎么也料想不到，肌体内部的器官居然不肯放弃为时已久的惯性，饥饿经验成了胃肠和肝脏怎么也摆脱不了的恐惧。

三

我常常考虑，一个人的饥饿经验可以转换为哪些思想？至少目前为止，我对于从未真正经历过饥饿恐惧的人不怎么信任。这些人常常在高谈阔论的时候忘了胃的存在。他们陶醉于激动人心的理想景象，吃喝这种俗事从来不是一个问题。据说，晋惠帝曾经在灾荒之年不解地问，饿得发慌的老百姓为什么不吃一些肉粥？

历史底层的凡夫俗子没有多少想象力，无论是对于社会的未来还是对于个人前途。许多时候，一件无法回避的事情紧紧地拖住了他们的大部分精力：用什么喂饱眼前这一具皮囊？譬如，我就不得不惭愧地承认，中学时代胸无大志；很长一段时间，我的最大愿望就是每个月多几斤粮票。当年，粮票是一个人的身家性命。居民的粮食由粮店集中供应，手里的几张钞票无法从粮店的柜台上换到大米，一斤大米同时收取一斤粮票。从糕点、饼干到面条、米饭，购买任何粮食制品都必须附上相应的粮票。粮票是粮食定量供应的产物，分为地方粮食和全国粮票。一个人出差奔赴外地，事先要用当地粮票换取全国粮票，否则到饭馆里吃不上饭。粮票计量单位从二十斤、十斤、一斤、半斤到一两。上海最小的粮票单位是半两，这再度表明了上海人的精细。在我十三岁的时候，父母迁至乡村，外婆领着我和姐姐、妹妹遗留在城市。这时，以往由父母操心的事情落到了自己身上，例如粮票。我第一次意识到，每个月的二十四斤粮食定量填不饱肚子。十几岁的少年胃口大开，仿佛连钢铁都能消化，区区二十四斤如何够吃？外婆和姐姐、妹妹省出了一部分口粮照顾我，但是，她们匀出来的数量肯定有限。

我的中学时代，接近一半的日子是在分校度过。分校盖在这个城市北面的一座大山里，五六幢黄泥墙的土楼。炎热的夏季，我们常常夜间在大山里摸黑行军八九个小时，从城市抵达分校。分校生活的大部分时间是下地种田。起早贪黑的田间劳动与见不到荤腥的集体伙食导致饭量大增，二十四斤的粮食定量开始让我感到恐慌。早餐二两，午餐与晚餐分别四两，每个月已经需要三十斤。一些月份的三十一号是一个不受欢迎的日子，平白无故多出的一天加剧了粮票的紧张。通常，午餐四两与晚餐四两均未吃饱，饥饿经验成了一种日常的存在。我常常半夜饿醒，躺在木架床上聆听周围的同学翻身磨牙。刚刚离开城市的时候，家长多半给孩子带上些许点心，猪油炒面粉是常见的品种。床下的木箱子里藏了一牙缸的猪油炒面粉，临睡之前舀出两勺兑上开水，放一小撮白糖，这即是无上的快乐。不幸的是，这种快乐多半只维持一周。一周之后，大部分人的猪油炒面粉均已告罄。半夜饿醒十分难熬，偶尔我会改变一下食谱，早餐二两，午餐仍然是坚忍的二两，晚餐放开肚量一下子吃下六两，然后在饱足感之中睡一个安稳的好觉。现今的医学观点是，晚餐不能过量，否则，无法消耗的脂肪悄悄地在睡梦之中转移到肝脏与血管，成为无法清除的体内垃圾。然而，半夜饿醒的恐惧仍然无声无息地盘旋在意识的角落，以至于我总是在晚上吃得太多。为了对付这种恐惧，我时常备有若干小点心，桌上的点心盒是一个有效的心理安慰。然而，如果哪一天晚上偶然发现点心盒空了，我立即会坐立不安；临睡之前，饥饿必定如约袭来。

分校的几幢黄泥房子摊在一个斜坡上，山坡下的村口有一间小小的杂货店，货架上摆一些镰刀、蜡烛、绳子，地上几坛酒水、醋和酱油。一天午后得到消息，杂货店里打翻了酱油，一些被酱油泡过的小礼饼打折出售，一角钱一块，重要的是免收粮票。我搜罗出所有的零钱匆匆赶去抢购一些，小心翼翼地收藏在挎包里挂在床头。傍晚收工回到宿舍，我发现床头的挎包正在不断地晃动。愣了几秒，我甚至疑心是不是发生了地震。然后突然醒悟，一个箭步上前双手攥住挎包。这时，一只硕大的老鼠从巴掌的虎口之间跃了出来，跳上我的胳膊，顺着肩膀一溜烟地跑走了。打开挎包一看，好几张小礼饼已经被老鼠啃出了大缺口。时至如今，当年的惊吓与恼怒早就消散，但是，老鼠踏过胳膊的麻酥酥之感顽固地沉淀下来，如同某种精神伤疤，不断地提醒我肠胃曾经有过的恐慌。

当时，我曾经在心里不断地祈祷：一个月四十斤粮票就好，四十五斤谢天谢地。我暗中许诺，决不贪心地追求每个月一百斤。粮票不同于金钱，超出了胃的容量没有多大的意义。尽管如此，我的二十四斤始终不曾突破。不久之前，一位仁兄曾经在网络上表示，当年他从未饿着——他似乎没有遇到粮票匮乏的时候。他神情倨傲地发问，哪一个人能提供粮票有限的证据？这的确令人感叹，一个幸福的胃对于历史没有记忆。尽管与这种表情对话有些愚蠢，我还是愿意提供当年差不多众所周知的规定：国务院1955年8月颁布了《市镇粮食定量供应暂行办法》，这是二十四斤的权威依据。这一份文件核定了各行各业的口粮标准。中学毕业之后如果在城市找到了工作，我的口粮可以上升至二十九斤。仅此而已。当然，当时我怎么也想不到，乡村农民对于城市的最大羡慕就是，生活在那儿的人居然每个月拥有二十四斤的绝对保证。他们眼里，粮票几乎是世界上最为贵重的玩意儿。史铁生的小说《我的遥远的清平湾》之中，一个知青因为双腿瘫痪返回北京住进医院，陕北的老乡给他捎来的礼物是，一张陕西省的十斤粮票。因为辗转传递，这张粮票渍透了油污，中间已经断开，用一张小纸条粘上。

· 四

形而上者谓之道，形而下者谓之器。我逐渐意识到，饥饿无法享受形而上的荣誉。吃只能逗留在日常世界，摆不上台面，无法打动哲学——一件如此鄙俗的琐事没有资格惊扰哲学家的崇高心智。君子远庖厨。吃喝的知识无限丰富，但是，带入书房可能把那些精装的大部分著作熏出油烟味来。目前为止，这些知识赢得的最高礼遇是，电视的某一个频道开始播出烹调节目。一些电影试图开掘这些知识内部的潜力，导演模仿武林门派的华山论剑设计了不同菜系之间的争霸战。与那些闯荡江湖的剑客不同，各个门派的厨师只能由一些嬉皮笑脸的喜剧演员装扮。如果一帮掌管吃喝的家伙脸上挂出了大义凛然的表情，人们多半会觉得这个世界哪儿不对劲。

食色，性也，然而，"食"与"色"从来没有平分秋色。一个饕餮之徒能够与情圣相提并论吗？性所拥有的附加值超脱了日常世界而赢得了崇高声望，伟大的爱情几乎是带有宗教气息的神话。念念不忘地惦记一盘红烧肉或者一瓶老酒，此人必是贪图口腹之乐的俗夫；念念不忘地牵挂一个遥不可及的"窈窕淑女",他立即摇身一变成了痴心的情种。饿死事小,失节事大,性始终排在了饥饿之前;吃得太饱撑死了,这多半是一个不体面的笑话,殉情而死却会赚取大把的泪水。都是若干生理器官的背后操纵,吃的哲学语涉贬义而爱的哲学成了一个高尚的命题。即使充当反面教材,吃也没有太大的意义——佛祖释迦牟尼出家的最后原因是看到了宫女的丑态,而不是因为一桌热气腾腾的筵席。

总之,吃的意义仅仅是生命的维持,而不是生命的目标;生命必须拥有高瞻远瞩的宏大理想。现在的问题是,遥望天际的理想之前必须备好厨房需要的原料。历史可悲地证明,宏大理想带来的革命相当有限,大部分暴动的原因是厨房告急。无米下锅是造反的首要理由。理想能够当饭吃吗?这是一句老于世故的训诫。多数人舞枪弄棒是去抢夺一些稻谷,而不是去抢夺一个爱情或者一种哲学观念。

· 五

银行柜台上数钞票的出纳并不是最有钱的人,水田里种粮的农民也不是吃得最饱的人。移居到乡村之后我很快明白,农民的口粮远不如城里人。他们不可能每一日吃大米饭。瓜菜半年粮,我居住的那个乡村,农民的饭碗里常常一半是地瓜。一段咸带鱼加上一碗地瓜饭,这就是丰盛的晚餐。只有节庆的日子，农民才会把大米磨成浆，继而制作成类似于面条的粉干。这一带乡村的粉干制作远近闻名。哪一天村子里传言吃粉干，一定是有了大喜事。这时，小山坡顶上的粉干厂人声鼎沸，几乎半个村子的人都来了。许多人七手八脚地磨米，制作粉干，择菜，然后在一口大锅底下燃起柴火，煮熟之后每人舀起一碗蹲在一个角落吃得唏嘘有声。我刚刚抵达乡村的时候寄宿在粉干厂，遇到过两次这样的场面。

移居乡村的第一年，知青的口粮仍然由国家定量供给。尽管如此，吃迅速地成为一个不得不精心盘算的问题。回想当年，为什么我无法像许多兄长那样因为革命领袖的金口玉言而激情满怀？为什么未曾被各种形而上的灵感缠上，不论是磨炼自己的革命意志、改造家庭血统还是从田间的泥土芬芳察觉深刻的人生哲学？总之，我从来没有登上一个理论制高点，大气磅礴地评估下乡插队这个社会事件的历史意义。真正的乡村横亘在面前的时候，一件简单至极的事情日复一日地蛀空了理想：赶快找些可吃的填进肚子，阻止胃的可怕蠕动。我对于自己的饭量剧增无比惊异。从田里收工回来，迫不及待地奔到灶台的蒸笼里取出两个饭盒开始狼吞虎咽。两个饭盒大约炖了一斤的米饭，风卷残云般地进了肚子，咂咂嘴仍然觉得意犹未尽。

饥饿的日子里，用食品打赌成了知青之间的风气。我曾经从二楼的窗口跳到一堆稻草上，赢得的赌注是五块馒头；一个女知青入夜之后在山坡上的乱坟堆里蹲了两个小时，吓得脸色

305

发青,她赢得的赌注也是五块馒头。农忙季节开始,吃"蒸笼饭"是汗水淋漓的生活之中一个令人企盼的节目。这是生产队提供的免费午餐。清晨的五点下到田里,中午时分已经饿得心里阵阵发慌。这时,一大木桶冒着热气的蒸饭抬到了田头,众人一拥而上,抢来一个海碗开始装饭。农民事先向我传授了秘诀:第一回合先装半碗就近匆匆吃完,然后再上前装满第二碗慢慢享用。如果第一碗就装满,吃完的时候木桶里已经没有第二碗了。遵循这种朴素的运筹学可以多吃半碗饭。木桶里的蒸饭一粒一粒硬如橡皮,咬得腮帮发酸。如果蒸出来的饭比较软,表明米放得少了,这时农民就会不满地嘀嘀咕咕:我们干的是力气活,这种稀饭怎么行?许多黑黑瘦瘦的农民饭量惊人,放开了肚量不知吃得下多少。他们喜欢站着吃饭。我从他们那儿得到的解释是:站起来的时候,肚子内部可以腾出更大的空间装饭。

与农民不同的是,知青不仅常常感到了饥饿,而且嘴馋。居住乡村几个月,几乎没有沾到荤腥。当年的口号是猪多、肥多、粮多,一只猪即是一个小化肥厂。因此,私宰生猪重罚不饶。即使口袋里藏有几文小钱,猪肉也不是伸手即可买到。一次失败的杀猪经历之后,我终于对这一条规则形成了深刻的认识。

居住乡村一段时间,我和村子里一个叫阿洪的农民混熟了。这个家伙一张马脸,大板牙,嘴里一股劣等烟和地瓜混合的气味。他脑子灵活，懂得这些电工，时常背一个自制的电瓶打鱼器到小溪或者水渠里打鱼，腰间挂的竹篓里总是有一两条小鲫鱼或者小泥鳅。那一天他招招手把我叫到树荫下，让我天黑之后到家帮忙杀猪。想不想吃肉？他神情狡猾地问道。这当然是一个巨大的诱惑，但是，杀猪哪有那么容易？白刀子进，红刀子出，猪一叫起来，全村不是都知道发生了什么吗？阿洪拍了拍我的肩膀，神秘地一笑。

晚上到了阿洪家的时候，我惊奇地发现，那只猪已经直挺挺地躺在院子中央。阿洪卸下了一个电灯头，电线的两端绑在猪的前腿和后腿上，一拉电闸，猪被电死了。他得意地说，就是几秒钟，一点声音也没有，鬼都发现不了！阿洪烧好了一大桶滚烫的热水，他招呼我一起把猪抬进桶里褪毛。

阿洪和我憋足劲将猪扔进木桶。然而，我们还来不及喘口气，意外发生了。那只猪锐叫了一声，泼剌地从桶里跳出来——刚才它仅仅失去了知觉，整桶的热水一下子把它烫醒了，猪在阿洪家里发疯似的四处乱窜，撞得桌椅乒乒乓乓响成一片。片刻之后，它势不可挡地夺门而出，高亢的嚎叫立即响彻黑暗的小村子。阿洪和我全身溅满了热水，湿漉漉地不知所措。几拨人陆续地在门外探头探脑之后，生产队长气势汹汹来了。那桶还在冒气的热水坦白了一切。他阴沉地盯了阿洪和我一眼，一声不吭地离去。饱餐一顿肥肉的梦想瞬间破灭，我的失望持续了许多日子，以至于居然忘了过问，阿洪究竟遭受到生产队长的何种惩罚。

饥饿和嘴馋冲垮了羞耻的防线,一些知青终于把手伸向了农民。一个知青夜间闯入甘蔗林撞得哗哗乱响,然后砍了两根甘蔗扬长而去。守在窝棚里的农民听清楚只有一个人后拎着铁锹追出来,他已经跑远了,另外几个知青是偷猎鸡鸭的高手。路上遇到了觅食的鸡鸭,用几料谷子引到了身边,一把拧断了脖子塞入肩上挎的马桶包,全程不过几秒。他们不敢公然地在厨房里炖汤,而是把鸡鸭切成小块扔进暖水瓶,灌上一壶沸水,捂了一夜之后打开,鲜美扑鼻。另一个仁兄的技术特长是割猪的尾巴。他啰啰地叫唤着,把猪引到无人之处,殷勤地替猪挠痒。憨态十足的猪感到了舒坦,卷在屁股上的小尾巴傻乎乎地伸展开来。这位仁兄手起刀落,迅捷无比地把猪尾巴切下,猪哀叫着跑开了。至少在当时,红烧猪尾巴是一道难得的美味。不久之后,农民逐渐听说了知青的劣迹。不满和怨恨无声地积累,终于被一捆柴草点燃了。

六

这一场冲突大约发生在三十多年前,个别细节可能有所出入。尽管如此,冲突的缘起肯定不会记错:砖窑旁边的一捆柴草。

这一座砖窑紧挨着知青点。砖窑旁边堆放着高高的一垛垛柴草,这是农民一担两元钱收购的。砖窑开始冒烟烧砖的时候,这些柴草就会迅速地少下去。通常的日子里,砖窑只有一个叫作"二把式"的农民。他每日牵一头牛,把泥池子里的黄泥踩得稀烂。当牛踱到一边啃着稀稀落落的青草时,二把式就抱起一团团泥巴奋力摔在模子里,做出一块块的砖坯。据说二把式穷得连最次的烟都抽不起。日子实在过不下去的时候,他就打发老婆远嫁他乡,过一两个月再偷偷潜回。除了嫁人时收一笔财礼,老婆在返回时还会顺手牵回一只羊或者扛回一袋谷子。当地的公安部门曾经多次找过他们。但是二把式家徒四壁,没有人能把他怎么样。当时肯定没有想到,他竟然在这一场冲突之中扮演了主角。

那一天天色昏黑我才从田里收工,一个下午大约不外插秧与挑粪。返回途中,水田里青蛙的鸣叫与饥肠辘辘发出的鸣响彼此应和。回到知青点我急不可耐地奔到厨房,不料灶台角落的饭盒里仍然是一堆生米。一个负责蒸饭的女知青泪汪汪地解释说,蒸饭的锅与蒸笼被砖窑上的人抢走了。村里的碾坊不再把谷壳作为燃料供应给知青之后,我们就开始大大咧咧地用砖窑的柴草烧饭。据说砖窑警告过几次,知青置之不理。抢走锅与蒸笼是一种象征性的报复。乡村的习俗之中,抢锅扒灶表示了一种道义上的蔑视。砖窑上的人气势汹汹地堵上门的时候,没有出工的几个知青一声不吭地躲开了。估计谁也没有想到,收工之后的饥饿产生了如此之大的恼怒,以至于没有哪一个知青认为自己理亏。知青点外面有人喊了一声:男的都出来,拿上锄头到村里去!谁不去谁不是人!这时,所有的知青都愤愤地冲了出来。

我清晰地记得那天晚上有月亮。月亮早早地升在半空,冷冷地注视着地面几条活动的身影。八九个衣衫褴褛的家伙荷锄列成一路纵队,踩着一条弯弯曲曲的石板路进了村。村里的房子与草垛在月光下拖出一片片硕大的影子。所有的狗仿佛都叫了起来,接着又胆怯地咽下声去。一路纵队的脚步声在石板路面上悲愤地来回荡漾,沿途的四脚蛇、萤火虫、蚱蜢、蚂蚁纷纷惊恐地避入草丛深处。

一群人哗啦啦地拥入二把式家那狭小的厅堂时,饭桌上那盏昏黄的灯泡似乎骇然地摇晃了一下。二把式手里正端着一个大海碗,里面是稀稀的一碗地瓜饭。他啪地把碗往桌上一顿,慢慢地从桌旁站起来,窄窄的脑门几乎触到了被烟熏得乌黑的椽子。他老婆蓬头垢面地从黑暗中嗖地蹿到我们面前,嘴里一根地瓜噎得连话都不说圆:他、他多喝了几盅酒,你们不、不要计较!二把式伸手将他老婆往后一搡抢上前来,另一只手拼命把肋骨毕现的胸膛拍得砰砰响:来,朝这儿打!朝这儿打!有本事就打!一阵唾沫星子与地瓜味热烘烘地扑到脸上。

一个身材高大的知青稳稳地把二把式往旁边一拨,脸上浮出了冷笑:我们不打人。一伙知青围向了饭桌,我看见饭桌上三个拖着鼻涕的小孩各自捧个海碗呆若木鸡。他们的六只眼睛在黑暗中闪烁了一阵,接着如同三只小老鼠倏地隐到桌下不见了。一个知青平静地对二把式说：知青点没有饭吃了，今天开始到你家吃几顿。随后，一群人泰然自若地取碗盛饭，顷刻间灶台上只剩下一口空荡荡的大锅，一片咀嚼的声音留在寂静的厅堂里。

这个场面肯定是二把式怎么也想不到的。他磕磕绊绊地奔向墙角抄起一柄锄头，但是没有人把脸转过去。当八九张嘴将一锅地瓜饭吞下去时，二把式手里的锄头一寸一寸地往下滑，终于无可奈何地落到地上。他忽然哭丧着脸团团作揖：你们厉害！你们厉害！我服了，明天就把锅送回！

一群知青抹了抹嘴提起锄头离去。出了二把式的家门，我发现黑暗中站了一片默不作声地围观的农民。我清晰地记得当时意识中鄙夷地浮上一个那个年头十分时髦的词汇：小生产。一个知青站在二把式的门槛上大声说了一句：谁不让我们煮饭，我们就上他家吃。这个回合的较量，知青无疑占了上风。第二天清晨，锅与蒸笼悄无声息地送回原处；与此同时，村里的碾坊恢复了知青点的谷壳供应。

多年以后，我一直企图写出这一段记忆，最重要的原因是——愧疚。很长一段时间里，我始终记得二把式饭桌上三个孩子闪烁的眼睛。那一天晚上他们吃了什么？日后我多次想起这个问题。我宁愿那个晚上动手打得头破血流。知青的计谋轻而易举地挫败了农民，这种狡猾令人羞愧。还没有进村的时候我们就预料到：这些农民宁可忍受挨打的皮肉之苦，也不愿意别人吃了他们锅里的饭。这就是知青事先设计的制胜法宝。现在,我想表明的是,利用这种计谋收拾农民的确很可耻——因为我们已经知道,农民是一群远比知青饥饿的人。

(原载2012年第2期《收获》)

在寺庙吃

杨 葵

在一些寺庙吃过饭,各处风格不大一样。

藏地寺庙生活清苦,一般只有糌粑,我吃不太习惯。有次随老师去日喀则的扎什伦布寺,一则是大寺,二则老师在寺里有熟人,所以普通的糌粑、奶茶之外,特供了一碗人参果,据说是通常过年才有得吃的宝贝。

和汉地那种核桃大小的人参果并非一个品种,是藏地野生人参果,黑褐色,一两厘米长条状。煮熟了用木碗盛上,拌上酥油和蜂蜜,再加白糖,油直往外汪。好像藏地人喜吃甜,但在汉人看来,也太齁了吧?在主人无比热情的劝说下,和无比热烈的眼神期待中,我吃了一大勺,结果齁得连喝一茶缸子浓浓的砖茶,才算把那股腻劲儿打消些许。食堂的喇嘛看着我狼狈的样子,做了个孩童般的鬼脸,一脸笑到灿烂。

有一年和好几十个朋友同去阿坝的大藏寺,住了一星期,也吃了一星期。因为太多汉人去,寺里提前好多天为我们准备了腊牛肉和蔬菜。饭菜是川味,回锅牛肉、各种菌子,还有"国际菜"西红柿炒鸡蛋,虽然几天下来菜式不变,但口味习惯。不过,地处偏僻,负责做饭的是附近乡里农民,洗菜炒菜都走粗犷路线,米饭里有小石子,菜里有没化开的盐疙瘩,都属常见。

汉地寺庙的饭菜要可口得多。尤其是一些经济发达地区的寺庙,本来当地蔬菜品种就多,食堂又长年都有固定的义工负责做饭,大多是退休的中老年女性,心细,操持家务多年,再加上对寺庙的一片虔敬之心,做得用心,自然色、香、味俱佳。

曾在苏州某寺庙开几天会,每天早上稀饭配四样小菜,中、晚两顿大餐四凉六热,外加蘑菇或者青菜汤,米饭馒头兼备。味道好得呀,顿顿吃完所有盘子空空如也,连滴菜汤都不剩。一起吃饭的出家人们看着我们频频点头。他们心善,不会把我们这举止往馋里理解,我猜他们理解成了我们爱惜粮食,一粒米都不忍浪费。

不过说实话,如我这样平时不吃全素者,在庙里一日三餐素下来,一两天没问题,时间稍久,定会觉得肚里没油水,饿得特别快。住在庙里,一般晚上七八点就关大门,不好意思惊动门房,只能在屋里听着肚子一通叽里咕噜乱叫,饿到百爪挠心。这会儿要有块点心吃,该多美。

南普陀就有。厦门佛教气息深厚,街上素食饭馆特别多,不过我吃了几家,虽说各有特色,但往往失于过分精美、讲究,反而不如在南普陀的几顿饭吃得朴素、随意、舒适。饭后再在食堂小卖部买几盒素饼带回屋,夜里饿的时候,那些香竽馅、绿茶馅、绿豆馅的可口素饼,简直就是光,是电,是唯一的神话。

(录自《坐久落花多》,作家出版社,2014年版)

至味在江湖

陈晓卿

想起去年在四川拍片的事儿。

当时余震还在,我从彭州通济的山里出来,转场到鸡冠山。已经吃了几天方便面了,特别想找一个打牙祭的地方。恰巧路边竹林旁有间房子,门框上用油漆写着"三妹子酒家",没犹豫,停车钻了进去——整个饭馆没有菜谱,所有的原料都摆在明面上,大厨是个粗壮的中年汉子,胡子拉碴,手里攥着菜刀拍拍打打给我们点菜。我们要了一个粑粑菜、一个老腊肉,便坐下等着。

不一会儿,菜端上来(叫扔上来更准确),第一口下去,不由转身对老板说:"伙计,你家腊肉太咸。"正在刷锅的老板头都不抬:"只有这个。"什么态度嘛,我心里想。第二口,却吃出了一股奇香,仔细再看筷子尖上的物事,大片的腊肉,由外至内,从深褐到鲜红——显然是暴腌暴晒的。旁边搭车的一个彭州哥们儿说:"这家的腊肉是方圆几十里最有名的。要不是地震,还可以吃到他家的风干鸡。他家的鸡更巴适,晾在大山里,路还没有通……"一边吃着菜,再看那位中年汉子,隐隐地在心里生出了"世外高人"几个字,这,就是所谓的江湖菜吧。

江湖菜称呼是相对于官府菜的,无论是原料还是做法,都不按常理出牌。当年,刚刚认识黄珂,吃了他做的黄氏牛肉,不由心生景仰,他听了哈哈大笑:"锤子,我算啥子高手撒。真正的高手都在乡下的院坝里头……"我知道,每年开春,黄珂都会去四川重庆一带的山里,走村串寨,看到哪家饭食好吃,就花钱住下,趁做饭时在一旁偷窥默记——他自己称之为"采菜",听上去像采风,有点儿故意跟艺术家混淆的意思——其实就是偷菜嘛,玩过开心网的人都知道的。

每次黄珂回京,就会把我们召集起来,当成味觉小白鼠,验收他新"发明"的江湖菜。说来也怪,黄老学的很多菜,回到北京却没有办法正常实现当初的原汁原味,起码没有他吹的那么好。黄珂只有在自己的"川菜实验室"继续埋头鼓捣,加点这个,换点那个……那个认真劲儿,只有中关村破解正版软件程序的人才能相提并论。

其实黄珂说的没错,要吃到真正的江湖菜,肯定不在都市的钢筋水泥丛林里,而是在乡野小店,这个道理说起来就像马拉多纳不会竞选国际足联主席,格瓦拉不能出任联合国粮食组织总干事一样简单。我就遇到过这样的情形：一个小土菜馆菜做得好，顾客盈门，换到城里扩展店面，却没几天就倒闭了。店主人迷信风水，我的判断却是最好的菜肴一定在它的发源地。就像北京开了无数家四川、重庆火锅连锁店，尽管人也很多，但味道，永远没有办法和原产地相提并论。

我仔细做过研究，原生态饮食一旦离开故土，原料、作料的供应都不可能有以前充足地道；另一方面，在陌生的环境，面对全新的客人，下手时不免要多看看顾客的脸色，做很多让步。众口难调，菜不免中庸起来，原先支撑做菜的某种理念也开始动摇，在城市餐饮激烈竞争的环境里，大厨的脸色，很难像彭州乡间的那位汉子一样自信。

社会信息化程度愈高，大众的趣味愈发趋同。在全国的民歌手统一用金铁霖式方法发声、播音员全部用播音系腔调说话的当下，原生态个性饮食本应显出它独特的价值。然而，菜肴个性化和餐饮业利益最大化的需求永远无法同步。厨师往往又都不是经营的决策人，真正要赚钱的老板，会根据顾客的普遍反映要求厨子做这样那样的变化。我们能够看到的一些以江湖菜扬名立万的馆子，慢慢地，江湖两个字只剩下商业意义上的招牌意味了。更可笑的是，有些乡间草根食物，却打肿脸冒充贵胄血统，编排出各种"中山靖王之后"的不靠谱名号立足，原先的乡野之豪气全都淹没在燕鲍翅之类面目可憎的菜单里面。

如果把烹饪比作江湖，我最喜欢的厨艺高人当如风清扬——背负绝学，遗世独立。他们有自己的价值观和三两个知己，绝不会参加武林大会之类的有套路规则的选拔。他们做的菜永远是小众的：有性格，意气风发，绝不会考虑劳什子评委渐渐迟钝的味蕾和已经退化的牙齿。山脚下，大河边，是他们揣摩和历练武功之所，偶尔遇到知音，他们会停下手里的活计，从后院搬出一坛陈年老烧，过来跟你连干几杯，仰天长笑……那才是完整的美食体验。

当然，这种念想实现起来越来越难——你看嘛，金庸都进作协了。

2009年11月13日

（录自《至味在人间》，广西师范大学出版社，2016年版）

编辑凡例

一、以忠实于选文原作、整旧如旧为编辑原则,对选文写作时使用的专有名词、外文译名,以及作者写作时的语言和特色予以保留。

二、原文注释如旧,编者所作注释,均以"编者注"标明,以示与原文注释的区别。

三、原文偶有文字错讹脱衍之处,一律按现行出版规范予以改正,不再以其他符号标示。

四、文章中数字、标点符号用法,在不损害原文语义的情况下,做必要的规范。

本作品中文简体版权由湖南人民出版社所有。
未经许可，不得翻印。

图书在版编目（CIP）数据

世间滋味 / 陈平原，杨早编. —长沙：湖南人民出版社，2023.6
ISBN 978-7-5561-3195-2

Ⅰ.①世⋯　Ⅱ.①陈⋯②杨⋯　Ⅲ.①散文集－中国－当代　Ⅳ.①I267

中国国家版本馆CIP数据核字（2023）第039993号

世间滋味
SHIJIAN ZIWEI

领读文化传媒
LINGDU Culture & Media

编　　者：	陈平原　杨　早
出版统筹：	陈　实
监　　制：	傅钦伟
选题策划：	北京领读文化
产品经理：	领　读-孙旭宏
责任编辑：	陈　实　刘　婷
责任校对：	张轻霓
装帧设计：	广　岛·UNLOOK

出版发行：湖南人民出版社有限责任公司［http://www.hnppp.com］
地　　址：长沙市营盘东路3号　邮编：410005　电话：0731-82683313
印　　刷：湖南天闻新华印务有限公司
版　　次：2023年6月第1版　　　　　印　　次：2023年6月第1次印刷
开　　本：880 mm × 1230 mm　1/32　印　　张：11
字　　数：189千字
书　　号：ISBN 978-7-5561-3195-2
定　　价：56.00元

营销电话：0731-82683348（如发现印装质量问题请与出版社调换）